A E
& I

La berlina de Prim

Autores Españoles e Iberoamericanos

La Fundación José Manuel Lara
y Editorial Planeta convocan el Premio de Novela
Fernando Lara, fieles a su objetivo
de estimular la creación literaria
y contribuir a su difusión

Esta novela obtuvo el XVII Premio de Novela
Fernando Lara, concedido por el siguiente jurado:
Ángeles Caso, Fernando Delgado,
Pere Gimferrer, Ana M.ª Ruiz-Tagle
y Emili Rosales, que actuó a la vez como secretario

El Premio de Novela
Fernando Lara cuenta con el patrocinio
de la Fundación AXA

Ian Gibson

La berlina de Prim

Premio de Novela Fernando Lara
2012

Planeta

Diagonal, 662-664, 08034 Barcelona (España)
www.editorial.planeta.es
www.planetadelibros.com

Primera edición: junio de 2012
Depósito Legal: B. 15.429-2012
ISBN 978-84-08-00766-1
Composición: Foinsa Edifilm, S. L.
Impresión y encuadernación: Cayfosa (Impresia Ibérica)
Printed in Spain - Impreso en España

El papel utilizado para la impresión de este libro es cien por cien libre de cloro y está calificado como **papel ecológico**

A Ute, en su cielo

El triunfar no alcanza el perdón muchas veces; sobre todo en España, donde todo hombre que sube, parece que sube, antes que para cualquier cosa, para servir de blanco al rencor de los que están abajo.

GREGORIO MARAÑÓN, *Antonio Pérez* (1947)

PRIMERA PARTE

1

—Creo que debes ir ya. ¡La situación es gravísima!

Edward McKinley se levantó bruscamente de su raída butaca de cuero, contrariado de repente, y miró por la ventana de cristales teñidos por la mugre industrial de la metrópoli. Llevaba dos días lloviendo sin parar. Allí abajo, Fleet Street era un río de barro por el cual transitaban con dificultad multitud de coches, tranvías y peatones provistos de paraguas.

—¡Qué mierda de clima tenemos en este país! —refunfuñó—. ¡Y estamos en agosto! —Volvió a su butaca y encendió la pipa que acababa de llenar pausadamente. Luego continuó—: La República se desmorona día a día, Pat, es evidente. En cualquier momento va a haber un golpe de Estado, volverán los jodidos Borbones, los españoles perderán otra vez sus libertades y se archivará el sumario. A mi juicio es ahora o nunca. Quizás me equivoque, pero no lo creo. Me lo dice mi instinto de periodista de toda la vida.

El instinto periodístico de Edward McKinley, como el personaje mismo, tenía peso. El fornido escocés, antiguo delantero de rugby, llevaba ocho años dirigiendo *The People's Word*. Le respetaban casi todos los profesionales del gremio, incluso sus adversarios, los cuales, si bien abominaban de la línea izquierdista del diario, no podían negar ni la calidad de sus reportajes ni el denuedo con el que afrontaba las cuestiones sociales más candentes. *The People's Word* había ganado a pulso, entre los principales periódicos de Londres, un puesto envidiable. Ahora, en el húmedo verano de 1873, acababan de suscitar un escándalo nacional sus revelaciones acerca de la prostitución infantil que proliferaba, sin que los buenos puritanos victorianos hubiesen querido darse por enterados, en el miserable barrio del East End. Y el Parlamento no había tenido más remedio que actuar en consecuencia.

McKinley —Mac para sus amigos— se quitó la pipa de la boca e insistió:

—Llevamos meses hablando de tu obsesión con el asesinato de Prim. Has hecho el trabajo preparatorio. Ahora se impone la investigación sobre el terreno. Si aplazas más el viaje, te lo repito, puede ser demasiado tarde.

Era verdad, llevaban meses hablando del asunto.

Patrick Boyd había sido presentado a Juan Prim y Prats en 1866 cuando el general, exiliado por Isabel II, pasó una temporada en Londres. El encuentro ocurrió en una fiesta organizada por los simpatizantes españoles e ingleses que tenía en la capital británica el eterno conspirador. Prim se había quedado impresionado al conocer al hijo periodista de Robert Boyd, el magnánimo irlandés fusilado en Málaga en 1831 por Fernando VII, al lado de Torrijos y sus cincuenta valientes. En cuanto a Patrick, intuyó aquella tarde que Prim era el gran liberador que necesitaba España después de tanto déspota. Y nació la amistad.

El segundo encuentro tuvo lugar dos años después, también en Londres, mientras se ultimaban los preparativos de la Revolución de 1868, «La Gloriosa», que daría al traste con el régimen de la reina Isabel. Al poco tiempo, el general se fue a Cádiz. Estaba radiante y absolutamente confiado en el éxito de la misión, tras tantos intentos fracasados. Y esta vez se salió con la suya.

En marzo de 1870, invitado a Madrid por Prim, ya presidente del Consejo de Ministros y el hombre más poderoso de España, Patrick asistió a varios debates parlamentarios, entre ellos uno especialmente enconado en que el general fue hostigado, con saña, tanto por los elementos reaccionarios de la Cámara como por los republicanos.

Nueve meses más tarde lo asesinaron. Pero ¿quiénes?

—Era un líder nato, Mac —dijo Boyd—. Generoso, valiente, sincero e intrépido. Lo que hicieron con él no tiene nombre. —Después de una pausa añadió, resuelto—: Tienes toda la razón, es ahora o nunca. Iré enseguida.

—¡Estupendo! —reaccionó el escocés frotando sus gruesas manos—. Así me gusta. Tú, oficialmente, vas a hacer unos reportajes para el periódico sobre la crítica situación política del país en estos momentos. Pero entre bambalinas estarás con el asesinato de tu amigo Prim. Perfecto. Además, por tu condición bilingüe, te moverás allí como pez en el agua.

Desde las entrañas del edificio llegaba amortiguado el rumor de las máquinas. Ya se imprimía la edición de la tarde.

—Y hay otra cosa, Pat —siguió McKinley—. El asesinato del general te quitó las ganas de volver a España; yo lo entendía entonces, claro, pero ahora no. Era como si se hubiera repetido en su persona, de alguna manera, lo ocurrido con tu padre, ¿no? Pero han pasado más de dos años desde entonces. Perdóname si te lo digo, pero creo también que una temporada fuera te ayudará a sobrellevar un poco mejor la muerte de Mary.

Viendo cómo a Patrick se le nublaban súbitamente los ojos, el escocés se levantó y le dio unos golpes afectuosos en la espalda.

—Necesitas un proyecto nuevo que te ocupe totalmente, en el que te pierdas —le dijo con cariño—, y ya lo tienes: «Cómo mataron al general Prim».

Patrick asintió. Habían pasado catorce meses desde que la tisis acabara con su mujer. Y era cierto que su recuerdo no le abandonaba nunca. McKinley tenía razón, una estancia en España quizás le ayudaría a salir de la cueva. Además le permitiría visitar la tumba de su padre en Málaga, asignatura largamente pendiente.

—Estamos hablando de un magnicidio en toda regla —continuó el célebre publicista— de un magnicidio todavía no aclarado. Si logras dar con la clave será una primicia internacional. Confío en ti, creo que lo harás. Desde aquí pondremos en marcha todos los resortes. Si es verdad que algunos de los que participaron en el atentado están en París o América del Sur, como me has dicho, los encontraremos. ¿Cómo se llama el diputado republicano a quien muchos acusan del asesinato, y que huyó...?

—José Paul Angulo.

—Ah, sí, Paul Angulo. No creo que sea imposible dar con él. ¡No olvides que los de *The People's Word* somos los mejores! Más difícil va a ser hablar con el duque de Montpensier —añadió—. Tú crees que estaba detrás, ¿no?

—Es lo que se rumorea, pero no lo sé. Machado me dijo en su última carta que tiene más información sobre los tejemanejes al respecto del personaje. No me la quiere pasar por escrito, me pondrá al tanto cuando nos veamos.

Boyd pensaba en su itinerario desde hacía semanas.

—Iré desde Southampton a Gibraltar, como hicieron Torrijos y mi padre: el mismo trayecto. Como sabes, no he regresado al Peñón desde que me sacaron de allí con diez años. Me hace mucha ilusión volver a verlo. Luego seguiré por mar, también como ellos, a Málaga. Necesito ver la tumba de mi padre antes de empezar el trabajo. Después iré corriendo a Sevilla a ver a Machado, que, como sabes también, lleva tiempo prometiendo llevarme al Coto de Doñana.

—A ver tus jodidos patos —dijo McKinley, levantando los ojos al techo.

—Ánsares, Mac; ánsares, no patos. O gansos, si prefieres. ¡Gansos, como tú!

—Vale. Gansos. Que «cada otoño regresan desde Escandinavia». ¡Ya me lo has dicho mil veces!

—Déjame en paz, Mac —dijo Boyd, acostumbrado a sus tomaduras de pelo—. ¡No puedo evitar que sean otra de mis obsesiones!

Se levantó para contemplar a su vez la lluvia a través de los sucios cristales. Al final de la calle una neblina envolvía como un sudario la glorieta de Ludgate. Recordó por asociación las brumas atlánticas de las marismas de Galway, las excursiones hasta allí con quien todavía creía que era su padre y, después, cogidos de la mano, con Mary.

—Llegaban cada octubre y cada primavera desaparecían —musitó como ausente—. Me parecían expresar el misterio de la vida, era como si con sus graznidos me estuviesen diciendo: «Ven con nosotros, ven con nosotros», sobre todo cuando los oía desde la cama por la noche.

McKinley no estaba dispuesto a abandonar sus ironías.

—Y luego te enteraste con los jesuitas, ¿no fue así?, de que llamaban «ánsares silvestres» a los irlandeses forzados al exilio por los ingleses en el siglo XVII. Y que siempre añoraban, por esos mundos de Dios, sus lares nativos. Y te identificaste aún más con tus pajaritos.

—Sí, así fue —contestó Boyd—. Y cuando me enteré por Peter Falkland de que enormes bandadas de ellos también invernaban cerca de la desembocadura del Guadalquivir, pues no lo podía creer. ¡Casi en África, tan lejos de la tundra! ¡A miles de kilómetros! Me parecía imposible. Pero era cierto. De modo que vete al diablo, Mac, malvado y cínico escocés que eres. Aunque te agradezco muchísimo este apoyo que me prometes.

2

Peter Falkland era catedrático de ciencias naturales en el University College de Londres. Boyd le había conocido en Cambridge, donde, unidos por su apego a las largas caminatas por el campo, así como por un compartido fervor darwiniano, los dos habían ido forjando una estrecha relación amistosa.

Falkland conocía personalmente a Darwin y era uno de sus discípulos más combativos en la capital británica.

Patrick —que estudiaba historia de Europa— había leído *El origen de las especies* en 1863, cuatro años después de su publicación, cuando arreciaba en torno al libro una polémica cada vez más virulenta. La verdad era que había sacudido violentamente los cimientos de la autocomplacencia de la Iglesia anglicana... y de los creyentes en general, en Inglaterra y fuera. Los últimos rescoldos del catolicismo de Boyd, heredado de su madre andaluza y luego trabajado a conciencia por los jesuitas irlandeses, se habían ido apagando ante el peso de la evidencia aportada por la asombrosa obra. Y era inevitable que, al conocer a Peter Falkland, siguiera creciendo su admiración por el genial científico.

Por Darwin se había puesto en contacto con Falkland Antonio Machado Núñez, catedrático de ciencias naturales en la Universidad de Sevilla, quien, gracias a las nuevas libertades traídas por la Revolución de 1868, era uno de los propagadores españoles más fervientes de las teorías evolucionistas. Teorías ferozmente combatidas por la Iglesia católica, para cuyos representantes en la capital andaluza Machado Núñez —por más inri republicano y masón— se les aparecía como poco menos que el diablo en persona.

A partir de entonces se habían carteado con frecuencia Peter Falkland y Machado —éste tenía un conocimiento razonable del inglés—, y en diciembre de 1871, fascinado por lo que el otro le contara de Doñana, el inglés le había visitado en Sevilla y conocido a su lado las marismas del Guadalquivir. Maravillado, divulgó en varias publicaciones sus impresiones al respecto, haciendo un llamamiento para su reconocimiento por la comunidad científica internacional.

Falkland, como no podía ser de otra manera, se había quedado muy sorprendido al constatar la presencia en Doñana de miles y miles de ánsares migratorios. Y con la colaboración de unos estudiosos escandinavos, no había tardado en poner en marcha una investigación preliminar del fenómeno.

A Patrick Boyd, informado por Falkland de todo ello, le había faltado tiempo para tomar la determinación de visitar él mismo el Coto cuanto antes.

El primer paso había sido entrar en contacto con Machado Núñez, quien, en el curso de la relación epistolar resultante, le fue informando no sólo acerca de las marismas, sino —dado el interés que mostraba el otro por la España contemporánea— de su participación en la Revolución de 1868, en cuyos primeros momentos, por lo que le tocaba a Sevilla, había desempeñado un papel relevante.

Cuatro días después de ver a McKinley, Boyd recibió en su casa de Regent Square, a dos pasos del University College, la visita de Falkland, quien, al tanto del próximo viaje a España de su amigo, le quería entregar unos libros para Machado.

Todavía caía la lluvia sobre Londres. Al no poder sentarse en el pequeño jardín trasero de la casa, los dos se acomodaron, con sendos whiskys en la mano, en el invernadero que daba al mismo.

—Espero que sea posible tu excursión a Doñana —dijo el catedrático de ciencias naturales—. No olvidaré nunca la mía. Fue demasiado breve y tengo muchas ganas de volver. Es un lugar absolutamente único. Y, claro, como guía, nadie mejor que Machado.

Peter Falkland y su mujer habían frecuentado con asiduidad la casa de Regent Square durante los terribles meses en que se iba muriendo Mary Boyd. Después habían hecho todo lo posible por consolar y animar a Patrick, que se sentía agotado y cerca de la desesperación. Gracias a ellos, así como a Edward McKinley y a otros amigos, se había ido recuperando poco a poco.

Como McKinley, Peter Falkland opinaba que a Boyd le vendría muy bien una estancia en España que combinara una indagación sobre el asesinato de su amigo Prim con una escapada a Doñana. En fin, que le permitiera volver a las raíces que, debido a su madre, tenía por tierras ibéricas. Estaba convencido de que todo ello actuaría sobre su sistema nervioso como un tónico.

—Cuento con que me mantengas al tanto de tus peripecias —le pidió antes de despedirse, mirando el cielo y desplegando su paraguas—. Además, no olvides que estamos en la era de la telegrafía. Si necesitas algo de mí, sabes dónde me tienes.

Una semana después Patrick Boyd avisó por telegrama a Antonio Machado de su inmediata salida para Gibraltar y embarcó en Southampton.

3

Revisar sus apuntes sobre la muerte de Prim, reunidos en un cuaderno, y releer el libro del diplomático estadounidense John Hay, *Días castellanos,* publicado hacía poco en Boston y donde se evocaba brillantemente el ambiente de Madrid un año después del triunfo de la Revolución... eran las tareas que se había asignado Patrick Boyd para sus tres días a bordo del *Adelphi.*

Representante de Estados Unidos en la capital española, Hay era un escritor de gran talento, con una extraordinaria capacidad observadora. Su testimonio de primera mano sobre el casi increíble cambio operado en la realidad nacional en poco menos de doce meses, con agudos comentarios sobre la conflictiva vida parlamentaria del momento así como las costumbres de la capital, era impagable.

¡Alcolea! El nombre del pequeño pueblo cordobés resonaba insistentemente, como un *ritornello,* a lo largo del libro. ¡Alcolea! ¡Alcolea! Ochocientos hombres de dos ejércitos —los leales a Isabel II bajo el mando del general Pavía y los sublevados liderados por el general Serrano— habían encontrado allí la muerte, mayormente en el puente sobre el Guadalquivir y sus alrededores inmediatos.

Fue el 28 de septiembre de 1868.

Según una copla popular, la sangre vertida en Alcolea aquel día tiñó de rojo el río padre de Andalucía. Fue el triunfo de la Revolución, de «La Gloriosa». Horas después la reina Isabel II abandonaba España por Irún.

Al repasar las páginas del libro, Patrick rememoraba su primer cambio de impresiones con Hay en Madrid en marzo de 1870, hacía tres años y medio. Prim había invitado a ambos al Congreso y los presentó en uno de los descansos. A Patrick le resultó simpático aquel culto norteamericano que había sido secretario de Lincoln y estaba a su lado cuando lo asesinaron.

Tanto a Patrick como a Hay les preocupaba el anómalo y peligroso trance en que se hallaba entonces el país, con una Constitución monárquica pero sin rey a la vista. Y no les complacía el espectáculo de la búsqueda, por diversas naciones europeas, de un príncipe desocupado que reuniera las necesarias condiciones para asumir la corona española, una de las cuales, quizás la principal, era la de ser aceptable para Francia, Inglaterra y Alemania.

La posibilidad de que subiera al trono de España un candidato alemán, Leopoldo de Hohenzollern —luego desechada—, sería uno de los factores que precipitaría, cuatro meses después, la guerra franco-prusiana, objeto de una serie de crónicas enviadas por Boyd a su periódico.

A todo esto, mientras los carlistas arremetían en el norte, los seguidores de la reina exiliada depositaban sus esperanzas en su hijo Alfonso, que sólo tenía entonces trece años, y trabajaban para la restauración borbónica. Al mismo tiempo, la Iglesia sembraba cuanta cizaña podía y los republicanos estaban divididos entre centralistas y federales. Era una coyuntura tormentosa de muy difícil resolución.

La elección de Amadeo de Saboya por el Congreso en noviembre de 1870 le había parecido desafortunada a Boyd. ¿Un monarca italiano para los españoles? Era, desde luego, difícil de concebir. Reconocía que había sido casi imposible dar con un candidato a la vez competente y asumible para los poderes europeos, pero ¡un italiano!

Al retomar el libro de Hay, donde muchos pasajes subrayados daban fe de la intensidad con que lo había leído a su publicación, Patrick comprobó que aparecía con frecuencia en sus páginas el duque de Montpensier. Hijo del exiliado rey de Francia, Luis Felipe de Orleans, y de María Amalia de Borbón-Dos Sicilias, Montpensier, casado con una hermana de Isabel II, María Luisa Fernanda de Borbón, vivía desde hacía treinta años en el opulento palacio sevillano de San Telmo. Al ver que su cuñada, a quien no aguantaba, estaba en serio peligro de perder el trono, se había aliado con Prim y los demás conspiradores, razonando que, una vez derrocada Isabel, no habría mejor candidato que él mismo para ocuparlo. ¿No tenía en las venas sangre de dos casas reales? ¿No era probado amigo de España y su progreso? ¿No era oficial del ejército español? ¿Por qué no podía ser rey de su país de adopción?

«Si el duque de Montpensier hubiera estado aquel día en Alcolea —escribía Hay—, el ejército lo habría nombrado rey en menos de una hora.» «Quizás sí», pensó Patrick. Y quizás no. Ello habría creado enseguida un problema de envergadura, porque Prim, el todopoderoso Prim, alma de la Revolución y el militar más famoso y admirado de España, estaba decidido a que el nuevo monarca fuera elegido democráticamente por el Congreso. Y éste optó por Amadeo, para escarnio de Montpensier, que sólo obtuvo 27 votos contra 191 a favor del italiano. De ahí el rumor, muy extendido, de que el duque estuvo detrás del asesinato del general. Porque, con Prim muerto, cabía pensar que Amadeo no se habría atrevido a salir de Italia rumbo a Cartagena. Y que en lugar del italiano habría sido coronado con toda probabilidad, como medida de urgencia, el duque francés.

Antonio Machado Núñez le había dado a entender a Patrick que tenía más información sobre la posible implicación de Montpensier en el atentado. Era evidente que hacía falta investigar el caso. Pero ¿cómo? Quizás el eminente catedrático de ciencias naturales y revolucionario del 68, con quien mantenía tan cálida relación, le podría echar una mano realmente eficaz.

Por el momento, lo único cierto era que Montpensier encabezaba la lista de posibles culpables del vil crimen perpetrado el 27 de diciembre de 1870 en la madrileña calle del Turco.

4

Diario de Patrick Boyd. Gibraltar, The Royal Hotel,
martes, 2 de septiembre de 1873.

Mientras el *Adelphi* se iba aproximando al Peñón —eran las ocho de la mañana, había un poco de levante y cubría la cabeza del portento una montera de neblina—, el banquero londinense no se pudo contener. «¡Es cierto lo que dicen! —exclamó, ufano—. ¡Ningún británico puede contemplarlo sin sentir cuán fuerte es su nación!»

«Y ningún español —contesté yo para mis adentros—, sin lamentar su pérdida, sin que su contemplación le produzca rabia y humillación.»

Hoy guardián del Estrecho para mayor gloria de Su Majestad la reina Victoria, se me ha figurado esta mañana un león gigantesco erguido en la confluencia del Atlántico y del Mediterráneo, con la cabeza vuelta, previsora, hacia África.

¡Y pensar que vine al mundo aquí! Mientras al orondo banquero de la City se le inflaba el pecho de orgullo al constatar la grandiosidad de la Roca, yo la escudriñaba con mi telescopio de bolsillo y recordaba la pesadumbre con la cual salí de mi paraíso infantil a los diez años, rumbo a una isla lejana.

Ahora Gibraltar se me aparece como el máximo símbolo no sólo del imperialismo británico sino de todos los imperialismos que en el mundo ha habido. Basados, sin excepción alguna, en la explotación del otro, del más débil.

En la codicia. En el robo. ¡Con la excusa de llevar la civilización, o la religión verdadera, a las razas incultas! Sueño con la liberación de Irlanda, machacada desde hace siglos por el invasor. Si fuera español, me reventaría que Gibraltar perteneciera a una potencia extranjera, por mucho tratado anterior que hubiera habido.

Heme aquí de regreso, de todas maneras, treinta años después, en esta fortaleza horadada de kilómetros y kilómetros de galerías que cobijan los cañones —centenares de ellos, tal vez miles— más tremebundos del universo. Con 6.000 soldados hormigueando dentro y alrededor.

Instalado en el hotel me faltó tiempo para salir y darme un largo paseo por la geografía de mi infancia. Estaba emocionado. A cada mirada, un recuerdo, a cada paso, una sorpresa. Me sentía como aquel personaje de la mitología irlandesa que vuelve a su patria un milenio después y, claro, apenas reconoce nada. Penetré en la iglesia de Santa María, donde tantas veces me he arrodillado al lado de mi madre. Entonces creía. Ahora no. Pero sigo amando a la Virgen, no lo puedo remediar.

Eran las diez de la mañana y ya picaba el sol, ¡el sol de Andalucía! La calle principal estaba atestada como antes por una pintoresca grey de moros, judíos, turcos, genoveses, malteses y representantes de no sé cuántas razas y naciones más. Todos gesticulando, mercadeando, haraganeando. Una Babel de idiomas y gentes diversas reflejada en los rótulos de las tiendas: Belotti Brothers, Sanguinetti, Opisso, Sacarello, Larbi Sharon, Moorish Market, Michael Baglietto... Los mismos olores de mi infancia, las mismas chilabas, pero, naturalmente, sin una sola cara de entonces. Busqué nuestra casa, con su pequeño jardín. Descubrí que ya no está, tampoco las que había al lado. En su lugar, qué horror, un templo metodista.

Me interné en la Alameda. La encontré bellísima, quizás aún más que antes. Caminando entre la tupida vegetación —adelfas gigantescas, heliotropos, jacarandás, buganvillas— fui reviviendo mis paseos en este paraje idílico con mi madre o con la muchacha (¿dónde estarás ahora, Inés, ya de muchacha nada?). Volví a oír las alegres músicas de las bandas militares los domingos, a ver con mis ojos de niño los vistosos uniformes de gala rojos y azules, a las mujeres elegantemente ataviadas.

Me detuve delante del monumento a Wellington, el Duque de Hierro a quien rendía entonces tan fervoroso culto. «Quizás un día —pensé—, cuando España recupere el Peñón, que espero sea pronto, habrá en la Alameda un recuerdo parecido para Torrijos y sus valientes compañeros de infortunio, puesto que de aquí, y no de otro sitio, salieron para no regresar nunca. Sería justo.»

De repente recordé que por la Alameda habían paseado juntos durante aquellos pocos meses mis padres, ya novios y quizás hablando de su boda, cuando Torrijos hubiera logrado conseguir la derrota de Fernando VII. De su boda que por desgracia no podría ser.

Volví sobre mis pasos y les envié sendos telegramas a Peter Falkland, Machado y McKinley para anunciarles mi llegada sin novedades a la Roca y mi próxima salida para Málaga. Peter tiene razón, ¡qué maravilloso invento la telegrafía! ¡Poder transmitir un mensaje instantáneamente a cualquier punto del globo! Todavía apenas me lo creo. Es, de todos los nuevos aparatos de este siglo de progreso, el que más me impresiona, como si hubiera desaparecido el espacio.

Después de comer alquilé un coche para llevarme a Europa Point. Le dije al cochero que fuéramos tranquilamente, que no había prisa, que no le atizara demasiado al caballo. Deseaba saborear cada segundo del trayecto, verlo todo, sentirlo todo, rememorarlo todo, disfrutarlo todo. No tenía muchas ganas de hablar, pero el hombre resultó tan simpático y locuaz que me resigné. Me dijo que se llamaba Pedro García y que era de La Línea. Frisaría los sesenta años. Mientras se abría ante nosotros todo el esplendor de la bahía de Algeciras, con su hilera de montañas detrás, le ofrecí un puro, recordando lo que dice Richard Ford en su famosa guía: que en España no hay nada como el tabaco para franquear las puertas de la confianza y de la comunicación. No le dije nada de mi nacimiento en Gibraltar, pero sí que mi madre era andaluza —lo cual explicaba mi dominio del idioma— y mi padre irlandés. Y que quería conocer el sur y a sus gentes.

Le pregunté por la República.

—¡La República! —exclamó con sorna—. ¡En España no hay República ni hay ná!

Y empezó a despotricar contra los políticos, todos los políticos sin excepción, con una letanía de expresiones despectivas que me sería imposible transcribir, y no todas las cuales entendí.

—Hace unos meses montaron un cantón en Cartagena y allí están todavía —siguió—. Luego en Valencia, en Murcia, en Cádiz, en Sevilla, en Málaga, yo qué sé. Vino el ejército y acabó con ellos. Ya le digo, aquí cá uno a lo suyo, y de República, ná de ná.

Entretanto iba yo mirándolo todo. Y recordando, recordando. Mi primera escuela, con aquel viejo maestro tartamudo... Nuestras visitas a Ronda, a Jerez... Las excursiones botánicas con mi padrastro, a veces a lo más alto de la Roca (hoy, después de la acción justiciera del sol de verano, sólo vi hojas resecas y algún pétalo marchito entre las grietas de los peñascos, pero la garriga mediterránea resiste como siempre, verde, espesa y lozana, con profusión de lentiscos y enebros).

Pedro seguía arremetiendo contra los políticos. Que si Salmerón, que si los federales, que si los carlistas, que si...

—¿Y el general Prim? —le interrumpí—. ¿Qué dicen en La Línea del general Prim?

—Dicen que fue de lo más grande. Un caballero y un valiente. El único capaz de poner orden. Y que por ello lo mataron. Por envidia vil y por odio.

—Pero ¿quiénes?

—Esto yo no lo sé. Alguien lo sabrá, digo yo. Y tanto. Él fue quien trajo al Macarroni, y no se lo perdonaron.

No pude contener la risa.

—¿A Amadeo, dice?

—Sí, al rey italiano, al Macarroni ese, que luego estuvo dos años. Dicen que mataron al general pá que no viniera desde Roma. Pero era demasiado tarde, claro, estaba ya embarcao y venía hacia acá, hacia Cartagena.

Mientras cruzábamos por Rosia aparecieron sobre nuestras cabezas unas águilas volando hacia el sur, hacia la costa africana. Y es que viene el otoño y pronto empezará la emigración masiva de aves rapaces al otro lado del Estrecho. Miré hacia arriba, hacia la Torre de O'Hara, donde presencié el espectáculo por vez primera. Águilas, miles y miles de ellas —grandes, más pequeñas—, milanos negros, aguiluchos, halcones de diversa índole, el cielo estaba lleno de ellos aquella mañana de mi infancia, ¿cómo olvidarlo?

Íbamos llegando a Europa Point. El nombre es un engaño, ahora me doy cuenta, porque la verdadera «punta» de Europa es Tarifa, a sólo ocho kilómetros de África, siete menos que Gibraltar. Una vez más, la intragable prepotencia inglesa.

Al otro lado del Estrecho se erguía Jebel Musa, hermano menor del Peñón, arropado de una tenue calima.

Me dijo Pedro, aportando sin duda una pizca de exageración andaluza, que, cuando sobrevino el cataclismo que separó Europa de África, se produjo «una catarata de 10.000 metros de altura» por la cual fue cayendo el agua del Atlántico para formar el Mediterráneo. La horrenda imagen me sacude todavía al escribir.

Me bajé del coche y estuve contemplando el maravilloso panorama durante media hora.

Volvimos al hotel. En el salón, después de comer, hojeé el *Chronicle*. ¡No ha cambiado nada, ni su formato ni su contenido! Es exactamente como lo recuerdo en nuestra casa, como si no hubieran pasado tres décadas. Gibraltar y sólo Gibraltar es lo que le sigue interesando: qué es lo que ha dicho el gobernador, cuándo tendrá lugar la próxima fiesta en la Alameda, cómo avanzan las obras que se están llevando a cabo en el hospital militar, qué tiempo se prevé para mañana, qué barcos acaban de llegar o van a llegar... No había nada sobre la actualidad política española, sobre la marcha de la República. Nada en absoluto, ni una línea. Y es que, para Gibraltar, España no existe. Bueno, sí existe: para excursiones a los alrededores y la caza de jabalíes o zorros, o la visita de rigor a Ronda.

Se me ocurrió que sería muy interesante comprobar qué dijo el diario acerca de la trágica empresa de Torrijos. Y decidí visitar la biblioteca de la Guarnición.

Hacia allí me encaminé por la tarde.

La biblioteca es impresionante, con una amplia sala de lectura y cómodos asientos, como si de un club londinense se tratara. Le pregunté al encargado si podía consultar el *Chronicle* correspondiente a diciembre de 1831. Me dijo que sí, por supuesto, que tenían la colección completa encuadernada año por año.

Las ventanas estaban abiertas y daban a un jardín con césped esmeradamente cuidado y frondosos árboles. Cantaba un mirlo, como si estuviéramos en Hampstead o Richmond.

Me trajo enseguida el tomo. Lo abrí con emoción y fui repasando las páginas hasta llegar a la fatídica fecha del

11 de diciembre. No había nada el 12, el 13, el 14, el 15, el 16 ni los días siguientes. Seguí buscando hasta finales del mes y mediados de enero de 1832. Nada. Para el *Chronicle* no había ocurrido absolutamente nada en Málaga. ¿Qué les importaba a los militares de Gibraltar el fusilamiento de medio centenar de enemigos del régimen dictatorial de Fernando VII, aunque hubiera estado entre ellos un caballero británico de veintiséis años, un tal Robert Boyd, por más señas antiguo oficial del ejército de Su Majestad?

Experimenté algo así como una ráfaga de desdén, casi de odio. Y abandoné la sala sin más.

En Gibraltar siguen cerrando la frontera a las siete de la tarde y se impone en toda la Roca un silencio sepulcral. Es un espanto. Son ahora las nueve, y desde mi habitación, con la ventana abierta, no se oye voz humana. ¡Qué horror! Mañana por la mañana llegará, si no hay contratiempo, el buque de la Compagnie Transatlantique, con rumbo a Marsella, y me dejará en Málaga. Seguiremos casi la misma ruta que Torrijos y los suyos. Necesito este peregrinaje antes de meterme de lleno en mi investigación, como se lo dije a McKinley. Se lo debo al recuerdo de mis padres y a mí mismo.

5

Diario de Patrick Boyd. Málaga, Hotel Hernán Cortés, jueves, 4 de septiembre de 1873.

¡Qué alivio haberme escapado del presidio gibraltareño! Y qué estupendo el breve trayecto marino, con sus bonitas vistas de la costa andaluza, acurrucada al pie de interminables montañas calcinadas por el sol y, al fondo, dominándolo todo, la majestuosa y altísima cumbre de Sierra Nevada.

Hacía una tarde espléndida, apenas se movía el mar, apenas transitaba por el cielo una nube.

A mitad de la travesía me sentí impelido, irresistiblemente, a releer la carta de despedida de mi padre. Al sacarla de la carpeta, recordé la emoción con que la recibí de manos de mi madre poco antes de su muerte, cuando me contó por primera vez la verdad de mi alumbramiento:

> Málaga, 11 de diciembre de 1831
>
> Mi adorada Mercedes, mi luz, mi vida, prepárate.
>
> Todo está perdido. Estamos en capilla. Hemos sido traicionados. No pudimos llegar a nuestro destino, que, como sabes, era Vélez Málaga. Nos esperaba un buque de guerra en Punta de Calaburras, avisado por un traidor, y tuvimos que desembarcar cerca de Fuengirola y huir hacia el interior. Torrijos estaba todavía convencido de que, al difundirse la noticia de nuestra presencia cerca de Málaga, nos secundaría —como se nos había asegurado— la guarnición.

¡Vana esperanza! En Mijas las milicias nos recibieron a balazos. Cruzamos la sierra a marchas forzadas y llegamos a Alhaurín de la Torre. Allí caímos en una trampa y nos apresaron. Fue inútil la resistencia, eran muchos y estábamos muy cansados y muy mal armados. Nos condujeron aquí a Málaga y nos encerraron en este convento de frailes carmelitas.

Te escribo a vuelapluma. Dentro de algunas horas vamos a ser ajusticiados sin piedad por haber querido sacudir el cruel yugo que oprime el cuello del desafortunado pueblo español.

El gobernador, el general Vicente González Moreno, dirigió personalmente nuestra persecución. Tiene fama de carnicero. Torrijos luchó a sus órdenes unos años atrás y sabe cómo es. Dicen que en 1808, durante la guerra contra Napoleón, masacró en Valencia a seiscientos ciudadanos franceses. No sabemos por qué no nos mató a todos allí mismo en Alhaurín de la Torre. Habría sido lo normal. La bestia, mal rayo le parta, envió enseguida un recado a Madrid, y el rey Fernando, implacable como siempre con sus enemigos, ha rechazado el indulto. Hoy llegó su respuesta. Ha firmado él mismo nuestra sentencia de muerte. Todos sin excepción seremos pasados por las armas, incluso un muchacho que se juntó con nosotros y que no tenía nada que ver con la empresa. No ha venido a verme el cónsul, William Mark. Quizás le fue denegado el permiso. Me imagino que desaprueba mi participación, de todas maneras, en esta malograda aventura contra un régimen, al fin y al cabo, aliado. Dicen que es excelente persona. No sé si ha pedido para mí el indulto. Aunque así fuera me negaría a aceptarlo por el único hecho de ser súbdito británico, y abandonar así a mis cincuenta amigos del alma. ¡Nunca! ¡Con mi honor por los suelos! Sabía perfectamente el peligro que asumía al meterme en este asunto y no tengo más opción que aceptar las consecuencias de mis actos.

Me creo capaz de afrontar la muerte con dignidad, pero lloro por Torrijos y los demás. Pusieron su vida al servicio de la libertad de su malhadado país y ahora la van a perder. Lloro por ellos y por sus familias, sus mujeres, sus hijos, sus amantes. Lloro por España. ¡Con qué ilusión salimos de Inglaterra y luego de Gibraltar! ¡Con qué orgullo! ¡Y ahora esto!

Tal vez venga todavía a verme Mark. Si no, uno de los frailes me ha dado su palabra de honor de que le entregará esta carta. Mark se sentirá en la obligación, seguramente, de hacértela llegar. Tengo que creerlo.

Mercedes de mi alma, nunca pensé, ni en mis más extravagantes sueños, que pudiera un día tener a una compañera como tú, tan bella, tan inteligente, tan buena. Los meses que hemos estado juntos desde aquel mágico encuentro en el Peñón me han llenado de felicidad. Me horroriza la idea de no poder casarme contigo, de nunca más tenerte entre mis brazos, de nunca más pasear por la Alameda contigo de la mano. Cuando conocí a Torrijos en Londres y me infundió su pasión por la libertad de España (a mí, a Tennyson, a Carlyle y a tantos más); cuando me hablaba de la esperanza que en su momento representaron para la causa las Cortes de Cádiz, esperanza luego hundida por la vuelta del rey felón; cuando evocó ante mis ojos la hazaña de su amigo Riego en 1820, y del júbilo de aquellos tres años liberales, arruinados por los malditos franceses y la reposición otra vez de Fernando sobre el trono del absolutismo... comprendí que tenía la obligación de ofrecer mi fortuna y mi vida para la salvación de España. Lo que no podía saber era que una consecuencia de aquella decisión iba a ser conocerte a ti y merecer tu amor.

Necesito ser fuerte, no debo desfallecer. Mis compañeros, los que así lo desean, están siendo confesados por los carmelitas. No tengo tal consuelo. Tampoco lo deseo. No creo en el Dios bíblico y tampoco en Cristo, como tú bien sabes, aunque su mensaje de amor al prójimo me parece sublime. Cuando venga el momento pensaré en ti, sólo en ti, mi Mercedes, mi vida. Y en el niño nuestro, o niña, que llevas en las entrañas y a quien yo deseo, como a ti, todas las bienandanzas del mundo.

Me han dicho que Mark acaba de inaugurar el cementerio inglés de Málaga, cerca del mar. Antes enterraban a los no católicos, protestantes y demás herejes e infieles en la playa, por la noche, para que las olas se los llevaran (o los perros se los comiesen). Pero ya terminó trato tan ignominioso y parece decisión del destino que yo sea el primer inquilino del nuevo camposanto.

Mercedes mía, sé que tú me llorarás amargamente. Pero eres joven y hermosa, ¡sólo veintitrés años!, y el tiempo todo lo curará. Te casarás con otro, y yo, cuando me recuerdes, seré como un querido hermano mayor muerto a destiempo. En mi testamento está todo previsto. Puedes confiar absolutamente en Webster, es de los nuestros y no te fallará. Deseo que seas feliz y te ruego, es lo único que te pido, que, con el paso de los años, no te olvides enteramente del loco pelirrojo irlandés que tanto te amaba y que hubiera querido pasar el resto de su vida contigo, buscando aventuras y quizás deshaciendo algún entuerto por esos mares de Dios.

¡Ah, eso también, que en su momento sepa nuestro retoño quién fue su progenitor! ¡Que le produzca orgullo llevar sangre mía en las venas!

Vendrán pronto a por nosotros, tengo que dejar de escribir.

Mi amor, mi vida, te estrecho contra mi corazón.

Eternamente, tu Roberto.

Como siempre, al releer la carta, me sentí invadido de una profunda tristeza. Y, mirando ahora la costa malagueña, más que nunca. Estábamos a pocas millas del litoral y se veía con claridad la Punta de Calaburras, que me señaló un comerciante de Almería. Saqué mi telescopio para verla aún mejor. «De modo que fue por aquí, más o menos —pensé—, donde salió al encuentro de los héroes aquel buque, iniciando así la debacle.» Me estremeció —y me estremece mientras escribo— imaginar su desaliento al darse cuenta de que las autoridades fernandinas conocían sus planes y les esperaban, armados hasta los dientes.

Una hora después, cuando ya oscurecía, fondeamos en el puerto de Málaga y me vine derecho a este hotel, por cierto no muy cómodo, donde ahora apunto todo esto.

6

Diario de Patrick Boyd. Málaga, Hotel Hernán Cortés, viernes, 5 de septiembre de 1873.

A las ocho de la mañana fui andando a la playa de San Andrés, que está a quince minutos del hotel. Me senté debajo de un pino que hay en su borde y traté de recomponer, emocionado, la terrible escena que se desarrolló allí hace ya casi cuarenta y tres años.

El lugar, para quien no esté al tanto, no ofrece un aspecto siniestro, al contrario. Unos pescadores, sentados sobre la arena, remendaban, charlando animadamente, sus redes. Había un par de chiquillos desharrapados jugando entre unos escombros, acompañados de un perro raquítico. Y nadie más. Volaban cerca de la playa tres o cuatro charranes con gritos estridentes que de repente caían en picado sobre su presa, unos pececillos brillantes, quizás boquerones. Salía del puerto un vapor rumbo a quién sabe dónde.

Me aproximé a las olas. Y casi con los pies en el agua musité, una vez más, el noble soneto que dedicara Espronceda a Torrijos y sus valientes:

Helos allí; junto a la mar bravía
cadáveres están, ¡ay!, los que fueron
honra del libre, y con su muerte dieron
almas al cielo, a España nombradía.

Ansia de patria y libertad henchía
sus nobles pechos que jamás temieron,
y las costas de Málaga los vieron
cual sol de gloria en desdichado día.

Españoles, llorad; mas vuestro llanto
lágrimas de dolor y sangre sean,
sangre que ahogue a siervos y opresores.

Y los viles tiranos, con espanto,
siempre delante amenazando vean
alzarse sus espectros vengadores.

Estaba conmovido imaginando lo ocurrido allí aquel nefasto amanecer. ¡Cincuenta vidas segadas por su «ansia de patria y libertad»! Pero no segadas inútilmente. No. Inspiraron a quienes vinieron después, entre ellos mi admirado Prim. Traicionado luego como Torrijos.

¡Pobre Prim! ¡Incauto! Es mi obligación descubrir cómo fue. No descansaré hasta conseguirlo.

Después alquilé un coche para que me llevase al cementerio inglés. Y qué ironía, ahora que lo pienso: se sitúa al inicio de la carretera de Vélez Málaga, es decir de la carretera que, de haber sido distinta la suerte, habría permitido a Torrijos conectar rápidamente con sus apoyos en la ciudad.

El cementerio creado por el cónsul William Mark es de una belleza extraordinaria. Se trata de un auténtico jardín botánico cercado por una impenetrable valla de chumberas. Y, además de los cipreses inexcusables en cualquier camposanto mediterráneo, ostenta una heterogénea profusión de árboles y plantas de brillante colorido, destacándose unas descomunales buganvillas de un rojo escandaloso.

El sol ya picaba, y al fondo, para que no faltara nada, palpitaba un mar azul turquesa.

En un rincón del lugar me sorprendió atisbar un diminuto y hermoso templo dórico. Más que a la Acrópolis ateniense tuve la sensación de haber sido transportado a una finca aristocrática de la campiña de Kent o de Dorset, sólo que la alocada lujuria de la vegetación circundante hacía imposible que tal espejismo durara más de unos segundos.

Un jardinero me llevó al plinto erigido por Mark en memoria de mi padre. Es una obra elegante, con verja de hierro alrededor y una placa de mármol donde se lee: «A la memoria del señor Robert Boyd, de Londonderry, Irlanda, amigo, y con ellos mártir, de Torrijos, Calderón y compañía, que cayó en Málaga por la sagrada causa de la libertad el 11 de diciembre de 1831, a la edad de veintiséis años».

Hubiera preferido estar solo pero el jardinero permanecía a mi lado.

—Mucha gente viene a verlo —me aseguró—. Muchos ingleses, ¿sabe usted? Y algunos lloran.

Yo también experimentaba ganas de llorar pero me contuve. Le pedí que me indicara la tumba de la víctima. Me llevó a un pequeño recinto rodeado de una tapia encalada, cincuenta metros más allá: el cementerio original. Sentí un escalofrío en el alma al irme acercando al sitio que me señaló, a la derecha de la cancela.

Dándose cuenta de mi perturbación, el hombre me dejó solo.

Se trataba de una tumba muy sencilla decorada con conchas marinas, sin inscripción alguna. Encima había unos geranios secos con una hoja manuscrita que decía: «Honor eterno al generoso irlandés que dio su vida por la libertad de España». ¿Quién la puso? No lo sabré nunca. Esta vez no pude impedir las lágrimas. Luego, más compuesto, le pedí al jardinero, que esperaba en la cancela, unas rosas rojas. Le dije que Robert Boyd era pariente mío.

Me cortó cinco o seis y las dejé al lado de aquel mensaje. Y salí, hondamente afectado, del camposanto.

Volví a la ciudad andando, pensativo, y fui a visitar el noble obelisco levantado por el ayuntamiento liberal, en 1842, a la memoria de los héroes que, menos mi progenitor, están enterrados debajo. Está en el centro de la plaza de Riego. Me emocionó leer allí el nombre de mi padre, el único extranjero del grupo, entre los de aquellos patriotas. «El mártir que transmite su memoria no muere, sube al templo de la gloria», proclama una de las leyendas rimadas que adornan el monumento. Y otra: «A la vista de este ejemplo, ciudadanos, antes morir que consentir tiranos».

No pude por menos de pensar, mientras contemplaba el obelisco, en el violento fin del sanguinario Vicente González Moreno, inmisericorde brazo ejecutor de aquella barbarie, despedazado unos años después, sin contemplaciones, por sus propios soldados.

¡Qué prisa nos damos los hombres por matarnos los unos a los otros! Parece ser que no aprendemos nada de la historia, nada de la filosofía, nada del sentido común.

Después fui a ver al cónsul británico. Me recibió correctamente pero sin amabilidad. Me agradeció mi telegrama, en que le había informado de mi deseo de ver la tumba de mi padre, y me dijo que sólo llevaba un año en el puesto. No tardé muchos minutos en percibir que no estaba muy al tanto de lo ocurrido con Torrijos y sus valientes.

Le pregunté por su opinión sobre la actualidad política. Se mostró muy escéptico acerca de las posibilidades de que pudiera sobrevivir la República. El gran problema, insistió, es que aquí nadie se pone de acuerdo con nadie, no hay nunca consenso. Todo se reduce a una exuberancia verbal indisciplinada, según él, y está cundiendo otra vez la fatal tendencia al separatismo.

Me interesaba saber algo de lo ocurrido recientemente en Málaga.

—¡Fue un desastre! —me aseguró, no sin cierto desdén—. Los federales locales, cansados de esperar a que el gobierno actuara, se salieron con la suya y proclamaron sin más el cantón. ¿Usted se imagina? ¡El cantón independiente de Málaga!

Mientras hablaba, yo recordaba mi conversación con Pedro, el cochero de Gibraltar.

—El cantón fue un desastre —siguió—, como no podía ser de otra manera. Si usted hubiera estado aquí hace tres semanas habría visto cómo acabó el ejército con aquella farsa. ¡Menudo es el general Caballero de Rodas! Y ahora los federales y sus amigos mandan y cortan en Cartagena. En cuanto a los carlistas, traerían otra vez, si pudiesen, la Santa Inquisición y los autos de fe. Por no hablar de los catalanes, que lo que quieren en el fondo es su propio Estado.

Era evidente que las simpatías del cónsul no estaban con la República. Tenía facciones duras, ojos suspicaces. No me caía nada bien. Además tenía un acento inglés de élite que me reventaba.

—Desde la Revolución han pasado exactamente cinco años —continuó perorando el individuo—. Cinco años de libertades como jamás ha habido en España. ¡Y el país está peor que nunca! La República sólo lleva siete meses y ya estamos con el tercer presidente del Poder Ejecutivo. Figueres duró dos meses, Pi y Margall, tres, y Dios sabe cuánto tiempo podrá resistir Salmerón. España no puede seguir así, señor Boyd, créame. La restauración borbónica es inevitable... y está a la vuelta de la esquina.

—¿Y Amadeo? —le pregunté, para ver su reacción—. ¿Cómo fue posible que Prim optara por un duque italiano, y que encima lo votara el Congreso?

—Amadeo era el mal menor —me respondió—. Prim

ofreció la corona primero a Fernando de Portugal, que no la quiso, y luego a Leopoldo de Hohenzollern, iniciativa que fracasó ante la negativa de Napoleón III, que temía una alianza hispano-prusiana. Aquello, claro, enfureció a Bismarck y fue la chispa que encendió la guerra franco-prusiana. Pero, perdóneme, todo esto no hace falta que se lo diga a usted.

«Ah —pensé—, sabe más de mí de lo que yo creía.»

—Estuve en París al final de la guerra —le contesté—. En mayo del 71, con la Comuna. Fue una guerra atroz. Una locura. Dicen que hubo doscientos mil muertos entre ambos ejércitos y el doble de heridos. Una monstruosidad.

El hombre luego volvió a Prim para insistir en que el general no estaba en contra de la institución monárquica como tal y que lo que quería para España era una monarquía constitucional, moderna, europea, no una República como la que ahora, por desgracia, estaban padeciendo los ciudadanos.

La pomposidad del personaje me empezaba a molestar seriamente.

—Y lo consiguió en 1869 —tercié, para decir algo.

—Sí —continuó—. Ahora bien, Prim era muy consciente, cómo no, de que había que encontrar cuanto antes a un rey. Que había que resolver sin demora el problema sucesorio. Y optó, finalmente, como mal menor, por Amadeo. Si no le hubiesen asesinado, las cosas habrían ido, a mi juicio, razonablemente bien. Pero con Prim muerto el experimento estaba abocado sin remedio al fracaso.

Le dije que estaba de acuerdo con él... y allí terminó nuestra conversación.

Pasado mañana estaré en Sevilla y podré empezar mi trabajo. Qué ganas tengo. Espero que Machado Núñez haya recibido mi telegrama. Me hace muchísima ilusión nuestro encuentro.

7

El domingo 7 de septiembre de 1873, a eso de las dos de la tarde, el tren, bordeando la ribera izquierda del Guadalquivir, llegó a las afueras de la capital andaluza. Se apoderó entonces de los viajeros extranjeros —no tanto de los españoles— una intensa excitación, a la cual Boyd en absoluto se podía sentir ajeno. «Quién no ha visto Sevilla, no ha visto maravilla», ¿no lo proclamaba así la copla que recogían todos los libros?

El ómnibus de la Fonda de Londres, donde el periodista había reservado por telegrama una habitación, esperaba a sus clientes en la estación. Eran pocos —un matrimonio alemán y dos parejas francesas—, y al cabo de unos instantes, debidamente colocadas las maletas y otras pertenencias de los pasajeros, el vehículo transitaba hacia la plaza Nueva.

La Fonda de Londres, que ocupaba casi todo el lado oeste de la plaza, era el establecimiento preferido de los británicos que llegaban a Sevilla. Un anuncio insertado en la *Guía de Sevilla* para 1873 —que Machado había enviado amablemente a Boyd unos meses atrás— aseguraba que allí no echarían nada de menos los turistas más exigentes, y que el establecimiento, que contaba entre su distinguida clientela a un Rothschild, ofrecía a sus huéspedes un *comfort* y un ambiente *fashionable* sin parangón en la ciudad.

La habitación de Boyd daba a la plaza, dominada, justo

enfrente, por el ayuntamiento. Una cómoda butaca invitaba a leer, y para los menesteres epistolares había una mesa con lámpara para su uso nocturno. Abajo, en la primera planta, un salón espacioso ponía a disposición de los clientes una selección de periódicos tanto locales y madrileños como extranjeros, y no faltaba un comedor elegante. Patrick se sintió enseguida a gusto. Además la oficina de telégrafos se situaba no lejos, al final de la calle de Sierpes, donde, según le aseguró el gerente, se pavoneaba cada tarde, cuando hacía buen tiempo, la flor y nata de la sociedad sevillana.

Nada más llegar a la fonda, la misma persona le había entregado un sobre. Era un mensaje de Machado. Le daba la bienvenida a la ciudad y confirmaba que le estaría esperando en el rectorado de la universidad a las once de la mañana siguiente.

Terminaba con una afectuosa invitación para comer con él y su familia después del encuentro.

Tras ordenar sus cosas y almorzar, Patrick se echó sobre la cama e, invadido por una irresistible somnolencia —hacía mucho calor— durmió profundamente dos horas.

8

Se despertó sobresaltado en medio de un sueño alucinante en que unos *bobbies* ingleses le perseguían con sus silbatos por las calles de Gibraltar. ¿Qué crimen había cometido allí? No lo sabía, sólo que le era imprescindible escapar con la mayor rapidez posible del enclave británico.

Poco después se dirigía hacia la Giralda, dispuesto a escalarla sin demora. Las calles estaban abarrotadas de gentes que acababan de salir de sus casas para gozar del frescor de la tarde.

Desde la plaza de la Virgen de los Reyes contempló absorto la airosa torre. El campanario cristiano añadido durante el siglo XVI le parecía de una elegancia que en nada desentonaba con el antiguo alminar musulmán. Al contrario, pensó, formaban juntos una incomparable síntesis de la arquitectura oriental y occidental.

Notó que allí en lo alto, justo debajo del Giraldillo, en un friso de grandes letras azules, se leían las palabras «PROVERB 18 TURRIS». Se trataba, evidentemente, del inicio de una cita de Proverbios. Algo sobre torres. Decidió dar la vuelta a la catedral para satisfacer su curiosidad al respecto.

Siguiendo su camino pudo leer pronto el resto de la inscripción: «FORTISSIMA NOMEN DNI». «Nomen» no dejaba lugar a dudas, pero ¿«DNI»?

—«Torre fortísima es el nombre de Dios» —dijo una voz a su lado—. «Proverbios 18, versículo 10.»

Un cura, pequeño y gordinflón, todo vestido de negro, se le había acercado silenciosamente.

—Usted es irlandés, por ello me he permitido la libertad de abordarle —explicó con una sonrisa de satisfacción.

—¡Qué me dice! —exclamó Patrick, cuya sorpresa se había convertido en desconcierto—. ¿Cómo diablos sabía usted que soy irlandés?

—Es que estuve tres años en un colegio de Tipperary. Me he dado cuenta por la configuración de su cara y por su piel, bastante pálida, con pecas, y también por este cabello rojizo que se asoma por debajo de su sombrero y que siempre delata a un hijo de la Verde Erin.

Boyd seguía boquiabierto.

—Bueno, si usted lo dice —murmuró.

—Nunca fallo, nunca me equivoco. Y mis víctimas siempre se quedan incrédulas, como usted. Le ruego —agregó— que perdone mi indiscreción, pero no lo he podido evitar.

—Me ha dejado usted confuso de verdad. Casi sin palabras, lo cual para un irlandés es muy difícil.

—Lo que no entiendo es cómo habla usted con tanta soltura nuestro idioma, casi casi como si fuera un español más. Esto sí que me está sorprendiendo.

—Es que nací en Gibraltar —explicó Patrick—. Mi padre era militar irlandés destacado en el Peñón y mi madre una andaluza de Algeciras. Me llevaron a Galway cuando tenía diez años y allí mi madre me siguió hablando en español. Así se explica todo.

No le iba a decir toda la verdad al cura, desde luego.

—¡Válgame la Virgen! Conozco bien Galway. Pero perdone usted, no me he presentado: Francisco Mateos Gago Fernández, canónigo de la catedral, doctor de sagrada teología y catedrático de hebreo y árabe del seminario conciliar de Sevilla, para servirle a usted.

Y le tendió la mano.

—Patrick Boyd, periodista —dijo éste, estrechándosela.

El cura le miró con interés.

—Conque periodista, ¿eh? ¿Y va a escribir sobre nosotros?

—Sí, sí. Me interesa mucho lo que está ocurriendo actualmente en el país. Dentro de algunos días iré a Madrid para hablar con políticos allí, pero primero deseaba ver Sevilla. Luego creo que volveré en octubre o noviembre, un amigo mío me ha invitado a acompañarle al Coto de Doñana. Soy ornitólogo en mis minutos libres, y me desvivo por ver los ánsares que allí pasan el invierno.

—Me han hablado de ellos.

—Parece ser que hay decenas de miles, y que vuelan en bandadas inmensas a las dunas cada amanecer, para comer arena.

—¡Para comer arena! —exclamó Gago Fernández, incrédulo—. Nunca he oído tal cosa. ¡Para comer arena! ¿Y para qué iban a comer arena unos gansos, si se puede saber?

—Para ayudarles a digerir las castañuelas. Son su alimentación principal en el Coto, una especie de tubérculo. Los ánsares no tienen jugos gástricos y la arena les sirve para triturar las partes duras del bulbo. Vamos, les purga el estómago. Quiero ver el espectáculo con mis propios ojos.

—¡Válgame la Virgen! —repitió el sacerdote.

Todavía charlando llegaron a la calle del Gran Capitán, y después de pasar delante de la entrada principal de la catedral, con su panoplia de santos, a la plaza de la Virgen de los Reyes, donde Boyd había iniciado media hora antes su vuelta al perímetro del ingente templo.

Decidido ya a servir de guía al alto extranjero, Gago Fernández le dijo, indicando la catedral:

—Si usted permite, me gustaría mostrarle algo que creo será de su interés. Está aquí a dos pasos.

Boyd empezaba a sentirse agredido en su intimidad por la insistencia del cura, pero decidió aguantarle un poco más, juzgando que quizás aprendería algo.

Unos segundos después contemplaban, en el muro del templo, un imponente escudo de armas del emperador Carlos V.

Patrick intuyó que el cura le iba a soltar una arenga patriótica. No se equivocaba.

—Antes de que los españoles descubriéramos América gracias a los Reyes Católicos —empezó—, las Columnas de Hércules marcaban el término del mundo conocido. Esto lo sabe usted muy bien, pues nació en una de ellas, ¡si se puede nacer en una columna! —Se rió estrepitosamente—. Pues bien —siguió—. Los antiguos decían que más allá de las Columnas de Hércules no había nada, NON PLUS ULTRA. Pero cuando nosotros descubrimos el Nuevo Mundo había que cambiar aquel lema, claro. Había que ponerlo al día. Y quitamos el «NON» y lo dejamos en «PLUS ULTRA». Es decir, donde antes decía «nada más allá», nosotros contestamos: «Sí, señores, sí hay algo más allá, y ese más allá lo hemos descubierto los españoles con nuestro esfuerzo, con nuestra valentía, con nuestro arrojo y, sobre todo, con nuestra fe en Dios».

—Es decir —observó Patrick para complacerle—, que a partir de entonces cambió la significación de las Columnas de Hércules.

—Sí, sí, veo que usted me entiende. Los Reyes Católicos no estaban dispuestos a arredrarse ante el consejo tan timorato de los antiguos y decidieron apoyar, con razón, la empresa de Colón. A partir del descubrimiento de América las Columnas ya no sólo marcaban el límite oeste del Mediterráneo, sino que se convirtieron en pórtico del Nuevo Mundo.

—¡Bravo! —aplaudió Patrick, que no tuvo más remedio, pese a su creciente irritación, que admirar aquella apasionada defensa de la Hispanidad.

—Pero sigamos con el escudo, si usted me permite —propuso el canónigo, muy pagado de sí mismo—. Como usted está viendo, el muro donde está colocado tiene forma semicircular. Pues es el ábside de la Capilla Real, que mandó edificar el emperador para albergar dignamente los restos de San Fernando, el conquistador de la Sevilla musulmana, así como la imagen de nuestra santísima patrona, la Virgen de los Reyes. ¡España, mi querido amigo, ya no es la España de San Fernando, de los Reyes Católicos y de Carlos V! ¡Y menos aún bajo esta ignominiosa República impía y desordenada que estamos padeciendo, y que quiera la Madre de Jesús acabe pronto!

—¿No está usted a favor de las nuevas libertades, pues? —aventuró Patrick para ver la reacción del cura.

—Yo no estoy a favor para nada de esta República atea. En aquellos tiempos esplendorosos los españoles teníamos el imperio más poderoso del universo, ¡mire usted las garras del águila bicéfala!, y se propagaba debidamente la palabra de Dios en nuestros dominios. ¿Usted se da cuenta? Habíamos conquistado Granada, el último reducto de los infieles, habíamos echado a los judíos y habíamos descubierto América. Los demás países de Europa nos temían y nos respetaban. Hoy no nos respeta nadie, no nos teme nadie, nadie se arrodilla ante nuestro poderío y sólo nos quedan unos pequeños vestigios de aquellos vastos territorios. Muy pronto, al paso que llevamos, no nos quedará ninguno. *¡Finis Hispaniae!* ¡Que Jesús y su Santísima Madre nos ayuden!

«Mejor no decirle que voy a ver mañana al masón, republicano y ateo Antonio Machado Núñez», razonó Patrick para sus adentros.

—Dispongo de cuarenta minutos antes de decir misa. Me complacería grandemente mostrarle la Capilla Real, ahora que la estamos contemplando de alguna manera desde fuera. Es una joya única del arte plateresco. Luego le dejaré en paz para que siga con su itinerario sin más impertinencias mías.

Patrick consultó su reloj. Eran casi las siete de la tarde.

—De acuerdo, muchas gracias —dijo, estimando que al egregio personaje podría sonsacarle algo útil para su trabajo antes de volver al hotel, ponerse a escribir su diario y redactar unas cartas.

Penetraron en la catedral por la portada de los Palos.

Patrick conocía otros numerosos templos góticos, pero nunca había estado en uno de tan vastas dimensiones.

Entraron en la Capilla Real.

Gago tenía razón. Era una joya del plateresco.

—Mire la cúpula —dijo—. Allí están representados todos los reyes de España desde los visigodos hasta Carlos V. —Luego, cambiando de tono—: Aquí fue capellán hace unas décadas un pobre hombre que después resultó traidor. Se llamaba José María Blanco, se fue a Londres, se convirtió al protestantismo, tradujo su apellido al inglés y escribió libros atacando la Iglesia. Un traidor y un blasfemo.

—¡Un segundo! —reaccionó Patrick, algo indignado—. No sea tan duro con Blanco White, don Francisco. Fue un excelente escritor en ambos idiomas y luchó a favor de la abolición de la esclavitud.

—Bueno, bueno —respondió Gago con un gesto de resignación. Pasó a comentar la ostentosa urna de plata, colocada detrás del altar, que según fue explicando contenía los restos incorruptos de San Fernando. Luego señaló la imagen de la Virgen de los Reyes, que, desde el centro del retablo, presidía la capilla—. Fue regalada a Fernando por su primo, el rey San Luis de Francia. La llevaba siempre consigo en sus campañas y la Virgen le aseguraba la victoria. Todos los sevillanos la adoramos y veneramos. Mírela, ¡qué preciosidad!

Y persignándose, se arrodilló.

Propuso que viesen la cripta, a la que conducía una escalera situada cerca del retablo.

Se trataba de un pequeño recinto oscuro y húmedo iluminado por unas velas chisporroteantes. Sobre un altar de reducidas proporciones había una preciosa estatuilla de la Virgen.

—Es la Virgen de las Batallas —dijo el cura—. También la llevaba consigo San Fernando cuando guerreaba por ahí. Y, mire, su espada. ¡Cuántas cabezas de moros no habrá segado! —Colocados sobre unos vasares había quizás quince ataúdes y urnas—. Estamos en el Panteón Real. Quería que lo viera. Mire, aquí están el rey Pedro el Cruel y su barragana. Y aquí tres hijos suyos. Y aquí, mire, los ataúdes de dos hijos del duque de Montpensier.

De repente Patrick estaba alerta.

—¿De quiénes?

—De los hijos del duque de Montpensier. A ver qué dicen las inscripciones. —Y cogiendo sin miramientos una vela del altar, leyó—: «La infanta de España doña María de la Regla Francisca de Orleans y Borbón, hija de los duques de Montpensier, fallecida en 1861 a los cinco años». —Y aproximando la vela a la otra—: «El infante de España Felipe Ramón María de Orleans y Borbón, fallecido en 1864, a los dos años».

—¿Y cómo se explica que estén aquí?

—¿No le acabo de decir que éste es el Panteón Real? —contestó el canónigo, feliz al tener otra oportunidad para desplegar sus conocimientos ante el periodista—. El duque no sólo es hijo del rey Luis Felipe de Francia, hoy en el exilio, sino que está casado con doña María Luisa Fernanda de Borbón, hermana de la reina Isabel, ¡que Dios la proteja! Lleva quince años viviendo en Sevilla y goza entre nosotros de muchísimo predicamento. ¡Hay que ver su palacio, el de San Telmo, no hay nada comparable en Andalucía! Por todo ello pudo inhumar aquí a los dos angelitos, al lado de la Virgen de las Batallas y debajo del altar de la de los Reyes. En este lugar sacratísimo querríamos estar enterrados todos los sevillanos de bien, ya lo creo. ¡Y yo entre ellos!

Gago repuso la vela en su sitio y abandonaron el recinto.

Mientras iban saliendo a la calle Patrick le preguntó si conocía a Montpensier, y si el duque estaba entonces en Sevilla.

—Yo le conozco, aunque no íntimamente. Ahora está en Francia. No le gusta nada la República, claro. No llegar a ser rey de España le amargó la vida. Había ayudado a los revolucionarios con su fortuna y creía ser el candidato al trono con más méritos.

—Pero Prim estaba en contra, ¿no?

—Veo que está usted bien informado. Sí, Prim quería que el Parlamento decidiera la cuestión, y el Parlamento, influido por él, controlado por él, optó por Amadeo. Fue una decisión absolutamente irresponsable, porque el duque habría sido un gran rey, reunía todas las condiciones. Y aquí nadie quería un rey italiano, nadie.

—Se rumorea, según tengo entendido, que Montpensier fue quien tramó el asesinato de Prim —dijo Patrick—, esperando con ello impedir que viniera Amadeo a España y conseguir para sí, en un momento tan crítico, el beneplácito del Congreso.

—¡Es mentira! —exclamó el cura, muy alterado—. ¡Una infamia! El duque sería incapaz de ordenar un asesinato, me consta que es un buen católico, ayuda mucho a la Iglesia aquí en Sevilla. Es una calumnia propagada por sus enemigos republicanos y masónicos. ¡Una calumnia infame!

Patrick tuvo la convicción de haber cometido una grave imprudencia al suscitar el asunto, y ello nada más llegar a Sevilla. Menos mal que no había mencionado a Machado, a quien seguramente conocía Gago.

Otra vez en la plaza de la Virgen de los Reyes se despidieron. Boyd le agradeció al cura sus amables explicaciones, y éste le prometió que, al cabo de unos días, le buscaría en la fonda para mostrarle otros rincones sevillanos «desconocidos para los turistas».

«Dios me libre», se deseó el irlandés.

9

¡Con qué orgullo insistía la capital andaluza sobre su mítico origen, atribuido nada menos que a Hércules! Era cierto que por toda la ciudad proliferaba la imagen de la Virgen: la Virgen cariñosa y maternal con el Niño contra el pecho, la Virgen de pie sobre la luna, la Virgen llorando ante la cruz, la Virgen en incontables azulejos y hornacinas. Pero casi tan ubicuas e insistentes eran las referencias al héroe griego, que hasta tenía su propia Alameda, con dos altas columnas romanas yuxtapuestas, una coronada por una estatua del fundador y la otra con una representación del emperador Julio César, a quien se otorgaba el mérito de haber cercado el lugar de fuertes murallas.

Todo ello le llamó mucho la atención a Patrick Boyd.

A la mañana siguiente, camino de la universidad, se detuvo en la plaza de San Francisco, delante de la impresionante fachada plateresca del ayuntamiento, retablo pétreo animado por un apabullante despliegue de figuras mitológicas rodeadas de motivos decorativos finamente esculpidos. Luego se internó en la estrecha calle de Sierpes, entoldada contra los rayos de un sol que, a primeros de septiembre, todavía pegaba fuerte.

Poco a poco se iban abriendo las tiendas: camiserías, zapaterías, perfumerías, relojerías, joyerías, sombrererías, pastelerías y confiterías, lampisterías, sastrerías en abundancia, pasamanerías, peluquerías y barberías, cinco o seis restaurantes, alguna librería y un gabinete fotográfico. No faltaban los cafés, por supuesto, todos ya rebosantes de clientela: el de Emperadores, el Sevillano, el del Correo, el Europeo, el Universal... Bien se apreciaba que Sierpes era el centro de animación mercantil y social de la urbe, donde los ciudadanos afortunados, y los turistas, venían a hacerse con la última novedad. Y a ver y ser vistos.

Al final de la calle, tras admirar en La Campana el escaparate de una sofisticada tienda de ultramarinos, Patrick torció a la derecha, consultando su plano y, después de sortear con la ayuda de algún vecino un laberinto de pasillos dignos de Fez o Tetuán, se encontró a las once en punto delante de la portada de la Universidad Literaria de Sevilla, donde un ujier le indicó que le siguiera.

Anchas escaleras, largos corredores, un espacioso patio porticado. Y silencio: se notaba que todavía no se había iniciado el año académico.

Introducido por el ujier en la antesala del despacho de Machado Núñez, que no había llegado todavía, pudo contemplar un notable *San Jerónimo* de Lucas Cranach.

No tardó en irrumpir en el aposento el rector. A sus cincuenta y ocho años, Antonio Machado Núñez era la misma personificación de la energía. De mediana estatura —Patrick lo había imaginado más alto—, con pelo undoso, frente ancha, prominente nariz recta, generoso bigote y una desenfadada elegancia en el vestir, lo que más destacaba en su semblante era la mirada penetrante e intensa, la mirada de un hombre de acción que no cejaba ante la necesidad de tomar decisiones, de un hombre seguro de lo que creía y de lo que quería.

—¡Mi querido Patrick! ¡Un año escribiéndonos y por fin cara a cara! —fue lo primero que le dijo, agarrándole la mano y estrechándola con fuerza. Luego siguió—: ¡No sabe usted la emoción que me produce tener aquí delante al hijo de Robert Boyd! Vamos a sentarnos cómodamente y charlar largo y tendido, como los buenos amigos que somos.

Machado le señaló una butaca cerca de la ventana, fue hacia la larga mesa cubierta de libros y revistas y volvió con una caja de puros.

—Me los manda un primo que tengo en Guatemala —dijo, invitándole a que eligiera uno—. No soy hombre de muchos vicios, pero del tabaco no puedo prescindir.

Media hora después era como si llevasen años departiendo juntos.

—Cuando recibí su mensaje desde Gibraltar —dijo Machado— recordé mi última visita al Peñón, en 1868, justo antes de «La Gloriosa». Usted es ornitólogo y yo también. Hace veinte años publiqué un catálogo de las aves de la provincia de Sevilla, no sé si se lo dije o si se lo ha comentado nuestro común amigo Falkland. Pero sobre todo soy de flores, de plantas. La riqueza botánica de Gibraltar es asombrosa.

—Es cierto. Mi padre, es decir, quien creía yo entonces que era mi padre, el coronel O'Casey, era un botanista ferviente, apasionado. A veces le acompañaba en sus excursiones. Y mientras él iba en pos de alguna flor rara yo escrutaba el cielo buscando aves rapaces, que entonces me fascinaban.

—Conocí en la Roca, durante aquella visita, a algunos antropólogos británicos muy simpáticos y visitamos juntos una cueva con restos humanos prehistóricos. Después mantuvimos correspondencia e intercambiamos publicaciones. Admiro profundamente Inglaterra, pese al imperio que a usted, como buen irlandés, tanto le disgusta.

—Tiene razón usted —asintió Patrick—, me disgusta sobremanera. Pero reconozco también las virtudes del pueblo británico.

—En comparación con Inglaterra esta España nuestra

de hoy es un manicomio, una casa de orates, de locos. Si va a escribir unos reportajes sobre lo que está pasando aquí, es lo primero que debe entender y tener en cuenta. ¡Un manicomio! ¡Nos hemos vuelto locos del todo!

Se repantigó en su butaca, momentáneamente abstraído. Un rayo de sol amarillento iluminaba las estanterías cargadas de libros y el retrato de una dama corpulenta, de aspecto risueño, que Boyd suponía la esposa del catedrático, Cipriana Álvarez Durán.

—Sé que me quiere preguntar muchas cosas, mi querido amigo —dijo luego Machado—. No hay prisa. Vayamos por partes.

—Hábleme primero, si no le importa —respondió Patrick sacando su librito de apuntes—, del inicio de la Revolución, de la llegada de Prim a Cádiz. Me interesa muchísimo. Algo me ha dicho en sus cartas pero oírlo de su boca será otra cosa.

Machado estuvo meditabundo unos instantes. Luego dijo:

—Nadie que no viviera aquellos días podrá apreciar nunca la emoción, el delirio que se apoderó de nosotros cuando nos llegó la noticia de que Prim y el almirante Topete estaban al frente de los rebeldes en Cádiz. Y que allí habían lanzado una proclama democrática titulada «España con honra». Fue el frenesí. Aquí en Sevilla nos sublevamos al día siguiente. Yo formaba parte de la Junta Revolucionaria. Sevilla tuvo el mérito de ser la segunda ciudad de España en romper las cadenas del despotismo. Luego, cuando nos enteramos de la derrota de las tropas de la reina en Alcolea, fue la apoteosis. Murió mucha gente, de ambos ejércitos. Un día habrá que colocar en el puente un monumento a todos los caídos. —El catedrático se volvió a sumergir en otro breve silencio. Luego siguió—: Sí, somos indudablemente un país de locos. Han pasado cinco años desde la Revolución y no hemos sabido consolidar el régimen de libertades. El asesinato de Prim fue una tragedia atroz, y el reinado de Amadeo, que sólo el general podría haber convertido en éxito, un desastre que acabó forzosamente en abdicación. Y ahora tenemos por fin la República y es otro fracaso. Aquí nadie quiere obedecer órdenes de nadie, nadie se pone de acuerdo con nadie, nadie escucha a nadie y siempre resulta imposible que se aúnen esfuerzos en aras del bien común. ¿El bien común, digo? Es un concepto desconocido. Nadie está dispuesto a sacrificar nada. Estoy desesperado, la verdad.

—Hombre, creo que usted exagera un poco, el país ha avanzado...

—No lo que debiera. En España, mi querido Patrick, sobran las ideas y falta la acción conjunta, concertada, tenaz. Luego, el español no dialoga, se niega a hacerlo. Para dialogar hay que escuchar al otro, dejarle hablar sin interrumpirle y luego retomar sosegadamente la palabra. Pero no, escuchar nos exaspera, somos expertos en monólogos. Aquí lo importante es opinar, con cuanto más ruido mejor. Levantamos mucho la voz, ¿no se ha fijado? Gritamos en vez de razonar tranquilamente, cómo se hace en Francia o en Inglaterra. En España nadie escucha, repito. Y el nivel de analfabetismo es altísimo. Siendo así, ¿cómo podemos tener paz, cómo podemos avanzar, como podemos construir la República? Además, con la Iglesia siempre en contra de todo progreso. ¡Y los carlistas! Hace falta una gigantesca labor cultural, es la única esperanza... pero el tiempo se nos va agotando.

—Es más o menos lo que me dijo el cónsul británico en Málaga —apostilló Patrick.

El catedrático se levantó, nervioso. El hombre de acción necesitaba moverse, si no, reventaba. Luego se sentó otra vez y se inclinó hacia su interlocutor.

—Aquí lo que hace falta, Patrick, es ciencia, ciencia, ciencia. Ciencia contra la incultura, ciencia contra el clero, ciencia contra quienes no quieren que España sea un país avanzado, moderno, libre, europeo. Contra quienes prefieren que el pueblo no piense, no razone. Contra quienes quieren seguir hasta la eternidad con sus privilegios de siempre. No le será difícil —añadió— imaginar la actitud de la Iglesia española ante las revelaciones de Darwin. Y ante quienes en la universidad, como yo, profesamos ahora sin interferencias el evolucionismo.

—En Inglaterra, la resistencia contra las teorías de Darwin también ha sido tremenda. La Iglesia anglicana no es el Vaticano, de acuerdo, pero tampoco se adapta fácilmente a los tiempos nuevos. De modo que no me cuesta ningún trabajo imaginar la reacción aquí.

—Para mí la lectura de *El origen de las especies* fue una de las experiencias cumbre de mi vida.

—¡Y para mí! —exclamó Boyd—. A menudo sigo hablando de Darwin con Falkland.

—Me afectó profundamente, me confirmó en la fe que ya tenía en las ciencias naturales. Darwin es un gigante, un gigante más peligroso para la Iglesia que Voltaire, Rousseau y todos los enciclopedistas juntos. Porque nos insta a cuestionar sus dogmas, a investigar, a pensar por nosotros mismos. Con aquel libro implacable en la calle los curas se quedaron huérfanos, de la noche a la mañana, de su Paraíso, de Adán y Eva, de la serpiente y del pecado original. Y sin embargo, el hecho de que su Dios optara por la vía evolucionista en vez de crear al hombre desde la nada no tiene por qué ser un problema tan grave. Si Dios es omnipotente, como dicen, puede hacer lo que le dé la real gana, ¿no?, y hasta organizar las cosas para que el hombre descienda de un mono.

Los dos hombres se rieron. Raras veces en su vida se había sentido Patrick tan a gusto hablando con otra persona.

—A mí me enviaron el libro desde Londres —dijo Machado—, y lo devoré enseguida, con la ayuda de un diccionario de vez en cuando, claro, porque mi inglés no es como mi francés, aunque me defiendo. Nunca olvidaré aquella lectura. Pero volviendo a «La Gloriosa», usted no puede tener ni idea de lo que fue la vida de este país antes, porque vino la primera vez después de la Revolución, ¿no?

—Sí, en marzo de 1870, cuando fui a Madrid a ver a Prim.

—El ambiente no tenía nada que ver entonces con el de antes. Pero nada. Había desaparecido como por magia el terror, y de repente se publicaban periódicos de todas las tendencias. Hay que recordar que durante los últimos años de «esa señora» (así llamábamos todos a Isabel) había en la corte una degradación, una corrupción y una superstición nunca vistas. Se lo aseguro. La reina nombraba ministros a dedo, los echaba, los reponía, regalaba títulos a sus amantes. Era público y notorio que el pobre Francisco de Asís de Borbón, su marido, era invertido, y que Isabel le había puesto mil veces los cuernos. Su única política era la de la alcoba y de la capilla privada.

—¡Y luego su camarilla! —exclamó Patrick—. ¡La gente que la rodeaba!

—¡Mala hija de mal padre, absolutamente dominada por aquel repelente cura Claret, con su vil manual para confesores, y por la no menos repugnante sor Patrocinio, la de las llagas y los vuelos nocturnos! ¡Consorcios ambos del diablo! Y como usted dice, su camarilla, todos atentos a sus propios intereses y nada más. Aquella España, ¡estoy hablando de hace sólo cinco años!, era, además, un inmenso presidio.

—Y con el libro como su enemigo número uno.

—Por supuesto. Aquí lo primero que hacen siempre los enemigos de la cultura y del pueblo es destruir libros.

Llamaron a la puerta y entró el mismo ujier de antes llevando una bandeja con refrescos. En el lapso de la conversación, Patrick se levantó para examinar el cuadro de la dama corpulenta.

—Es mi señora —explicó Machado—. Es un autorretrato, le encanta pintar cuando no está con sus menesteres de la casa. Y con sus investigaciones sobre la cultura popular, que es su pasión.

Luego fue, otra vez, el darle vueltas a la Revolución.

—El régimen de Isabel llegó a ser tan agobiante —siguió el catedrático— que era como si nada hubiera cambiado desde los peores tiempos de Fernando VII. De tal padre tal astilla. No se podía continuar así.

—Es decir, que la determinación de acabar sin más demora con el régimen estaba ya generalizada.

—Sí, absolutamente. Había que levantarse contra aquella tiranía, contra aquella vergüenza, que ya era intolerable, en eso estábamos de acuerdo todos los que amábamos la libertad y nos sentíamos herederos, de alguna manera, del espíritu de la Constitución de Cádiz, de Riego, de Torrijos... ¡de su padre! Los monárquicos moderados también estaban hartos de Isabel. Lo que ellos querían era una monarquía constitucional que garantizara las libertades fundamentales de los españoles.

—Y Prim, claro, encarnaba a aquellos moderados.

—Sí, sí. Prim no estaba en contra de la monarquía en sí, estaba en contra de Isabel II, a quien, con razón, consideraba un desastre para la institución monárquica, para España y para las relaciones de España con el mundo exterior. Prim era monárquico y había servido antes a Isabel, pero ya no aguantaba más. Y tenía dos cosas muy claras. Primero, que derrotada la reina no habría nunca más sobre el trono español un Borbón, por lo menos viviendo él. Y segundo, que no sería él quien decidiera sobre la forma de gobierno que nos rigiera a partir de entonces. No, decidirían los representantes del pueblo reunidos en unas Cortes Constituyentes.

—Y allí empezó el problema con Montpensier...

—Exactamente.

Machado Núñez se levantó otra vez, nervioso, y estuvo unos minutos contemplando el patio de la universidad desde la ventana. Luego se volvió a sentar y siguió explicando:

—Nuestro amado duque y vecino se desvivía por ser rey, por ser el rey Antonio María I de España. Creía tener más derecho que nadie a serlo: por haber puesto su fortuna al servicio de Prim y la Revolución, por ser hijo de un rey de Francia, aunque depuesto y exiliado, por haber reñido con su cuñada Isabel. Como usted sabe, está casado con su hermana.

—Sí, sí. Si no recuerdo mal, hubo un matrimonio doble el mismo día, acordado por Francia e Inglaterra: Isabel con el pobre Francisco de Asís de Borbón y Montpensier con la hermana de aquélla, María Luisa Fernanda.

—Así fue. Bueno, Montpensier quería ser rey de la nueva España y quería serlo ya, sin demora, enseguida. Y si Prim lo hubiera deseado, no me cabe la menor duda de que lo habría sentado en el trono nada más conseguida la victoria de Alcolea. Además, Montpensier era el candidato del almirante Topete. Y éste tenía mucho peso, mucho. Pero Prim dijo que no. Y era el gran hombre del momento, el general español más admirado aquí y fuera y quien más había trabajado a favor del derrocamiento de Isabel. Prim dijo «que no, que no, que en absoluto, ¡que no!», que lo primero que había que hacer era convocar Cortes Constituyentes y que los representantes del pueblo decidiesen el asunto con su voto. Y así se hizo. A mi juicio tenía toda la razón. Sólo así se podía proceder democráticamente.

—Sin duda —repuso Patrick—. Fue la decisión correcta.

—Acabaron vilmente con el hombre que podía haber

salvado a España —siguió Machado—, el hombre que durante veintiséis meses puso freno a los violentos y trabajó por la creación de una monarquía constitucional, moderna, democrática, que hiciera posible el progreso de los españoles basado en la convivencia.

—Y todo vino abajo aquella nefasta noche de diciembre.

—Todo. Prim era popularísimo, el hombre más popular del país y el más poderoso. El hombre del siglo. No había nadie en España que no estuviera al tanto de su bravura en el campo de batalla, en África, en Tetuán. Gozaba de un prestigio extraordinario como militar y como político. Tenía dotes de mando únicos y era valiente, siempre en primera línea. Había salido ileso de muchas escaramuzas y decía que «la bala que a mí me mata no ha sido inventada». ¡Se creía invulnerable, el pobre! ¡Y sus soldados y oficiales también lo creían! ¡Y el pueblo! Solía decir, además: «España no es tierra de asesinos». Pero se equivocaba.

—Me imagino, sin embargo, que veía el peligro muy real de Montpensier —dijo Patrick.

—Claro. El duque se las daba de hombre de progreso, pero Prim sabía que lo que le movía sobre todo era una ambición mezquina y desmesurada. Creo sinceramente que Montpensier nunca le perdonó a Prim aquel plante. Y que juró vengarse.

—Y aquí lo tienen ustedes al lado.

—Sí, aquí y en Sanlúcar de Barrameda, donde también posee un palacio. Está ahora en Francia. Él no se mezcla para nada ni con el pueblo ni, por supuesto, con los que estamos luchando por la supervivencia de la República. Lo que él quiere es su fracaso.

—¿Usted cree, pues, que financió el asesinato?

—Sí, mi opinión es que mataron a Prim con la esperanza de que Amadeo, al enterarse de lo ocurrido, no saliera de Italia, y que Montpensier, quizás apoyado por otros, financió la operación con el propósito de provocar una sublevación y de acceder él mismo al trono como salvador de la nación. Pero no pudo ser, claro. Amadeo ya había embarcado en La Spezia. Además, consumado el atentado, Prim tuvo tiempo para cursar las órdenes necesarias. Y Topete, pese a ser gran amigo de Montpensier, fue a Cartagena a recibir al rey. La participación del duque en la trama criminal no se ha podido demostrar todavía, pero la justicia sigue trabajando. Si la República prevalece, todo se sabrá. Y si hay restauración borbónica, ¡nunca!

—¡Pero la República tiene que prevalecer! —exclamó Patrick—. Si no lo consigue volverán los curas con aún más fuerza, se abolirá la libertad de imprenta, se cerrarán los periódicos de la oposición, se echará a los catedráticos no afectos... Los reaccionarios se consideran propietarios de España por disposición divina, es evidente, y opinan que ustedes los republicanos son usurpadores. ¡Les pondrán a todos otra vez en la cárcel!

—¡Calle usted, calle usted! —repuso Machado, volviéndose a levantar y dando rápidos pasos alrededor del despacho—. El fanatismo tiene entre nosotros una fuerza atroz, Patrick, viene desde hace siglos atrás, de Fernando e Isabel, de la Contrarreforma y de la Inquisición. De cuando echaron a los judíos y a los moriscos e impusieron con todo tipo de amenazas la ortodoxia católica. Cada español es un fanático en realidad o en potencia. ¡Yo mismo, con mi sangre jacobina! Y ante cualquier provocación somos capaces de cometer un atropello. Es que nos han hecho así. Si vuelven los Borbones será más de lo mismo, tiene usted razón, un desastre, y veremos otra vez a los curas enroscados como serpientes al tronco del poder. Hacia allí vamos encaminados. La República lleva sólo nueve meses de vida y, con la renuncia de Salmerón, ya estamos con Castelar, el cuarto presidente del Poder Ejecutivo.

—Leí ayer en *El Porvenir* que Salmerón dimitió porque se negaba a firmar una sentencia de muerte.

—Lo creo, él es así. Pero ¡se imagina, dimitir en estos momentos de tanto peligro! Estamos embarcados en un suicidio colectivo. No hacemos más que ir de crisis en crisis y todavía estamos sin Constitución republicana. Es una locura. Por cierto, ¿sabe usted que Mariano José de Larra definió España como «nueva Penélope que no hace sino tejer y destejer»?

—No, no lo sabía —contestó Patrick, apuntando la frase en su cuaderno. Luego, después de reflexionar, añadió—: Es una comparación tremenda, desde luego. Pero con una diferencia. Penélope, que siempre confiaba en la vuelta de Ulises a Ítaca, decía a sus múltiples pretendientes, que infestaban el palacio, que una vez terminado su tapiz decidiría entre ellos. Luego, cada noche, deshacía su trabajo... para empezar de nuevo por la mañana. Es decir, su procedimiento tenía una finalidad concreta, que era ganar tiempo. Pero al parecer, según Larra, y según usted, el constante hacer y deshacer español no tiene finalidad alguna.

—Así es, ninguna —confirmó Machado—. Consiste únicamente en deshacer, en destruir lo que han hecho los demás sin proponer nada en su lugar. Es pura iconoclasia. La destrucción por la destrucción. Y así no se puede crear un país. No sé si Castelar será capaz de sacarnos las castañas del fuego. Es un orador maravilloso que sabe arrastrar a las muchedumbres, y un gran escritor, pero creo que en el fondo es un carácter débil. Además, es vanidoso. No sé hasta qué punto va a poder con este caos. A veces pienso que los intelectuales no deben ser políticos; no saben dirigir, sólo saben teorizar. Temo lo peor. El país se está despedazando literalmente, entre unos y otros. Lo de los cantones ha sido tremendo.

—Y sigue el de Cartagena. *El Porvenir* trae la noticia de que allí se han constituido en ¡«gobierno provisional de la Federación Española»!

—Sí, sí, empezaron en julio y siguen. ¿Sabe que incluso han declarado la guerra al Imperio alemán, por un incidente con un barco? Pues sí. Es una farsa y puede crearnos problemas internacionales. Salmerón ha dicho que son unos piratas. Han montado un pequeño estado independiente, con Comité de Salud Pública, Tesorería y Generalísimo de los Ejércitos de Mar y Tierra. Todo sin un duro, por supuesto, pero ello no es un problema. ¡Van a acuñar su propia moneda!

—Y tienen la escuadra.

—Sí, y dicen que en poco tiempo «conquistarán» toda la costa andaluza y levantina para la causa federal. ¡A la toma de Alicante, de Almería! Por cierto, han nombrado presidente a Roque Barcia, no sé si sabe quién es, un diputado republicano federalista que estuvo encarcelado durante unos meses en relación con la muerte de Prim, pero no tuvo nada que ver con ella y lo soltaron. Es un tipo raro que le podría contar muchas cosas, ¡aunque no le recomiendo que se meta en Cartagena ahora!

Patrick, que a lo largo de la conversación no había dejado de tomar notas, deseaba conocer la opinión del catedrático acerca del movimiento federalista.

Machado Núñez meditó unos segundos antes de contestar.

—La idea fundamental es acabar de una vez con el centralismo madrileño, que nos tiene asfixiados —dijo—. Quien más ha teorizado sobre el federalismo es Pi y Margall. Pero una cosa es la idea, que puede ser hermosa, que yo creo que es hermosa, y otra la dura, la durísima realidad española.

—Entre dicho y hecho buen trecho...

—En este caso un trecho considerable. He llegado a la conclusión de que España no está preparada todavía para una organización federal, no existe ni la estabilidad ni la experiencia necesaria. Aquí en Sevilla hemos tenido tremendos disturbios. Algo le dije al respecto en una de mis cartas. Se declaró cantón cuando abdicó Amadeo, hubo varios motines y el gobierno mandó al general Pavía con una columna. ¡Al general que perdió en Alcolea, ¿se imagina?! Si hubiera llegado usted en julio habría presenciado el último enfrentamiento, en la fábrica de tabaco. Hubo muertos. Fue tremendo.

Llamaron a la puerta y entró otra vez el ujier para entregarle a Machado unos papeles. El catedrático consultó su reloj.

—Las doce y media, casi se me olvidaba —se disculpó—. Tengo una reunión con el claustro. Bueno, ya sabe usted, le esperamos en mi casa a las dos y media. A mi esposa y a mi hijo les encantará conocerle.

—Y a mí conocerles a ellos. Muchísimas gracias, don Antonio.

—Se llevarán bien, seguramente. Además, como yo y como usted, mi mujer es amante de la naturaleza, le encantan las flores y los animales. A veces me acompaña en mis excursiones. En cuanto a mi hijo, es un fanático de la cultura popular, como su madre. No faltarán temas de conversación. Usted sabe dónde vivimos, Palmas, 9, a dos pasos de la plaza del Duque de la Victoria.

—Sí, sí, muchas gracias otra vez. Allí estaré, con puntualidad británica.

—Le recomiendo que entretanto se dé una vuelta. Yo, en su lugar, empezaría con el río, con nuestro maravilloso Guadalquivir.

Machado Núñez recogió sus documentos. Ya en la puerta de la antesala extendió la mano:

—¡Bienvenido a Sevilla, mi querido amigo! ¡Que la disfrute!

A continuación aquel torbellino de energía y pasión se dirigió rápidamente al fondo de un pasillo y, doblando la esquina, desapareció de la vista.

10

Boyd contemplaba el Guadalquivir desde el puente de Triana. Al lado de la Torre del Oro, el *Nuevo Capricho*, de la compañía de navegación Ricardo Triay, se preparaba para soltar amarras y echaba densas bocanadas de humo, impaciente por ganar Sanlúcar de Barrameda y el mar, ochenta kilómetros más abajo. Había observado el traqueteo a bordo del vapor al pasar delante del muelle, donde un cartel informaba de que el destino era Burdeos. Gracias a su río, Sevilla, con sus 135.000 habitantes, podía presumir de ser otra vez una ciudad abierta al mundo. Además llevaba veinte años conectada por ferrocarril con Madrid. Reflexionó que ni siquiera bajo el abominable régimen de Isabel II había dejado de avanzar el país.

En la fonda, donde recaló brevemente antes de presentarse en casa de Machado, le esperaba un telegrama de McKinley. Le deseaba una feliz estancia, le pedía crípticamente instrucciones y, al final, se permitía un vibrante «¡Viva la República!».

Cruzando la plaza del Duque de la Victoria se vio de repente asediado por una multitud de clamorosos harapientos, entre quienes repartió unas monedas. Era evidente que, pese a «La Gloriosa» y sus pretensiones, había mucha miseria en la capital andaluza.

Poco después llamaba a la puerta de Palmas, 9. Se trataba de una casa sólida, burguesa, digna del rector de la Universidad Literaria de Sevilla. Le abrió una criada de unos veinte años, guapa y risueña. Tras una cancela había un típico patio sevillano, cubierto por un toldo, con un naranjo en medio, un pequeño surtidor y macetas llenas de geranios rojos.

Arriba, en el piso noble, le esperaba, sonriente, la esposa del catedrático.

Patrick sabía por su correspondencia con Machado que Cipriana Álvarez Durán era hija de un distinguido militar y excéntrico filósofo extremeño, José Álvarez Guerra, muerto hacía dos o tres años, y de una hermana de Agustín Durán, el compilador del monumental y famosísimo *Romancero general*. Era una mujer hermosa y entrada en carnes —ya lo suponía por su autorretrato en el despacho de su marido—, afable, de aspecto enérgico y bondadoso, quizá diez años más joven que su marido. Se sintió a gusto con ella enseguida.

—Mi hijo, que es un vago, no ha llegado todavía —le explicó la anfitriona después de que Patrick le besara la mano—. Ya vendrá. Ana, su mujer (se casaron en mayo) ha tenido que ir a Triana a ver a su madre, que está un poco indispuesta, pero ya la conocerá. Es encantadora.

Sentado cómodamente en un salón cuyos balcones daban al patio, desde donde llegaba el susurro del surtidor, Boyd contestaba feliz a las preguntas de la dueña de la casa, a cuyo lado ya se había incorporado Machado Núñez.

Cipriana Álvarez tenía interés en conocer sus primeras impresiones de Sevilla.

—El refrán no miente —contestó—. Sevilla es la maravilla que todos dicen. Una maravilla repleta de maravillas. Ya he visto varias, empezando por la Capilla Real, que es un primor. Y he tenido un encuentro con un cura...

No pudo seguir porque justo en aquel instante entró en el salón el hijo.

Más alto que su padre, algo desaliñado en el vestir, Antonio Machado Álvarez había heredado de sus progenitores una doble dosis de energía y de simpatía. Abrazó efusivamente a Patrick y le rogó que antes que nada terminara lo que decía cuando, sin querer, le había interrumpido.

Boyd empezó a contarles lo ocurrido con Gago Fernández. Al nombrarlo, tanto Machado Núñez como su vástago hicieron el mismo gesto espontáneo con los dedos, exclamando:

—¡Lagarto, lagarto!

—Se trata de uno de los adversarios más desagradables que tenemos en Sevilla —aclaró Machado Núñez—. Es antidarwinista feroz y a mí no me puede ver, me tiene por el peor hereje de la ciudad. Parece al principio una persona amable, campechana, pero es una víbora. Pertenece a la camarilla del arzobispo, nos odia a todos los republicanos y sobre todo a los que también somos masones. Persigue a los protestantes (que ahora tienen un templo en Sevilla) y está en todo, molestando, predicando contra la República, sembrando cizaña. ¡Espero que usted no le haya dicho que es amigo mío!

—No, por suerte no se lo comenté —dijo Patrick riéndose—. Después de ver los ataúdes de los dos hijos de Montpensier en la cripta se me ocurrió preguntarle por su opinión sobre la posible implicación del duque en el asesinato de Prim. Tuve inmediatamente la convicción de haber cometido una imprudencia. Se puso muy incómodo y me dijo que no creía en absoluto en la complicidad del duque.

—Claro que se lo dijo —interpuso Machado Álvarez—, y eso que a lo mejor está enterado de todo. Mire, le voy a decir algunas cosas que mi padre no le quería escribir, por si acaso. Cuando llegó a Sevilla la noticia del asesinato del general, los allegados a Montpensier la divulgaron con el ensañamiento de las hienas. Rezumaban alegría. «¡Ya se fastidió ese tunante!», les oí decir. Recuerdo perfectamente la frase: «¡Ya se fastidió ese tunante!». Y cosas más fuertes. Cuando yo reaccioné y defendí con fervor a Prim, me insultaron. Y entonces les espeté indignado: «¿Qué tiene de extraño lo ocurrido si vivimos en un país de asesinos, y aquí mismo estamos entre ellos?». Estaba fuera de mí. Al escuchar esto, uno de ellos, que trabajaba para el duque, dijo por lo bajo, como para ser oído solamente por los que le rodeaban: «No le contestéis». Unos días después, también en mi presencia, otro de aquellos tipos dijo: «Ya no hay partida de la porra, ahora es la del trabuco y es menester despachar también a Topete».

—No entiendo. —Patrick, con su cuadernito en la mano, parecía resuelto a no perder palabra—. ¿Partida de la porra?

—La partida de la porra era un grupo organizado por un joven amigo de Prim, Felipe Ducazcal —explicó el padre—. Al general no le faltaban enemigos, estaba en peligro desde el primer día de la Revolución; vamos, desde antes. Tenía en contra a los federalistas, a los carlistas, a los que apoyaban a la reina y a los envidiosos de siempre. Los de la porra, que eran unos treinta individuos o así, formaban una especie de guardia pretoriana suya oficiosa. Pero se desmandaron y empezaron a atacar los locales de los adversarios del general.

—Lo que aquel energúmeno del bando de Montpensier me quería decir —siguió el hijo— era que, a partir del atentado contra Prim, llevado a cabo con trabucos, ya no servían las porras y hacían falta armas mucho más contundentes. Había que matar ahora al almirante Topete de la misma manera que a Prim. Porque, para ellos, Topete, al ir a Cartagena a recibir a Amadeo, ya que Prim no podía, había traicionado a su amigo Montpensier. En resumen, lo que oí en boca de aquella gente me convenció de que el duque y su dinero estuvieron detrás del asesinato.

—Yo estoy de acuerdo con Antonio —dijo el catedrático—. Le diré otra cosa: Montpensier, que considera que se desdora por alternar con sus semejantes honrados, no tenía inconveniente en entrar donde no entraban personas decentes, rodeado de criminales. En una taberna de las más sórdidas de Sevilla, que ya ha desaparecido. Allí estuvo no mucho antes del asesinato del general, confabulando. Se comentó muchísimo aquí.

—Así es —ratificó su hijo—. En aquella taberna no entraba nunca una persona decente. Era un patio de ladrones y maleantes, un patio de Monipodio.

—Hay otro detalle que me confirma en mi convicción de que el duque movió el puñal del asesino —añadió Machado Núñez—. Y es que los montpensieristas en bloque atribuyeron el origen del crimen al general Serrano.

—¿A Serrano? —preguntó Patrick, sorprendido.

—Sí, sí, al general Serrano, al duque de la Torre, nuestro vencedor en Alcolea y luego regente. Decían los de Montpensier, como una piña, que Serrano estuvo detrás del asesinato. Y lo decían con tanta insistencia que reforzaban mi convicción de que habían sido ellos. Insistían demasiado y, claro, sin aportar prueba alguna.

—Además hay algo que no debemos olvidar —dijo el hijo—. Y es que entre los detenidos en relación con el asesinato estuvo el ayudante de Montpensier, el coronel Solís Campuzano, muy conocido en Sevilla. Esto lo tendrá que investigar, Patrick, se comentó muchísimo en los diarios.

Boyd sintió dentro, de repente, el «calor blanco», así lo llamaba, que siempre le asediaba cuando recibía una pista clave para algún aspecto de su trabajo de periodista.

—¡El ayudante de Montpensier! ¿Y por dónde andará ahora? ¿O está todavía en la cárcel?

—No, no, lo soltaron —respondió el hijo—. Es extremeño, de Villafranca de los Barros, cerca de Zafra, y me imagino que está allí.

—La familia de mi madre es de aquellos contornos —terció Cipriana Álvarez—. Solís es un personaje muy conocido en toda la comarca.

—Tenía una propiedad a unos seis kilómetros de Sevilla, en Castilleja de la Cuesta, al lado de otro palacio de Montpensier —añadió Machado Álvarez—. Pero me parece que la vendió cuando dejó el servicio del duque. Nos podemos enterar.

—Yo estoy convencido, lo digo otra vez —insistió el padre— de que el asesinato de Prim se concibió aquí en Sevilla, en el palacio del duque, en San Telmo, y se ajustó en aquella infecta taberna.

—¡Pero bueno! —exclamó Cipriana Álvarez—. Vamos a continuar hablando en la mesa, si les parece, que ya es hora.

Pasaron al comedor todavía conversando.

—Parece demostrado que el atentado estaba previsto para el 24 de diciembre, antes de que Amadeo hubiera salido de La Spezia —siguió Machado Núñez, ya sentado a la cabecera de la mesa—. Ellos creían que, al llegar la noticia a Italia, Amadeo no embarcaría. Lo creían y con razón, porque seguramente, al recibirla, no se habría atrevido a venir a este volcán a punto de explotar.

—Estoy de acuerdo —convino el hijo—. No era todavía rey, sólo rey electo, no había jurado aún la Constitución. Con Prim muerto no habría venido.

—No, no habría venido —asintió Machado Núñez—. Bueno, no sé qué pasó, pero no lograron llevar a cabo el atentado el 24 de diciembre. Y luego, el 27, pese a tantos trabucos, no mataron a Prim en el acto. En los tres días que continuó tuvo tiempo de sobra, como dije antes, para conseguir que Topete se comprometiera a recibir al rey en

Cartagena. Y Topete, leal a Prim pese a su amistad con Montpensier, y horrorizado por lo ocurrido, no dudó en cumplir lo prometido.

—Pero ¡tenemos que comer, nos honra con su presencia un invitado! —insistió Cipriana Álvarez—. Manuela —le dijo a la criada—, sirve ya el gazpacho, por favor.

—Tienes razón, Cipriana —se disculpó Machado Núñez—. Sólo un pequeño *addendum* y lo dejamos. Y es que, mire, Patrick, el día 24, fecha en que estaba convenido que se iba a cometer el crimen, Montpensier se presentó ante el capitán general de Andalucía, aquí en Sevilla, con su uniforme militar, y le ofreció su colaboración para mantener el Orden Público ante el rumor de que habían asesinado a Prim. Admirable previsión del señor duque, ¿eh? Se merece el título de profeta, además de los otros muchos que tiene, porque sabía el día 24 lo que no sucedió hasta el 27.

La mesa se había puesto con esmero: mantel de Holanda, platos de típica cerámica popular sevillana, con predominio de amarillos y azules, un jarrón con flores recién cortadas... Desde una jaula colgada en la terraza llegaba por el balcón abierto el canto de un jilguero. Patrick elogió el buen gusto de la señora de la casa. Y añadió:

—Sé por su marido que usted, además de su afición a la pintura y a la cocina, es una apasionada estudiante de la cultura popular. Y que su hijo es su mejor discípulo.

—Sí, sí, buen discípulo de mi madre soy —ratificó Antonio—. Pero desde hace un año he tenido que abandonar mis cantes y mis cuentos y dedicarme a mi profesión de abogado. Además soy juez municipal, algo que me roba mucho tiempo, y también tengo algunas clases en la universidad.

—Aquí para ganar unas perras todo el mundo necesita tres empleos —apostilló el padre—. Y ahora más que nunca, los tiempos son muy difíciles.

—Así es —dijo el hijo—. Mas no por ello dejo de frecuentar al pueblo ni de apuntar coplas. Ya tengo una colección extraordinaria que en su momento publicaré. En Andalucía, Patrick, abres un grifo y no sale agua sino una copla. Y otra y otra. Ya volveré a mis estudios en cuanto pueda. Mire —se le ocurrió de repente—, tiene que venir conmigo una noche a escuchar cante jondo, que es lo más grande que tenemos en Andalucía. ¿Sabe lo que es?

—No, no tengo idea.

—Le explico. El cante jondo es el producto del contacto en que vive la clase baja nuestra con los gitanos, que, si bien son andaluces, siguen siendo un pueblo misterioso y desconocido que llegó aquí hace siglos. Ellos creen que son oriundos de Egipto («gitano» es contracción de «egiptano»), pero en realidad proceden de la India. Sus cantes son profundamente melancólicos y la gente los escucha en medio de un silencio religioso, como en éxtasis.

Los ojos de Machado Álvarez se le habían metido para adentro. Luego, como volviendo de un viaje lejano, dijo:

—No le haga caso a mi voz, que no soy cantaor.

Empezó a hacer palmas y, después de concentrarse unos segundos, arrancó, hierático, moviendo expresivamente las manos:

Por la Iglesia Mayor
no pueo pasar,
porque me acuerdo de la mare mía
y me echo a llorar.

—¡Olé! —profirieron los padres.

—¡Olé! —exclamó la criada.

—¡Olé! —corroboró Patrick.

Machado Álvarez se mostraba dispuesto a seguir. Ya se le había presentado otra copla.

—Ésta la canta divinamente mi amigo Silverio —dijo.

Por Dios, si me muero
mira que te encargo
que te pongas un pañuelo negro
por siquiera un año.

—¡Olé! —prorrumpieron esta vez los cuatro al unísono.

—Muchos de estos cantes conservan voces gitanas —explicó el padre—. «Undebé», por ejemplo, que es Dios, o «ducas». Las «ducas» son las penas, las penas hondísimas, las penas negras del alma gitana.

Como un inspirado, reaccionó el hijo:

Yo sé que contigo
no me he e lográ;
por eso mis ducas nunca van a menos
siempre van a má.

Todos volvieron a aplaudir, entusiastas.

—El pueblo y la cultura popular son lo mejor que tenemos en España —sentenció Cipriana Álvarez—. El pueblo y su cultura, tan despreciada por quienes se consideran superiores al tener un título universitario. A mí, mi infancia entre la gente del campo, en Extremadura, con sus coplas y sus canciones y sus refranes llenos de sabiduría, y luego mi tío Agustín Durán, que coleccionaba romances; bueno, todo ello influyó mucho en mí y me formó. España tiene un caudal riquísimo de cultura popular, Patrick, sobre todo Andalucía.

—Esto lo descubrió el bueno de Jorge Borrow cuando vino por aquí del País de Gales con sus biblias protestantes —añadió Machado Núñez—. Oyó unos cantes que le dejaron pasmado. Y no sólo entre los gitanos. Antonio, tienes que llevar a Patrick a escuchar a Silverio.

—Sí, sí, papá, le llevaré, no te preocupes. Para que conozca lo más grande que tenemos aquí. ¿Cuándo piensa irse a Madrid, señor Boyd?

—La semana que viene tiene que ser. No sé, el lunes, el martes...

—Bueno, hablaré con Silverio. Es medio italiano, se llama Franconetti de apellido. Actúa en un café cantante, el Apolo, en la plaza de San Pedro. Seguro que nos invita. Es muy amigo mío.

La conversación siguió luego por otros rumbos: Irlanda, lo que ocurría en París, la amenaza de Alemania, la reina Victoria (¿era verdad que tenía un amante a escondidas en una de sus fincas escocesas?)... Pero no había manera de evitarlo, no tardó en volver a España y a los críticos momentos que vivía la República.

—Es que en realidad no tenemos todavía República —explicó Machado Núñez a Boyd—, estamos instalados una vez más en la interinidad. Lo que tenemos son Cortes Constituyentes republicanas, pero todavía no Constitución. Nos gobierna, de hecho, la monárquica de 1869, y toda la administración está llena de reaccionarios, de gentes que no quieren para nada la República. Empezando con la judicatura. Es decir, el armazón del Estado es todavía monárquico. Y lo tenemos que desmantelar cuanto antes porque, si no, tendremos otra vez en casa a los Borbones.

—Mi padre tiene razón —dijo Machado Álvarez—. Hay que darse prisa. Pero la tarea es casi imposible. Tiemblo al decirlo, pero creo que estamos abocados al fracaso. Acabamos de salir del absolutismo, llevamos siglos como esclavos, y no sabemos lo que es la democracia, la responsabilidad personal. ¡Y queremos ya todas las libertades! A veces pienso que cada español constituye un reino de taifas. La situación es extremadamente grave y puede degenerar muy pronto en un caos total si no procedemos con suma precaución. Estoy muy preocupado, de verdad.

Ya estaban con los postres. El catedrático salió del comedor y volvió con una carpeta.

—Tengo algo aquí para que usted lo vea —le dijo a Patrick—. Algo muy especial. Son cinco o siete números de un periodiquillo de fines del año setenta titulado *El Combate*. Su director fue José Paul Angulo, un diputado republicano que predicaba la rebelión armada contra Prim y a quien acusan algunos de haber sido uno de los asesinos.

—Sé quién es —dijo Patrick—. Parece ser que está en Buenos Aires. Mis compañeros en Londres están tratando de localizarlo.

—¡Un forajido! —exclamó el hijo.

—Fue muy amigo de Prim en el exilio —prosiguió Machado Núñez—, luego estuvo con él en los primeros momentos de la Revolución, pero cuando se votó la Constitución monárquica se convirtió en su peor adversario. Es de Jerez de la Frontera, y tiene muchísimos seguidores en Andalucía. Fue uno de los protagonistas de la fracasada sublevación federal del 69 y por aquí anduvo a la cabeza de una numerosa partida. Prim sofocó con mano dura la intentona y desterró a sus jefes, entre ellos a Paul. Pero luego, en un gesto típico de él, los amnistió.

—¿Los amnistió?

—Sí —intervino Cipriana Álvarez—, decidió amnistiarlos. Y volvieron casi todos. Fue un detalle generoso que, naturalmente, no le agradeció ninguno de ellos, ninguno, empezando con Paul Angulo.

—Siempre se ha rumoreado que Paul participó en el asesinato de Prim —continuó Machado Núñez—. Incluso que volvió del exilio con el propósito explícito de llevarlo a cabo. Es posible. El amor que antes profesaba al general se había convertido en odio. Dijo barbaridades de él en el Congreso. Y desapareció inmediatamente después del atentado. Si pudiera localizarlo tal vez le contaría algo, aunque desde luego no sería toda la verdad. Y habría que andar con mucha cautela, es un elemento violento.

Le pasó la carpeta a Patrick.

—También hay dos números de un periódico republicano moderado, *La Igualdad*. Verá enseguida la diferencia. Mañana o pasado lo comentamos. No le digo más por ahora, mejor que los lea primero y forme su propia opinión. He marcado con lápiz algunos pasajes de *El Combate* que me parecen de especial relevancia.

—No sabe usted cuánto se lo agradezco.

—Y otra cosa —añadió el catedrático de ciencias naturales con una sonrisa—. Los ánsares volverán dentro de un mes o así al Coto de Doñana y no hay que olvidar nuestra proyectada excursión a las marismas. Yo no la olvido. Usted no puede regresar a Inglaterra sin haber cumplido antes su sueño, sin haber estado en las dunas al amanecer. Y yo no debo faltar a la palabra dada.

—De acuerdo. Yo, encantado de la vida. Pero primero tengo mucho que hacer en Madrid.

—Todo ello precisa de una buena organización. Después de ver los ánsares nuestro plan es continuar hasta el palacio de Doñana, donde estuvo conmigo Peter Falkland. Y desde allí, a la mañana siguiente, a la finca que tiene cerca de El Rocío el marido de una gran amiga nuestra, Araceli Domínguez.

—Es un marquesito rico —explicó el hijo—. Se llama Benito y está obsesionado con Tarteso, que, no sé si usted lo sabe, se encuentra debajo de las marismas, o por lo menos así lo dicen algunos historiadores y arqueólogos. Desde la finca de Benito y Araceli volveremos todos a Sevilla.

—Benito es bastante amigo de Montpensier —dijo el

padre—, que también posee una finca cerca de El Rocío, pero mucho más grande.

—Montpensier tiene palacios y fincas por todos lados, señor Boyd —terció Cipriana Álvarez—: en Villamanrique de la Condesa, en Castilleja de la Cuesta, en Sanlúcar... en Francia, en Portugal, en Italia, en Inglaterra... Además sabe sacarles rentabilidad. Dicen que es uno de los hombres más ricos de Europa.

Ya se iban levantando de la mesa.

—¿Qué proyecto tiene usted para mañana, señor Boyd? —le preguntó Machado Álvarez.

—Subir a la Giralda. Lo iba a hacer ayer, pero el amigo Gago me desbarató la empresa.

—Si me permite le acompañaré y le explicaré unas cosas que tal vez le resulten útiles. ¿Le recojo en la fonda a las once?

Boyd aceptó agradecido la propuesta. Se trataba de gente a todas luces extraordinaria, culta, simpática, a la vez andaluza y europea. Era una bendición tenerlos como amigos y cómplices.

Al despedirse llevaba bajo el brazo la carpeta con *El Combate* y *La Igualdad*.

11

Otra vez en su habitación Patrick durmió una larga siesta —hacía todavía calor— y, cuando despertó, abrió la carpeta que le había entregado Machado Núñez.

Cada número de ambos diarios constaba de cuatro páginas. Debajo de la cabecera de *El Combate*, después del nombre de Paul Angulo, al cual seguían los de sus colaboradores, se leía: «¡Viva la República Democrática Federal!». El subtítulo de *La Igualdad* decía, sencillamente: «Diario Republicano Federal». Ya de entrada la diferencia de tono era evidente.

Empezó con el número inaugural de *El Combate*, correspondiente al 1 de noviembre de 1870. Contenía una violenta diatriba, visceralmente antimonárquica, dirigida, con pluma brillante y mordaz, contra quienes, a juicio del autor —que Patrick suponía no podía ser otro que el propio Paul—, traicionaban desde el Congreso el espíritu de la sublevación de 1868. A la cabeza de los enemigos figuraba «el antirrevolucionario general Prim». «El partido republicano —leyó— ha apurado, durante dos años, el cáliz de la amargura, y es ya la hora de la reparación social... La miseria ha llegado ya a su colmo. La Revolución de septiembre, agravando en vez de resolver la crisis económica y social que la provocara, ha llevado la confusión a las conciencias, la inmoralidad a la administración y el desorden a la sociedad. Parece increíble que el pueblo pueda aguantar más... El trabajador busca trabajo y no lo encuentra, pide pan y se lo niegan. Las familias, acosadas por las necesidades más perentorias de la vida, se dispersan. "¿Qué va a ser de nosotros?", se preguntan. "¿Quién nos salvará?".»

A renglón seguido venía la llamada a la fraternidad de los pueblos, inherente al credo federalista: «Una voz se oye por Europa, y esa voz clama: "¡Abajo todas las tiranías políticas, económicas, sociales y religiosas! ¡Paso franco a los Estados Unidos de Europa! ¡Viva la República Federal universal!"».

Clavado en su butaca, olvidado todo menos lo que tenía delante, Boyd siguió leyendo.

Las dos últimas páginas del número reproducían un extracto del *Diario de Sesiones* del día anterior donde se recogía la enconada discusión habida entre el presidente de la Cámara, Manuel Ruiz Zorrilla, y Paul Angulo. Durante la misma éste había expresado el infinito desdén que le inspiraban aquellas Cortes. Eran las vísperas de la votación de Amadeo, y Paul no estaba dispuesto a callar cuando ya se aproximaba el desenlace de la farsa en que para él se había convertido «La Gloriosa». «El gobierno que nos ha desgobernado hasta aquí no es más que una dictadura fatal, cubierta con la capa de constitucionalismo», había espetado. Y recurriendo ya a la amenaza: «El partido republicano organizará sus huestes, y quizás muy pronto el partido republicano os enseñará que también en el terreno de la fuerza estamos por delante de vosotros».

Patrick hojeó algunos de los números siguientes del diario. Paul era a todas luces un considerable político, orador y polemista. Un fanático, quizás, pero con notables tablas y, al parecer, una valentía y un arrojo nada comunes. Un revolucionario de verdad que se declaraba, públicamente, dispuesto a recurrir a la violencia en aras de sus convicciones, empezando con «la partida de la porra», que «los hombres de *El Combate*» —la frase volvía una y otra vez— juraban exterminar si los atacaban.

Al llegar al número correspondiente al 17 de noviembre de 1870 notó una cruz escrita a lápiz en la parte superior de la primera plana. Suponía que era de Machado Núñez. El día antes el Congreso había votado a Amadeo, y *El Combate* vomitaba odio, desdén y rabia contra Prim y su gobierno. Reproducía los nombres de los 191 diputados que habían apoyado la candidatura del italiano, y advertía que en su día serían juzgados «por el tribunal del pueblo».

Siguió hojeando. El 9 de diciembre el diario aseguraba: «La lucha decisiva está tan próxima que casi la tocamos». El 15 prometía que «la venganza no se hará esperar» e informaba que la redacción se acababa de mudar desde su sede en la plaza de los Mostenses a la calle de Relatores, número 13, principal, al lado de la plaza del Progreso, sin explicar el motivo del cambio. El 17 anunciaba que sonaba «la hora de la expiación» y reproducía un extracto de otro intercambio violento en el Congreso, el día antes, entre Paul Angulo y Ruiz Zorrilla.

Durante el mismo, Paul se había reafirmado en su denuncia de «la farsa indignante que aquí se representa». El presidente quiso saber a qué se refería al emplear la palabra farsa. «Al sistema parlamentario aquí seguido», había contestado, implacable.

Venía luego el número correspondiente al miércoles, 21 de diciembre. «Nos vamos aproximando a la fecha del asesinato de Prim —pensó Patrick con creciente excitación—. Veremos qué dice el hombre ahora.»

El Combate incitaba ya de manera explícita a la lucha armada. En el artículo «Las promesas setembristas» —las promesas de los hombres de 1868—, Prim era calificado de traidor por insistir en imponer a España un miserable reyezuelo italiano «que la nación en masa rechaza». Reyezuelo que iba a llegar en cualquier momento. Para el articulista, el general es la misma encarnación de la corrupción; el gobierno ha gastado una fortuna indecente en la comisión de diputados enviados a Italia para entrevistarse con Amadeo; se va a conceder al rey una dotación del todo desmesurada; en el presupuesto de gastos se asigna una cuantiosa partida para el clero, como si no hubiera cambiado nada desde los tiempos del régimen oscurantista de Isabel II; se ha colocado un hilo telegráfico en el castillo que tiene Prim en los Montes de Toledo, operación costosísima para el erario público; incluso hay un proyecto para construir una línea de ferrocarril particular a otro cortijo suyo... y esto cuando el general y su entorno insisten en que trabajan «con mucha economía». Son todos, para *El Combate*, unos redomados enemigos del pueblo soberano, y si Amadeo llega al trono será una vergüenza para los españoles de buena ley.

En otra página Patrick se encontró, estupefacto, con un «acertijo» envenenado que preguntaba: «¿Quién es el personaje que será silbado en Barcelona, apedreado en Zaragoza y fusilado en Madrid, a menos que lo sea en otro punto antes de llegar?».

Iba, evidentemente, por Amadeo (quien, según se rumoreaba, desembarcaría en la capital catalana).

En el número del día siguiente, jueves 22 de diciembre, el libelo continuaba vertiendo su despecho contra Prim, el principal responsable de dos años de «crímenes, apostasía y farsas». El «pequeño dictador y sus cómplices», que habían elegido rey de España a un miserable duquecito extranjero, merecían ser barridos cuanto antes «por el huracán revolucionario, cuyos primeros rugidos parecen exhalarse del último rincón de la conciencia popular».

El objeto principal de tanto odio era una grotesca parodia del Prim a quien creía haber conocido Boyd en Londres y luego en Madrid. Al ir repasando las páginas de *El Combate* se preguntaba si se había equivocado en cuanto al general. Pero no, no podía ser. Paul Angulo cargaba fanáticamente las tintas.

El diario había tomado nota de que, día tras día, *La Igualdad* repetía incansablemente, refiriéndose a la inminente llegada de Amadeo: «No vendrá, no vendrá, no vendrá». *El Combate* no estaba de acuerdo en absoluto: «Sí, carísimo colega —discrepaba—, sí VENDRÁ pero NO VOLVERÁ. Esta España será para él la realización del castillo de Irás y no Volverás».

Era, otra vez, una explícita amenaza de muerte para el italiano, la mayor hazaña de cuyo padre, el rey Víctor Manuel II —en opinión del diario— había sido... ¡engendrar a veintiocho hijos bastardos!

El penúltimo número de *El Combate*, correspondiente al viernes 23 de diciembre de 1870, seguía en la misma línea, con aún más estridencia si cabía. Prim y los parásitos parlamentarios que le rodeaban habían cometido, al elegir a Amadeo, «el horrendo delito de lesa-nación». La Revolución contra ellos, inevitable, ya había empezado. Era aún débil, pero, aseguraba *El Combate*, «por uno de esos milagros de la ciencia de curar, el hierro, el acero, el metal y el plomo la robustecerán muy pronto, tan robustamente que no la conocerá ni la madre que la parió». Así las cosas, «al tiempo y un poquito de calma, no más que un poquito, que el VERDADERO *fiat lux* no se hará esperar muchos días».

«EL QUE NO ESTÁ CON NOSOTROS ESTÁ CONTRA NOSOTROS», iba terminando el artículo. Y por si acaso no quedaba claro, su autor concretaba a continuación la disyuntiva que a su juicio les tocaba ya a los españoles: «¡Con la libertad o con la reacción! ¡Con la patria vendida o con Prim que intenta venderla! ¡O leales a la nación o traidores! Elegid».

El último número de *El Combate*, el 54, llevaba la indicación «Madrid - Domingo 25 de diciembre de 1870». Tenía una sola hoja y constituía un vehemente manifiesto federalista dirigido al pueblo español.

«Cuando la violencia y la fuerza son las únicas armas de un gobierno usurpador —arrancaba—, los defensores de los derechos del hombre y de las libertades patrias deben cambiar la pluma por el fusil y repeler la fuerza con la fuerza.»

—Ya estamos —musitó Patrick—, ahora viene la guerra abierta.

Seguía una larga letanía de imprecaciones contra el «dictador» Prim y su gobierno, «que cínica e impúdicamente conculca la ley, pisotea el derecho, arrastra la libertad y barrena la Constitución». En tales circunstancias, ¿cuál era el deber de «los hombres de *El Combate*», que tenían declarada en sus columnas «guerra sin cuartel al traidor Prim, a sus Cortes Constituyentes, cómplices de un crimen nacional, y a ese dios terrenal asalariado, a ese tirano extranjero que se llama Amadeo, duque de Aosta»? Consistía primero, aquel deber, en suspender inmediatamente la publicación del diario, pues era obvio que iba a ser ya «de todo punto imposible», con la implantación del nuevo régimen, «continuar con la franqueza y valentía que hasta aquí». Y, segundo, en sublevarse en armas, «porque LA FUERZA NO SE REPELE CON LA PLUMA SINO CON LA FUERZA». Fiel al nombre de la publicación, incumbía ahora combatir el régimen fusil en mano.

Boyd resolvió que, como fuera, era imprescindible dar con Paul Angulo. Con el fanático republicano que había sido amigo íntimo de Prim en el exilio y que, llegado diciembre de 1870, culpándole de lesa patria, le odiaba mortalmente.

Echó luego una ojeada a los dos números de *La Igualdad* incluidos en la carpeta. No ocultaban su animadversión contra Prim ni su convicción de que la elección de Amadeo había sido un terrible error. Pero faltaban la retórica fanática del órgano de Paul Angulo, así como sus virulentas e insistentes llamadas a la resistencia armada. El segundo correspondía al 31 de diciembre de 1870. Acababa de llegar a la redacción la noticia de la muerte del general, que el diario lamentaba profundamente, con palabras adoloridas y nobles, a la vez que condenaba con execración a los miserables capaces de cometer tamaño crimen. No por nada era *La Igualdad* portavoz oficial del Partido Republicano Federal, liderado por hombres de la talla y la mesura de Pi y Margall y Castelar.

El día había resultado más fructífero de lo que Boyd hubiera podido imaginar. Ya tenía una pista nueva importante: Solís Campuzano, el ayudante del duque de Montpensier, encarcelado en relación con el crimen. En cuanto a Paul Angulo, sólo Dios sabía dónde estaba, pero McKinley y los chicos de *The People's Word* lo encontrarían si fuera humanamente posible. ¿Y Montpensier? Como le había dicho Mac, no iba a ser nada fácil entrar en contacto con el duque, estuviera donde estuviese. Pero de alguna manera quizás habría que intentarlo en su momento.

12

A la mañana siguiente, mientras se dirigía hacia la Giralda con Machado hijo, Patrick, impresionado por su lectura de la tarde anterior, deseaba saber sobre todo si, a juicio de su nuevo amigo, José Paul Angulo había participado personalmente en el asesinato de Prim.

—Yo creo que sí —repuso Antonio—, creo que no se pueden tener dudas razonables al respecto. Según un amigo mío en Madrid, la viuda de Prim contaba que su marido reconoció la voz de Paul en la calle del Turco, gritando la orden de abrir fuego. Al parecer era inconfundible, muy fuerte, y a Paul le producía orgullo. Y, aunque supongo que iba disfrazado (a cara descubierta no iba a ir) cometería el error de gritar. Había colaborado íntimamente con Prim en 1868, no lo olvide, participaba con frecuencia en los debates del Congreso, y el general conocía perfectamente su voz, como no podía ser de otra manera. Además de hablar con la viuda, si puede conseguirlo (no sé dónde está ahora), usted debería conocer a otra persona que estuvo con el general hasta el final, Ricardo Muñiz, íntimo amigo suyo y diputado. Le podrá informar al respecto. Mi padre le conoce. Le pedirá que le reciba.

Patrick anotó el nombre en su cuaderno.

—Ahora bien, como decíamos ayer —prosiguió Machado Álvarez—, la gran incógnita es quién estaba detrás del atentado, quién lo exigió y quién lo pagó. Y quién encubrió luego a los que lo ejecutaron (que eran muchos, se dice que unos diez o quince) y logró que desaparecieran enseguida de la faz de la tierra. Esto en un país como España, donde la gente habla mucho. Todo ello costó necesariamente mucho dinero. Nosotros, ya lo sabe, creemos que Montpensier estuvo detrás. Pero demostrarlo les va a resultar muy difícil a los jueces. Sobre todo si fracasa la República.

Habían cruzado el patio de los Naranjos y ya emprendían la escalada del antiguo minarete.

—Son treinta y cuatro tramos de rampa —explicó Machado—, pero la pendiente es bastante suave.

Compensaban el esfuerzo las magníficas vistas que se iban abriendo de la ciudad, y que hacían imperativo un descanso en cada ventana. A Patrick le llamaban la atención sobre todo los patios de las casas, los secretos patios andaluces que apenas se perciben desde la calle. Eran, evidentemente, la clave arquitectónica de la vida íntima de los sevillanos, recintos frescos y frondosos donde guarecerse del inmisericorde sol de las tierras bajas en verano, y que a veces lucían un ciprés o una palmera.

No tardaron en llegar a la altura del techo de la catedral, un bosque de pináculos y florones góticos, cúpulas y linternas. Al contemplar, casi al alcance de la mano, una gárgola con grotesca cara de diablo, Patrick recordó al jorobado Quasimodo de Víctor Hugo, enamorado por más señas de una gitana andaluza. Era como si Nuestra Señora de Sevilla se hubiera transformado súbitamente, por arte de birlibirloque, en la de París, aunque el río que palpitaba al fondo, poblado de barcos, era indudablemente el Guadalquivir y no el Sena.

Machado y Boyd, muy a gusto juntos, acordaron en la novena o décima rampa de la subida que había llegado el momento de hablarse de tú.

Antonio, orgulloso de la Giralda, como buen sevillano que era, tenía varias sorpresas preparadas para el irlandés. Entre ellas la vista de la iglesia de Santa Ana, en Triana, el primer templo cristiano levantado en la ciudad después de la conquista.

—Mi mujer nació al lado —explicó una vez que Boyd la localizó con la ayuda de su telescopio de bolsillo—. Por ello le pusieron Ana. ¿Sabes —preguntó, con una sonrisa— quién era Santa Ana?

Patrick tuvo que reflexionar.

—La madre de la Virgen, ¿no?

—Sí, claro. En Andalucía hay quienes la llaman, con lógica implacable, «la Abuela de Dios». Porque, si la Virgen es la Madre de Dios, Santa Ana es su abuela. ¡Imagínate la influencia que tendría sobre Cristo!

—¡Pues nunca se me había ocurrido! —exclamó Patrick, riéndose.

—Lo que no sabes es cómo conocí a mi mujer. Te lo cuento porque tiene gracia. Un día, hace dos años, subieron hasta Sevilla, desde Sanlúcar, unos veinte o treinta delfines. ¡Te imaginas! Nunca se había visto una cosa parecida y la ciudad entera corrió al río a contemplar sus evoluciones y sus saltos. En medio del puente de Triana había una chica con su madre. Me pareció guapísima. Era Ana. Nos pusimos a comentar el espectáculo, y de repente, hablando con ella, intuí que había dado con el amor de mi vida. Y así resultó. Un milagro. Yo creo que aquellos delfines eran mensajeros de la diosa Venus, que les tenía afecto especial.

Llegados a la terraza del campanario, atalayaban una panorámica espléndida. A sus pies se extendía toda Sevilla, el color predominantemente blanco del caserío matizado por el albero que enmarcaba ventanas y puertas, con algún toque de rojo teja.

Machado Álvarez cogió a Patrick por el brazo y casi le empujó hacia una de las ventanas.

—¿Ves allí, justo delante del río, un palacio con torres y rodeado de árboles y jardines?

—Espera, espera... Sí, sí, lo veo, sí.

—Pues es San Telmo, el palacio de Montpensier, de nuestro amigo don Antonio María de Orleans. Quería que lo vieras desde aquí, para estimularte en tus investigaciones. No hay palacio comparable en Andalucía.

Patrick se congratulaba de no haber olvidado su telescopio.

—Pero ¡es enorme! ¡Tiene que valer una fortuna!

—Sí. Además, el duque ha reunido una colección de obras de arte y una biblioteca formidables. Aquí trajo, antes de la Revolución, a numerosos escritores franceses, entre ellos a Alejandro Dumas. Los jardines ocupan no sé cuántas hectáreas. De vez en cuando se digna abrirlos al público.

Empezaron a bajar. Patrick no pudo resistir la tentación de parar otra vez en todos los huecos de la torre.

—Supongo que de niño viniste aquí a menudo con tus padres.

—Muchísimas veces.

—Son extraordinarios, de verdad. Me han impresionado.

—Sí, lo son. Les interesa todo, absolutamente todo. ¿Te explicó mi padre que dejó de profesar la medicina porque se le murió una muchacha? Pues así fue, le afectó de tal manera que juró que nunca volvería a tratar a nadie, sólo a enseñar.

Estaban ya en el patio de los Naranjos. Machado Álvarez tenía que ocuparse de un asunto urgente y casi se olvidó de comunicarle a Boyd una buena noticia. Y era que aquel jueves por la noche su amigo Silverio Franconetti ofrecía una sesión de cante en el Apolo. Iba a ser algo grande. Le había invitado a asistir con los amigos que quisiera.

—Trataré de convencer a Araceli, nuestra marquesa, para que nos acompañe —añadió Antonio—. Espero que sí. Le fascina el cante y es muy amiga de Silverio. Es una mujer fantástica, muy independiente, ya verás. ¡Una marquesa republicana! Le dije la última vez que la vi, hace diez días, que venías a Sevilla. Le puse al tanto de tu obsesión con el asesinato de Prim porque creo que te puede ayudar. Su marido aprecia a Montpensier, pero ella no le puede ver. Bueno, te dejaré una nota en la fonda.

—Muy bien, me hace muchísima ilusión —dijo Patrick—. Yo me voy a sentar aquí un rato. Quiero apuntar algunas cosas que me has dicho. Y pensar un poco. Muchísimas gracias por todo.

Unos segundos después el desgarbado Antonio Machado Álvarez cruzó el antiguo patio de abluciones de la mezquita almohade con una aceleración digna de su padre y desapareció, raudo, por la Puerta del Perdón.

13

Diario de Patrick Boyd. Sevilla, Fonda de Londres, miércoles, 10 de septiembre de 1873.

Estuve no sé cuántas horas anoche copiando extractos de *El Combate.* Me dormí muy cansado pero feliz, pues el material es de sumo interés.

Hoy vi otra vez a Machado Núñez en la universidad. Le devolví los periódicos y le comenté la tremenda impresión que me había hecho el de Paul Angulo.

—La Revolución nos trajo una libertad de expresión antes desconocida en España —me dijo—. Nunca en la historia de este país había habido tanta. Luego, con Amadeo, hubo menos, pero ha vuelto con la República. El problema es que hay mucha gente, muchísima, que ha abusado de ella. Paul Angulo, por ejemplo. Era un fanático, no sé si lo sigue siendo.

Quería que me dijera dónde puedo consultar la colección completa de *El Combate.* Me sugirió que a lo mejor en la Biblioteca Nacional.

Le pregunté por Ricardo Muñiz, el diputado, y confirmó lo que me dijo ayer su hijo: Muñiz estuvo con Prim justo después del atentado y el general le aseguró que oyó la voz de Paul en la calle del Turco, dando la orden de disparar. Machado me prometió escribirle esta misma noche para pedirle que me recibiera. Según él se trata de un hombre ecuánime y uno de los amigos más íntimos de Prim.

No quise prolongar la entrevista porque el hombre estaba muy atareado poniendo los últimos toques a su discurso para la «solemne apertura» del nuevo año académico, que tendrá lugar dentro de diez días. Me habló de su contenido y me leyó varios párrafos. Asustará, sin duda, a los elementos reaccionarios del claustro, que según me dijo no escasean, porque aboga con entusiasmo por las teorías evolucionistas de Darwin. Además es un apasionado alegato a favor de una instrucción pública libre de injerencias eclesiásticas. Sin la mejoría de ésta, insiste, el progreso de España es imposible.

Tiene toda la razón, claro. Aunque el tono del discurso es comedido, no titubea mi amigo a la hora de expresar el férreo rechazo que le provocan todos los fanatismos, empezando con el de la Iglesia. ¡Seguramente le encantará a su enemigo Gago Fernández! Apunté algunas frases: «El espectáculo desgarrador de nuestras discordias»; «las doctrinas de lo sobrenatural y lo maravilloso», tan enemistadas con la razón y la ciencia, y desde hace siglos impuestas a los niños españoles; la locura de los extremistas republicanos andaluces, que «proclamando el dogma de la fraternidad humana, hieren a sus hermanos».

En los trozos del discurso que me leyó hay varias referencias al anarquismo. Es lo que más teme don Antonio en estos tiempos caóticos en que, casi exactamente cinco años después de «La Gloriosa», parece inminente un golpe de Estado que acabe con las libertades. «Sin el principio de autoridad y la obediencia de la misma —dice en un momento de su homilía—, es imposible el gobernar a los hombres.»

No se equivoca. Es precisamente la ausencia de tal principio lo que más se nota en la España de hoy. Don Antonio me ha transmitido su pesimismo. Como me decía Mac en Londres, tendré que darme prisa con esta investigación antes de que sea demasiado tarde.

14

Diario de Patrick Boyd. Sevilla, Fonda de Londres, jueves, 11 de septiembre de 1873.

Toda la tarde de ayer ordenando mis apuntes. Luego un paseo por Triana. Me apetecía visitar la iglesia de Santa Ana antes de conocer a la mujer de Antonio, a quien me va a presentar esta noche.

La iglesia está al final de la calle Pureza, una de las más bonitas que he visto en mi vida, con el Guadalquivir a tiro de piedra. Antes de penetrar en el edificio estuve hablando un rato con un viejo que se encontraba en la puerta. Me dijo que se conoce como «la catedral de Triana».

Es un templo muy amplio y muy bello. Me senté delante del retablo mayor, protagonizado por una simpática escena doméstica formada por Santa Ana —¡la Abuela de Dios!— y la Virgen, con el Niño Jesús en medio. Me complacía saber que la esposa de mi nuevo amigo había venido al mundo rodeada de tanta hermosura.

Volví al puente de Triana por la orilla del río, disfrutando el pintoresco espectáculo de la otra ribera, con sus barcos, la Maestranza y la Torre del Oro y el incomparable trasfondo de la catedral y la Giralda.

Quería terminar mi paseo echándole un ojo al palacio de las Dueñas, propiedad de los duques de Alba mencionado por Richard Ford en su guía. Se encuentra cerca de la universidad, en medio de un dédalo de calles estrechas. No tenía muchas esperanzas de poder entrar en el recinto. Mi sorpresa fue grande, pues, al descubrir que la cancela estaba abierta.

Me hallé de repente en un jardín maravilloso, encerrado entre altas tapias, que me hizo pensar en el huerto del Cantar de los Cantares: patios, fuentes, cipreses, arbustos exóticos, flores de todos los colores, setos de mirto y hasta un bosque de naranjos y limoneros... ¡un paraíso terrenal!

Me fui paseando lentamente por las veredas. Sentado en un banco de piedra, cerca de un surtidor, había un hombre de cierta edad dibujando. Me saludó y nos presentamos. Se llama Gumersindo Díaz y vive desde hace tres años en el palacio. Me explicó que el actual duque está en el extranjero y arrienda dependencias a personas de su confianza, entre ellas artistas. Me confesó, esbozando una sonrisa, que él se especializa en cementerios y ruinas.

—Tal vez sea porque tengo poca fe en el futuro de nuestro desdichado país —me comentó con acento lúgubre.

Fue el inicio de una breve pero intensa conversación, entre las flores y las fuentes, sobre la situación actual de España. Le expliqué que había venido a Sevilla a ver a mi amigo Antonio Machado Núñez. Lo conocía bien, dijo, y lo admiraba, así como a su hijo, a quien por lo visto siempre aconseja que se mude a las Dueñas con su mujer, sobre todo cuando empiecen a tener familia.

—Para un niño esto sería la gloria —me dijo, no sin razón—. Te despiertan los mirlos, te arrullan durante el día las palomas y te acuestas con los mochuelos. Como si la ciudad no existiera. De nacer aquí sería poeta, artista o músico.

Le dije que le hablaría a Antonio de nuestro encuentro.

—¡Convénzale por favor de que vengan aquí a vivir! —exclamó el pintor de cementerios—. ¡Así me hará compañía y organizaremos juergas, que a mí también me gusta el cante!

15

Diario de Patrick Boyd. Sevilla, Fonda de Londres, sábado, 13 de septiembre de 1873.

¿Por dónde empezar?

Simpatiquísima de verdad me resultó la mujer de Antonio; simpatiquísima, delicada y bonita. Debe de tener siete u ocho años menos que él. Es decir, unos veinte. Viven en un piso de la calle de San Pedro Mártir, cerca de la iglesia de la Magdalena, y juntos parecen la imagen misma de la felicidad.

Le conté que acababa de visitar su iglesia en Triana, y que me había gustado mucho. Se puso muy contenta. Pero cuando Antonio me dijo que su amiga Araceli había prometido acompañarnos al Apolo, creí notar en la expresión de su mujer un ligero ademán de disgusto. Se apresuró a decir que ella no podía ir con nosotros, pues su madre estaba todavía algo indispuesta y la necesitaba.

«¿Qué tendrá contra la marquesa?», pensé yo. No podía concebir que Antonio fuera amigo de una persona que molestara de alguna manera a su joven esposa.

Mientras nos dirigíamos hacia el café, Antonio me confió, no sin orgullo, que se había casado con Ana por lo civil, allí mismo en el apartamento, sin intervención alguna de los curas. Era la demostración, dijo, del profundo cambio operado en la sociedad española desde 1868.

«Si viene abajo la República —pensé—, adiós a los matrimonios civiles. Y a las demás libertades conquistadas.»

A las diez de la noche ya nos encontrábamos en el cuarto reservado del café cantante que había puesto a nuestra disposición Silverio Franconetti. Antonio me había dicho en el camino que con Araceli no se podía contar nunca, que iba y venía a su aire, y que igual no llegaba. Confiaba, sin embargo, en que mantendría su palabra. Después de la reacción de Ana, yo ya sentía una viva curiosidad por conocerla. Entretanto pedimos una botella de manzanilla y nos pusimos a escuchar sin gran entusiasmo a los artistas que abajo, en el tablao, empezaban a calentar el ambiente mientras se llenaba la sala. Al poco tiempo las mesas estaban todas ocupadas, yendo y viniendo entre ellas los camareros con botellas de vino.

Noté que unos turistas ingleses miraban a su alrededor algo azorados, como sorprendidos de hallarse allí, el blancor de sus caras contrastando con la morenez de las de los circundantes.

Mi amigo me iba hablando de la vida y milagros de Silverio Franconetti. Resulta que es hijo de un italiano así apellidado y de una muchacha de Alcalá de Guadaira. Aunque nacido en Sevilla, pasó la mayor parte de su infancia en Morón de la Frontera, donde a los diez años, en una fragua, oyó por vez primera los melancólicos cantes de los gitanos. A partir de aquel día no hubo manera de apartarlo de allí. Los padres insistieron en que aprendiera el oficio de sastre con su hermano, que tenía dicha profesión, pero en sus ratos libres volvía siempre a la fragua. Y vino el momento en que, bajo el misterioso embrujo de tan primitiva música, empezó a cantar como los calés.

—Hay una copla que lo explica todo —dijo Antonio. Y canturreó:

Aunque canto a lo gitano
no soy gitanillo, no.

Un año viví con ellos
y er cante se me pegó.

Por aquellas fechas, me siguió contando, un cantaor muy famoso, de nombre El Fillo, se quedó impresionado escuchando al niño Silverio y les aconsejó a los padres de la criatura que le dejasen seguir su inclinación, pues a su juicio tenía facultades extraordinarias para el arte. Cuando la familia se mudó a Sevilla, el prodigio no tardó en hacerse un nombre. Unos años después se fue solo a Madrid y, después, a Buenos Aires y a Montevideo. Hace diez volvió a Sevilla y se empezó a dedicar en cuerpo y alma a lo que ya entendía como su misión en la vida: elevar a la categoría de espectáculo público aquellos tristes cantares que escuchara de niño en la fragua.

Abajo el ruido era ya ensordecedor. Se notaba una creciente excitación en la sala. La gente bebía, hablaba animadamente, miraba hacia el escenario, tocaba las palmas.

En ese instante irrumpió en nuestro cuarto reservado el cantaor. Le dio un gran abrazo a Antonio y a mí me saludó efusivamente. Silverio es un hombre gordo y jovial, de unos cincuenta años, de aspecto pueblerino y estatura mediana, con el pelo muy corto, manos poderosas y, bajo cejas negras densamente pobladas, ojos oscuros y expresivos. Preguntó por «la señora marquesa». Machado le dijo que sin duda llegaría pronto. Se despidió con un «luego nos vemos».

Diez minutos más tarde se abrió la puerta y apareció Araceli.

Me quedé maravillado. Guapísima, opulenta de carnes, morena y sonriente, con abundante pelo negrísimo y más alta que el promedio de las españolas, se había vestido de maja para la ocasión. Le cubría la cabeza y los hombros un manto negro, llevaba un jubón malva con solapas ajustado al talle, mangas ceñidas y una falda roja con volantes.

Calculé que tendría unos treinta años.

Antonio la colmó de elogios. Era evidente que había entre ellos una relación de respeto y genuino cariño.

Lo primero que ella me dijo, después de un apretón de manos y mirándome directamente a los ojos, con desenfado, era que Antonio y su padre le habían hablado mucho de mí, de mis encuentros con Prim en Londres y de mi proyecto de investigar el asesinato del general.

—Haré todo lo posible por ayudarle —me dijo—. A mí también me interesa que se aclare todo.

Llevaba un perfume algo acre que no me era familiar. ¿Sería ámbar? Hablaba con gracia, o, como se suele decir por estos pagos, con salero. Era como la personificación del tópico de la mujer andaluza, con la diferencia de que era real. «¿Por qué se habría casado con un marquesito? ¿Sería por el dinero? Ya me iría informando al respecto», pensé.

Araceli no dudó en beber manzanilla con nosotros. Me preguntó por mi padre y la malhadada expedición de Torrijos, y le dije que acababa de visitar su tumba en Málaga. Sus ojos me hechizaban, sus turgencias bajo el apretado jubón malva me trastornaban. ¡Y su mirada! Empezó a decirme algo de Montpensier pero se tuvo que callar porque, de repente, salió Silverio al escenario con un guitarrista tan moreno que parecía un indio de orillas del Ganges.

Como por arte de magia se hizo en la sala un profundo silencio.

No puedo, es imposible en mi estado de desorientación actual, expresar aquí el efecto que me provocó el cante del maestro. Me acometían tres efluvios a la vez: el del cantaor, el de la presencia de Araceli y el de la manzanilla.

Los cantes giraban casi sin excepción en torno a la desesperación amorosa y a la muerte. En ellos hacía acto de presencia, una y otra vez, la madre, la madre cuya desaparición inspira un llanto incontenible.

Después apunté con la ayuda de Araceli y Antonio una letra que me había producido un escalofrío en todo el cuerpo:

¿Qué quieres tú que yo tenga?
Que te busco y no te encuentro.
¡Me ajoga la pena negra!

«Que te busco y no te encuentro. ¡Me ajoga la pena negra!» No olvidaré mientras viva la emoción de oír esta copla entonada por Silverio en aquella sala abarrotada e impregnada del humo de cigarros puros.

¿Qué es la pena negra? ¿El dolor ancestral del pueblo gitano, siempre perseguido, siempre hostigado, siempre castigado? Creo que sí. Y pensar que hasta hoy desconocía estos cantes que vienen del Oriente más lejano y misterioso. En Europa no creo que haya nada comparable.

En un momento de su actuación, Silverio señaló hacia nosotros y dijo:

—¡Este cante se lo dedico a doña Araceli!

El piropo revelaba que la marquesa era una mujer muy conocida y muy admirada en Sevilla. Decía la letra:

¿Qué tienen tus ojos
que cuando me miras
hasta los huesos que tengo en el cuerpo
todos me los lastiman?

Terminado Silverio, Araceli se levantó, sonriendo de placer, y le mandó un beso con la mano. El público aplaudía a rabiar. Luego una voz gritó:

—¡Silverio, Prim! ¡El general Prim!

Se hizo otra vez el silencio. Franconetti habló con el guitarrista, que, afinado su instrumento, volvió a rasguear. Y arrancó:

Imposible es que sea
español el que, malvao,
así a la patria ha privao
de su más bravo campeón.

Fue el frenesí. Gran parte del público se puso de pie, gritando olés y batiendo las manos, entre ellos los ingleses, que, sin entender nada de lo que pasaba a su alrededor, fueron contagiados por el fervor de la sala. Hubo gritos de «¡Viva Silverio!», «¡Viva La Gloriosa!», «¡Viva Prim!» y hasta de «¡Viva Alcolea!».

Nosotros también nos pusimos de pie, añadiendo nuestros aplausos a la algarabía general.

—¿No te dije que Silverio era de lo más grande? Ahora lo has podido comprobar por ti mismo —me susurró Antonio al oído, muy satisfecho.

Asentí con entusiasmo mientras seguía aplaudiendo.

Contar de manera pormenorizada el resto de la velada me sería imposible. En otra sala más pequeña, después de la actuación, Silverio y su guitarrista, acompañados de dos bailarinas gitanas, interpretaron para nosotros solos, más algún otro privilegiado, unos cantes ya más alegres. La manzanilla fluía a raudales y, en medio de la juerga, se levantó Araceli de un impulso, como inspirada, y se puso a bailar con las calés. Yo tenía los ojos clavados en ella. Cuando se sentó otra vez a mi lado, triunfal, me preguntó en inglés:

—*Do you like Spain?*

—Sí —le contesté— y, sorprendido por mi audacia, espoleada por el vino, añadí—: Y también me gusta usted.

Aceptó el cumplido con una sonrisa encantadora.

De repente entendí la reacción de Ana cuando salió a relucir el nombre de Araceli. Es evidente que tiene fama, con o sin razón, de *femme fatale.*

Salimos del café cantante a las tres de la madrugada. Esperaba en la puerta el coche de la marquesa, que insistió en llevarnos a casa. Iba a mi lado, con Antonio enfrente.

Cuando llegamos delante de la Fonda de Londres me apretó el brazo (sentí como una descarga eléctrica) y me dijo que, antes de que me fuera a Madrid, teníamos que hablar, pues me quería comunicar algo que sabía de Montpensier y que quizás me pudiera ser de interés. Aquella tarde iba a ir con su marido a una recepción, en el Alcázar, de la Comisión de Restauración de Monumentos Históricos y Artísticos. Le preguntó a Antonio si tenía invitación. Dijo que sí y acordamos que me llevaría a mí con él.

—Luego tú, Antonio, entretienes a Benito, y el señor Boyd y yo nos apartamos unos momentos y hablamos del duque.

Así acordado el asunto me despedí de ellos.

Un cuarto de hora después estaba dormido.

Son las doce y media de la mañana y lo de anoche me parece una fantasmagoría: el café cantante de Silverio, con aquella música escalofriante, el frenesí del público y, para colmo, la arrebatadora belleza y la sal de Araceli.

¿Será verdad que la veré otra vez dentro de unas horas? ¿O es que todo ha sido producto de la manzanilla?

16

Patrick Boyd y Machado Álvarez se habían citado, para ir juntos a la reunión, en el Patio de Banderas.

Mientras atravesaban el recinto, poblado de naranjos, repasaron animadamente las incidencias de la juerga flamenca. Boyd no le ocultó a su nuevo amigo la impresión que le había causado Araceli. Le rogó que le hablara de su familia, de su historia. ¿Tenía algo de herencia gitana?

—Veo que te ha embrujado —dijo Antonio, sonriendo—. No, no creo que lleve en las venas ni una gota de sangre calé. Es hija de un rico bodeguero de Jerez emparentado con una familia inglesa, por lo de la exportación de vinos. Creo que los Harvey. Cuando era jovencita pasó bastantes temporadas con ellos en Bristol. También estuvo en París. Su gente es conservadora, pero yo diría que por la influencia británica, bastante ancha de miras. Fue educada por las monjas, pero siempre había en casa alguna institutriz inglesa o francesa para contrarrestar tan, digamos, nefasta influencia eclesiástica.

—¿Y el marido?

—¿Benito? No ha hecho en su vida más que vivir de las rentas del marquesado. Su obsesión es Tarteso y tiene una colección arqueológica considerable. Le lleva doce años a Araceli pero se conserva muy bien, ya verás. Además es simpático, aunque, en el fondo, como toda su casta, un redomado reaccionario monárquico.

—¿Monárquico de Montpensier?

—En su momento sí, aunque no sé si ahora. Sé por Araceli que han asistido a fiestas del duque en San Telmo.

—¿Tienen hijos?

—No. Debe de ser penoso para ella. Creo que está bastante aburrida, con una vida social que no le interesa para nada.

Penetraron en el complejo palaciego y se dirigieron hacia el célebre Salón de Embajadores.

Nada más traspasar el umbral del mismo, la voz era inconfundible. En medio de un grupo de damas que le escuchaban embelesadas mientras meneaban sus abanicos, Francisco Mateos Gago explicaba las particularidades de los arcos de herradura triples que comunicaban la sala con las dependencias adyacentes.

—No, no, doña Emilia —insistía, categórico— el arco de herradura no es árabe en origen sino visigodo, se lo aseguro, los árabes lo encontraron aquí en España y se lo apropiaron.

—¡Otra vez nuestro cura y su vasta cultura! —le murmuró Patrick a Machado.

Buscó en vano a Araceli. Fiel a la volubilidad que según Antonio la caracterizaba, ¿habría decidido no acudir?

Gago acababa de darse cuenta de la presencia entre la concurrencia del alto irlandés a quien había servido de cicerone una semana antes. Y de que a su lado estaba el hijo de uno de sus principales adversarios universitarios.

—¡Señor Boyd! —exclamó, dirigiéndose hacia ellos con la mano extendida—. ¡Ya le dije que nos volveríamos a ver pronto! No le busqué en la fonda porque tuve que hacer un pequeño viaje inesperado. —Luego añadió con una sonrisa irónica, mirando a Antonio—: ¡Veo que viene usted muy bien acompañado!

—¿Cómo está usted, don Francisco? —le preguntó Machado Álvarez, afable, capeando la indirecta—. Le hemos estado escuchando. ¡Usted siempre rodeado de hermosas damas!

Gago se permitió otra sonrisa.

—Después de mostrarle al señor Boyd la Capilla Real me estuve preguntando quién podía ser el amigo suyo en Sevilla que le iba a llevar al Coto de Doñana a ver los ánsares. Y tuve una corazonada. ¿Quién, si no mi colega el naturalista, político y férvido republicano don Antonio Machado Núñez? ¡Me complace comprobar que tenía razón!

—Efectivamente, don Francisco —dijo Patrick—. No se me ocurrió decírselo.

En aquel instante llegó Araceli, escoltada por un hombre guapo y atildado bastante mayor que ella. La marquesa ya no era la maja de la noche anterior, magnetizada por el cante de Franconetti y que luego bailó con las gitanas, sino una sofisticada dama de sociedad vestida a la última moda, con traje azul, polisón y un coqueto sombrero adornado de plumas variopintas. Saludó sonriente a Antonio, a Gago y luego a Patrick, mirándole a los ojos mientras le daba la mano.

—Le presento a mi marido —le dijo, volviéndose hacia el marqués—, el marido más tolerante del mundo, que hasta permite a su esposa frecuentar con amigos los cafés cantantes.

El marqués le estrechó la mano a Patrick, observándole con curiosidad, y se inclinó levemente.

—¿Qué alternativa tengo? —terció—. Hoy vivimos en democracia, ¿no es así, don Francisco?, y está permitido que cada uno haga lo que quiera. ¡A este paso pronto les daremos el voto a las mujeres! Araceli no puede vivir sin escuchar a su amigo el serafín Franconetti. ¡Yo por mí prefiero a Gounod!

«Es cierto lo que me dijo Machado Álvarez —pensó Patrick—. El personaje no deja de ser simpático.»

—Sé por Antonio y su padre que usted es ornitólogo

—le dijo el marqués a Boyd—, y que le van a llevar más adelante a Doñana. Como yo tengo una finca cerca de El Rocío les he dicho que me encantaría que pasaran ustedes una noche con nosotros a su regreso. Incluso a Araceli y a mí nos gustaría acompañarles si podemos.

Boyd le agradeció el detalle.

—Me voy ahora a Madrid —dijo—, pero espero poder volver en noviembre para no faltar a la cita. Desde hace años sueño con Doñana.

—Es un lugar mágico —dijo el marqués—. Y mítico. Tarteso está debajo y un día lo hallaremos.

Gago ya no se pudo contener más.

—El señor Boyd me quiere convencer de que los ánsares de Doñana comen arena en las dunas cada amanecer para poder digerir las castañuelas que son su alimento. No he oído nunca una cosa así.

—Pues es absolutamente cierto —contestó el marqués—. Lo he visto yo mismo. Y si usted quiere, viene con nosotros y lo ve también. Cada amanecer vuelan hasta las dunas desde las marismas, decenas de miles de ellos, a comer arena. Es un espectáculo increíble.

Se hizo de repente un relativo silencio al tomar la palabra el alcaide de los Reales Alcázares, subido a una tarima, para explicar el proyecto de restauración de la grandiosa cúpula mudéjar del salón, la famosa «media naranja», y la campaña que, muy pronto, se iba a inaugurar para la recaudación de los necesarios fondos. Hubo unas breves intervenciones de los asistentes y luego todo el mundo salió al jardín, al cual se accedía por una escalera desde la terraza, donde les esperaba un refrigerio.

Fue la ocasión para otra perorata del canónigo, requerido por el séquito de encopetadas señoras ansiosas de escucharle. Ahora le tocaba discurrir sobre jardinería musulmana: que si el reflejo del paraíso coránico, que si el simbolismo del agua, que si el halago de los cinco sentidos... el catedrático de hebreo y árabe estaba en su elemento.

De acuerdo con lo convenido la noche antes, Antonio, al tanto de la afición del marqués a la caza, le preguntó por las particularidades cinegéticas de su finca en Doñana. ¿Había jabalíes, gamos, conejos? ¿Cómo se prometía la temporada? El ardid tuvo el esperado resultado, y Patrick y Araceli, viendo su oportunidad, se alejaron un poco y se dirigieron, como movidos por un común impulso, hacia una pequeña glorieta cercana en cuyo centro se alzaba un granado con las ramas cargadas de frutas. Mientras extendía la mano para acariciar una de ellas, abierta en roja y jugosa sonrisa, Patrick le murmuró:

—Lo de anoche me ha afectado mucho. Nunca en mi vida he oído nada comparable.

Le iba a decir una galantería, pero se inhibió. Ella le miraba sonriente, invitándole con sus ojos negros y brillantes a que siguiera.

—Me dijo usted que me quería contar algo de Montpensier —le recordó Patrick—, algo que pudiera ser útil para mi investigación sobre el asesinato de Prim.

—Sí. No sé si se lo han dicho los Machado, pero el juez que instruía la causa por el crimen vino a Sevilla y llevó a cabo una indagatoria en San Telmo buscando documentación comprometedora del coronel Solís, el ayudante del duque. Y me imagino que del duque también.

—No, no me lo han dicho. Seguramente se olvidarían.

—Nosotros conocemos a una persona que trabajaba en el palacio y nos dijo que se llevaron algunos papeles. Montpensier no estaba, se había ido ya a Francia. Me imagino que los documentos están en el juzgado de Madrid. Me parecía importante que lo supiera.

—Lo es, muchísimas gracias. ¿Usted me puede poner en contacto con la persona que conocen en San Telmo?

—Ya no está allí pero puedo tratar de localizarlo.

—Magnífico. Y a Solís, ¿ustedes lo trataron?

—Dos o tres veces, antes de que huyera a Londres.

—¿Qué me dice? ¿Huyó a Londres?

—Claro, ¿no lo sabía? Huyó a Londres cuando se enteró de que lo iban a detener. Estuvo allí un año, más o menos. Luego volvió y lo cogieron. Se comentó mucho en la prensa.

—No lo sabía, no, es otra pista importante, muchas gracias. ¿Usted cree que Montpensier estuvo detrás del asesinato?

—Creo que sí, como Antonio y su padre y como mucha gente en Sevilla. Pero, claro, con las espaldas bien cubiertas. O sea, poniendo el dinero pero a través de sus agentes, sobre todo Solís. Trataré de averiguar más cosas. Pero tendré que ir con mucho cuidado, mi marido puede sospechar algo.

—¿Y cómo le cae a usted el duque?

—Le detesto —repuso Araceli—. ¡Es un engreído repelente y, además, con las mujeres se cree un dios!

Gracias a la marquesa Patrick ya tenía unas pistas nuevas. Le rogó que, si encontraba algún dato nuevo, se lo comunicara. Ella le dijo que le escribiría en cuanto tuviera noticias, o que se las comunicaría a través de Antonio. Añadió que si surgía algo importante que quisiera comunicarle, se lo podía hacer a la lista de correos.

—Además —agregó—, Benito ha comprado un piso en Madrid y tendrá que ir pronto allí a arreglar unas escrituras. Creo que le voy a acompañar. Allí nos podremos volver a ver.

Patrick había vuelto a acariciar una de las granadas mientras la escuchaba. Y le iba a explicar que la famosa y mortífera bomba de mano del mismo nombre fue inspirada por la fruta cuando, de repente, apareció a su lado Gago.

—¡Bueno, bueno, de modo que, no contento con ser ornitólogo, usted también es botánico! —exclamó el canónigo con un ademán de disimulada jovialidad.

—Le explicaba a la marquesa —improvisó Patrick— que la granada es la fruta de Afrodita, regalada por la diosa al pueblo de Chipre, tras su nacimiento, allí cerca, entre la espuma del mar.

Araceli sonrió ante la ocurrencia.

—Efectivamente —asintió Gago, mirándole con intención—. Por algo hay quienes mantienen que la famosa manzana bíblica, símbolo del pecado original, fue en realidad una granada.

«No sc pierde ni una —pensó Patrick—. Los Machado tienen razón. ¡Qué bicho!»

—De todos modos —dijo Araceli, acariciando a su vez la reluciente fruta— hay que estar de acuerdo en que es hermosísima.

—Su amigo Machado Álvarez me ha dicho que usted se va pasado mañana a Madrid, señor Boyd —dijo Gago, cambiando la dirección de la conversación.

—Así es. Necesito ver a mucha gente allí. Pero dentro de un par de meses volveré... para la cita con los ánsares que usted sabe.

Cuando Machado y Boyd se despidieron de Gago y los marqueses, Patrick notó que Araceli le escrutaba con la misma intensa mirada, acompañada de una sonrisa enigmática, que había desplegado durante la escena del granado. ¡Qué mujer! Desde la muerte de Mary ninguna le había llamado especialmente la atención, hasta el punto de que a veces se preguntaba si sería capaz un día, con el tiempo, de superar su pérdida e iniciar una relación nueva. Pero Araceli era diferente. Entre ellos se había establecido, en unas pocas horas, una corriente de mutua complicidad.

¿Sólo de complicidad?

Se vería. Por el momento lo que importaba era meterse de lleno en la misión que le había traído a España.

SEGUNDA PARTE

1

Dos días después Patrick Boyd bajó del tren en la madrileña estación de Mediodía.

Mandó su equipaje al Hotel de las Cuatro Naciones y se dirigió sin perder un momento a la tumba de Prim, todavía provisional, en la cercana basílica de Atocha. Era consciente de que, al hacerlo, imitaba el proceder de Amadeo, cuyo primer acto en la Villa y Corte, al llegar desde Cartagena el 2 de enero de 1871, había sido arrodillarse delante del cadáver de su valedor, todavía de cuerpo presente.

Desde entonces habían pasado casi tres años durante los cuales la justicia había sido incapaz de identificar a los responsables del magnicidio.

Contemplando el sepulcro, Patrick Boyd volvió a jurar que no cejaría en su empeño de identificar a aquellos malvados, con las pruebas en la mano.

2

Carta de Patrick Boyd a Edward McKinley. Madrid, Café Imperial, Puerta del Sol, miércoles, 17 de septiembre de 1873.

Querido Mac:

Ya estoy en el Hotel de las Cuatro Naciones, que se acaba de mudar a un espléndido edificio nuevo al final de la céntrica calle del Arenal. Cuando vine en 1870 era una fonda, ahora es un *hotel* muy *fashionable*. Ambas palabras están de moda en Madrid, así como el término *comfort*. Hay una auténtica obsesión por estar a la altura de París y Londres, y en algún teatro hasta se ofrecen números de cancán, con el debido escándalo de beatos y reaccionarios.

Te escribo desde mi cercano cuartel general en la Puerta del Sol, el café Imperial, que de todos los que pueblan el meollo de la ciudad es el que me ofrece la mayor cantidad de alicientes. Sus grandes ventanas permiten observar el continuo espectáculo que se desarrolla en esta plaza «solar» tan famosa en los anales del país, espectáculo que no termina de día o de noche (no cierra hasta las dos y media de la madrugada como mínimo).

No puedo olvidar que en este gran teatro de la vida española el pueblo madrileño se cubrió de gloria imperecedera luchando contra los franceses en 1808. Tampoco que, si aquí se leyó la proclamación de la Constitución de Cádiz en 1812, en él también fue quemada la misma a la vuelta del miserable Fernando VII, el responsable luego de la muerte de mi padre.

El Imperial ocupa toda la fachada occidental de la plaza y da también a la calle de Alcalá y a la Carrera de San Jerónimo (donde, más abajo, está el Congreso). El local es inmenso. Y está siempre abarrotado. Aquí se agrupa en tertulias la sociedad madrileña en casi toda su variedad: toreros, políticos, periodistas, músicos, banqueros, agentes de la bolsa; yo qué sé... y los que, sencillamente, «hacen tiempo», entre ellos un montón de cesantes siempre a la espera de un cambio político que les vuelva a dar trabajo. El ruido de la gente discutiendo es indescriptible.

De día, los únicos parroquianos son hombres (a no ser que entre, casi por error, alguna turista francesa o alemana, lo cual siempre provoca jolgorio). A las primeras horas de la noche van llegando grupos familiares, de vez en cuando con alguna hija casadera, con la esperanza de que se fije en ella un «pollo» en condiciones. La consumición de tostadas es algo que hay que ver, me aseguran que Madrid despacha más que todo el resto de España y que el Imperial es la catedral de la especialidad.

Entrada ya de lleno la noche todo el mundo va al teatro, de modo que hay un poco de calma, pero hacia las doce empieza a acudir la clientela galante, la gente del cante, actores y actrices, bailarinas y bastantes individuos de aspecto *louche*, todos hablando alto, casi gritando, bueno, un verdadero pandemónium. Hay cenas, brindis, convites, discursos. Y todo el mundo opinando sobre política, por supuesto, de si Salmerón, de si Castelar, de si los carlistas, de si los ingleses, de si el cantón de Cartagena... y recetando sus arbitrios para arreglar el país. En fin, un mundo alocado.

Lo que pasa fuera no es para menos. El bullicio es perpetuo. En el centro de la plaza se ha colocado una fuente circular dotada de unos juegos y saltos de agua de gran mérito... pero que no funcionan nunca y son meta de constantes chistes. Hay un enjambre de vehículos de todas clases, desde los humildes simones, coches de punto y tartanas, pasando por góndolas y galerines, hasta el tílburi, el landó, las aristocráticas carretelas y victorias y el faetón último modelo. Todos mezclados con los ómnibus. ¡Piccadilly Circus en versión española, se diría! Además, se acaba de instalar el primer tranvía de la ciudad, que va desde Sol hasta el nuevo barrio de Salamanca, barrio de ricos. (A propósito, he conocido en Sevilla a una marquesa despampanante y ¡republicana!, muy útil para mi trabajo, cuyo marido tiene en dicho barrio un piso.)

Hay dos amplias aceras para los peatones, que van y vienen sin parar, una multitud. A las madrileñas les gustan los colores muy vivos. A los hombres los apagados. Y todos charlando y discutiendo sin pausa. Prevenidos, siempre, contra los rateros, que pululan (la gente se queja mucho de la falta de policía y de seguridad pública). El otro día conocí a un mexicano que me dijo que los españoles charlando dan la impresión de que en cualquier instante van a llegar a las manos. «Hablan muy golpeado», me dijo. Me gustó la expresión, lo dice todo: «muy golpeado».

Madrid está creciendo, se derriban tapias y edificios y está en el aire la palabra «ensanche». Es todavía minúsculo comparado con Londres o París —se cruza a pie en media hora—, con una población, según me dicen, de sólo trescientas mil almas en comparación con los casi cuatro millones nuestros, que es una monstruosidad.

Te interesará saber que, gracias a la Revolución, la capital jamás ha tenido tantos periódicos. Veinte, treinta... no sé cuántos exactamente, de todas las tendencias. Ya empezaba cuando estuve en 1870 y ahora es un alud. La gente discute diario en mano y hay que ver las disputas que se producen. Nadie convence a nadie, claro, cada uno se aferra a sus prejuicios. Lo que no se les puede negar a los españoles es su vitalidad, que es de una intensidad que a veces casi da miedo.

Dime enseguida si hay noticias de Paul Angulo. Es imprescindible que le localicemos.

Mañana voy a ver a un gran amigo de Prim, Ricardo Muñiz, que estuvo con él cuando se moría. Creo que me podrá ayudar. Te tendré al corriente...

3

Desde que le llegara la carta de Antonio Machado Núñez pidiéndole que tuviera la amabilidad de recibir a su amigo Patrick Boyd, Ricardo Muñiz esperaba con gran interés aquella visita. No sólo por tratarse del hijo del joven y generoso irlandés inmolado al lado de Torrijos, sino por la obsesión con el asesinato de Prim que, según el catedrático de Sevilla, no le dejaba en paz, como tampoco a él. Machado Núñez le había puesto al tanto de los encuentros de Boyd con el general en Londres, y rogado que, como íntimo de la víctima, le ayudara con su investigación. Muñiz le había contestado que sí, naturalmente, y que el periodista fuera a verle cuando quisiera.

No había ni día ni hora en que el ex militar, ex conspirador contra Isabel II y enérgico diputado no tuviera presente al insigne compañero con quien había compartido tantas peripecias bélicas y políticas a lo largo de dos décadas. Los responsables de privar a España de su adalid más eminente —en su opinión el único capaz de dirigirla hacia la modernidad, de devolverle su sosiego— no tenían perdón de Dios, fueran quienes fuesen. Muñiz lo tenía claro.

Le atormentaba el recuerdo de una conversación mantenida con Prim a principios de aquel aciago diciembre. El general estaba convencido de que la elección de Amadeo, superada la peligrosa «interinidad» de los dos años transcurridos desde la Revolución, iba a significar el inicio de una nueva era de prosperidad para España. Los Saboya eran la dinastía más liberal de Europa, razonaba, y Amadeo había demostrado su valentía y su inteligencia. Libremente elegido por el Congreso, sería el monarca que necesitaba el país. Y él, Prim, estaría a su lado para garantizar la buena marcha de la empresa. Muñiz estaba de acuerdo en todo.

«El gran mérito que tenemos, Ricardo —le había dicho el general en aquella ocasión—, y por lo que se nos hará justicia más adelante, mal que les pese a nuestros enemigos, es haber encauzado la Revolución. ¿Me entiendes? Haberla encauzado. Haber vencido a los partidos extremos con la libertad y por la libertad.»

Luego, después de expresar Muñiz su vigoroso asentimiento, Prim había añadido: «Verás cómo todo se va arreglando, y los espíritus se van calmando, a medida que se vayan convenciendo de su impotencia en el terreno de la fuerza».

El alentador comentario del general había sido provocado por unos ataques extremadamente virulentos contra Amadeo en *El Combate*. Muñiz había sugerido la posibilidad de amordazar el diario de Paul Angulo en momentos tan delicados, pero Prim no estaba conforme. La Constitución garantizaba la libertad de imprenta, le recordó, y había que tener paciencia con las provocaciones del violento jerezano. Más adelante verían qué hacer con quienes se saliesen de las normas...

Veinte días después el héroe estaba muerto y todos aquellos sueños se habían derrumbado. Amadeo sin Prim no era nada, reflexionó una vez más Muñiz, mientras esperaba la llegada de su invitado. No contaba con los apoyos necesarios, y su situación era ya imposible antes de desembarcar en Cartagena. Desde entonces habían pasado casi tres años y el ex rey estaba otra vez en Italia después de su fútil peripecia española.

A todo esto la República, condenada desde su nacimiento al casi inevitable fracaso, seguía incapaz de desvelar la clave del magnicidio de la calle del Turco. Era vergonzoso. Menos mal, pues, que un periodista extranjero —que además, según Machado Núñez, tenía fama de riguroso— estaba empeñado en arrojar luz sobre la autoría del crimen que tanto daño había hecho —y que le continuaba haciendo— al buen nombre de España. Claro que haría todo lo que estuviera en su poder por ayudarle.

A las once de la mañana en punto Boyd llamó a la puerta de la casa donde vivía Muñiz, en la calle de Atocha, a dos pasos de la iglesia de San Sebastián, cuyos alrededores reunían, esta soleada mañana de septiembre, un abigarrado tropel de mendigos.

El encuentro no pudo ser más agradable y estimulante para ambos, y en el despacho de Muñiz, con su acumulación de libros, papeles y recortes de periódicos, hablaron de diversos temas nacionales e internacionales, acostumbrándose el uno al otro, antes de abordar el asunto que les interesaba y preocupaba tanto a los dos.

Fiel a la promesa que le había hecho a Machado Núñez, Muñiz le contó a Boyd lo que sabía de la trágica muerte de su gran amigo. Todo lo fue apuntando el irlandés.

—El 26 de diciembre de 1870 —empezó—, es decir, el día anterior al asesinato, muy temprano por la mañana, llamó a la puerta de mi casa, aquí en la calle de Atocha, el director del diario *La Discusión,* don Bernardo García, con quien yo tenía, y sigo teniendo, una relación amistosa. El hombre estaba muy agitado, muy nervioso, y me entregó una lista de diez personas que, según me dijo, iban a cometer una tropelía en Madrid inminentemente. No me dijo de dónde procedía la lista, estuvo discreto. A su juicio urgía detenerlos a todos enseguida, y me rogó encarecidamente que, sin perder un segundo, pusiera al tanto a Prim. Miré la lista, vi que la encabezaba José Paul Angulo y deduje al momento que se trataba de atentar contra el general. Fui corriendo al Ministerio de la Guerra, donde tenía Prim su residencia oficial, el palacio de Buenavista, y se la mostré. Reaccionó con indiferencia. Me dijo que recibía cada día una amenaza o varias, que no les hacía nunca caso, que a él no le iba a matar ninguna bala asesina, que, de morir de manera violenta, sería en el campo de batalla, y así. Lo de siempre. Con todo, me pidió que informara del asunto al nuevo gobernador civil de Madrid, Ignacio Rojo Arias, para que procediera a la detención de los sospechosos. Fui inmediatamente a verle y le di la lista.

Patrick anotaba sin decir palabra, convencido de que no había que interrumpir para nada al otro.

Siguió contando Muñiz:

—El general decía siempre que no le iba a matar ninguna bala asesina, como he dicho, pero tomaba la precaución, creo que por la insistencia de su mujer, de llevar una cota de malla debajo de la camisa. Al día siguiente almorcé con él en el ministerio. Luego fuimos juntos al Congreso para el último debate sobre la consignación de Amadeo, que ya navegaba hacia Cartagena. Nada más entrar en el edificio se me acerca otra vez mi amigo Bernardo García, pálido de angustia. Me dice que el gobernador civil no está actuando con la suficiente energía, que apenas hay vigilancia alrededor del Congreso y que sólo uno de los diez sospechosos ha sido detenido. Me preocupó muchísimo aquella información y se lo conté a Prim antes de que empezara el debate. «Habla otra vez con el gobernador civil», me dijo. Lo hice. Le acompañaba el teniente coronel Gregorio Valencia, de la Guardia Civil, el encargado de Orden Público en Madrid. Rojo Arias me aseguró que hacían todo lo posible por prender a los otros de la lista. Pero el hecho es que hubo negligencia flagrante, quizás, no sé, porque Prim les había convencido de que no le pasaría nada, de que era invulnerable.

—¿Y dónde se enteró usted de lo ocurrido?

—En el teatro de la Zarzuela, justo detrás del Congreso. Se interrumpió la representación, me informaron de lo que había pasado y corrí flechado al Ministerio de la Guerra. El teatro, como sabe, está muy cerca de la calle del Turco. Pasé por allí. Estaba llena de gente preguntando, gritando, gesticulando, incluso llorando. Vi los impactos de las balas. Caía una tremenda nevada. Seguí hasta el ministerio y subí corriendo la escalera, que estaba salpicada de la sangre del general. Cuando penetré en su alcoba le curaban las heridas. La cota de malla le había salvado la vida. ¡Y luego lo mataron los médicos, por su ignorancia! Lo que acabó con él fue una infección. Me contó lo que había pasado y me dio las señas del primero que había disparado por la ventanilla de la berlina. Era pequeño de cuerpo, dijo, con barba negra. Y me explicó, nos explicó (estaba a mi lado Juan Moreno Benítez) que había reconocido la voz de Paul Angulo en la calle gritando «¡fuego!».

—¿Moreno Benítez? ¿Quién es?

—Un diputado muy amigo de Prim. Había sido gobernador civil de Madrid unos años antes. Me consta que declaró ante el juez, a los pocos días, que Prim le había dicho que oyó el grito de Paul Angulo en la calle del Turco dando la orden de disparar. Creo que declaró en el mismo sentido el ayudante del general, Moya, que le acompañaba en la berlina. Usted debe hablar con los dos. Y con el otro ayudante, Ángel González Nandín, que también estuvo y que perdió una mano.

Hubo un silencio mientras Boyd apuntaba febrilmente en su cuaderno, consciente de la tremenda importancia de lo que escuchaba.

Muñiz se levantó y trajo de la mesa una caja de puros

habanos. Invitó a Boyd a escoger uno y luego seleccionó otro para sí. Patrick tenía la sensación de estar otra vez con Machado Núñez en el rectorado de la Universidad de Sevilla. Mientras el despacho se iba llenando de humo, le preguntó:

—¿Usted está convencido, don Ricardo, de que Paul participó personalmente en el atentado?

Muñiz meditó unos segundos antes de contestar.

—Prim me dijo que había reconocido la voz de Paul dando la orden de disparar. Me lo dijo a mí, que era uno de sus amigos más íntimos. ¿Se pudo equivocar? Cabe la posibilidad, pero no hay que olvidar que Paul tenía una voz muy fuerte, muy característica, que conocía perfectamente el general, vamos, que conocíamos todos. Yo creo, sí, que Paul estuvo en la calle del Turco. Creo que entró en la trama justo al final.

—¿No desde el inicio?

—No, al final. Había sido íntimo de Prim, cuando se preparaba «La Gloriosa», y el general le quería. Con razón, porque era un personaje desde muchos puntos de vista admirable: un revolucionario de verdad, un hombre que no temía a nadie, un considerable orador, un escritor de valía. Pero había un grave problema: Paul esperaba que, una vez conseguida la derrota de la reina, Prim no se opusiera a una solución republicana. Pero se equivocaba de cabo a rabo. Al comprobar que el general seguía siendo monárquico (aunque, eso sí, antiborbónico a rajatabla), se convirtió en uno de sus peores enemigos políticos. Le sentó fatal la Constitución monárquica del 69, y fue uno de los líderes de la sublevación federal aquel octubre.

—Que suprimió Prim.

—Exactamente. Que suprimió Prim y con mano dura... y que luego exilió a sus jefes, Paul entre ellos. Hizo muy mal en amnistiarlos tan pronto, pero así era Prim, generoso. Paul no se lo agradeció nada, desde luego. Regresó a Madrid dispuesto a todo. No sé si usted ha visto *El Combate*.

Boyd le dijo que sí y le contó su asombro al constatar, en los números que le mostrara Machado Núñez, con cuánta violencia se arremetía allí contra Prim, como si del peor traidor se tratara.

—Pero no sólo allí. Paul había vuelto a ocupar su escaño en el Congreso (era diputado por Jerez), y atacaba al general sin descanso en el hemiciclo con aquella voz tan potente, tan inconfundible. De modo que, cuando gritó la terrible orden en la calle del Turco, don Juan se percató enseguida de que era él.

Muñiz permaneció callado unos segundos.

—Hablando de *El Combate* —prosiguió luego— me ha recordado otro periodiquillo, casi tan agresivo, que salió brevemente a principios de este año, aquí en Madrid. Echaba la culpa del asesinato de Prim sobre todo a Montpensier y su ayudante, el coronel Felipe Solís Campuzano. Usted debería consultarlo. Se llamaba *El Acusador*. Su autor era un tal José López, que fue detenido en relación con una tentativa previa contra el general.

—¿Tentativa previa? —preguntó Patrick, intrigado. No había oído hablar antes de tal cosa—. ¿Hubo una tentativa previa?

—Sí, sí, a mediados de noviembre del 70, justo cuando se iba a votar a Amadeo en el Congreso. La policía detuvo a seis o siete individuos. Se comentó bastante en la prensa. —Muñiz se quedó pensativo, tratando de recordar algo. Luego exclamó—: ¡Los tengo!

—¿Qué?

—Los recortes. Soy un adicto a los recortes de prensa, ¿sabe usted? Si veo algo que me interesa y que considero que podría ser útil en el futuro, lo recorto en el acto. Y acabo de recordar que recurrí a mis tijeras cuando los periódicos dieron la noticia de que la policía había desarticulado un complot contra la vida de Prim. Coloqué los recortes en un sobre. ¡Y además sé dónde está!

Se levantó y salió presuroso del despacho. Volvió enseguida con un sobre donde se leía «Tentativa contra Prim, noviembre de 1870».

—¡Aquí está! —dijo exultante, sentándose otra vez—. Vamos a ver qué contiene. —Lo abrió y sacó dos recortes, que se puso a repasar—. Son muy breves. El más interesante es éste, ahora lo recuerdo, del diario *La Política*. Se publicó el martes 15 de noviembre de 1870. Se lo leo:

> A última hora hemos sabido que, como presumíamos, no hay una sola palabra de verdad en cuanto se decía acerca del conato de asesinato que se suponía intentado contra el general Prim en la calle de Alcalá.
>
> Lo único que resulta cierto de cuanto se ha dicho es que en la calle del Duque de Alba han sido presos hoy cinco individuos de quienes hace un mes se sospechaba trataban de ejecutar alguna fechoría.
>
> Cuatro de ellos son españoles y uno italiano. Parece que al ser presos se les encontraron revólveres iguales de nueve tiros, y en la habitación donde estaban papeles de importancia y una bomba explosiva.

Patrick había seguido cada palabra, absorto.

—El otro recorte es de *El Imparcial* del día siguiente, 16 de noviembre de 1870 —dijo Muñiz, escudriñándolo—. Afirma que los presos son nueve y que entre el material recogido hay una bomba Orsini, «una cartera con notas muy importante» y «un indicador de operaciones».

Muñiz repuso los recortes en el sobre.

—Cópielos si quiere en el hotel y luego me los devuelve —dijo, dándoselo a Boyd.

Patrick se lo agradeció calurosamente. Su investigación acababa de dar un paso adelante muy significativo. Resultaba ahora que el plan había sido asesinar a Prim en vísperas de la votación de Amadeo, fijada para el 16 de noviembre de 1870. Y con la evidente finalidad de conseguir que el Congreso, ante el hecho consumado del magnicidio, desistiera de su propósito. Y quizás al mismo tiempo, razonaba, de provocar un golpe de Estado a favor de Montpensier.

—Los recortes no dan los nombres de los detenidos —continuó Muñiz—. Es una pena. No recuerdo si se publicaron en otro periódico. Pero José López fue uno de ellos. Si no me equivoco está todavía en la cárcel. En *El Acusador* se ufanaba de haberse introducido en la organización de Montpensier, de acuerdo con Prim, para desbaratar, desde dentro, el complot contra el general. Supongo que es posible. Salieron pocos números del periódico. No los tengo, pero a lo mejor los podrá consultar en la Biblioteca Nacional. Contenían mucha información no sólo sobre aquella tentativa sino sobre el crimen definitivo.

—Me interesa muchísimo. Los buscaré enseguida. Le agradezco la recomendación.

Luego, armándose de valor, decidió hacerle a Muñiz una pregunta quizás demasiado comprometedora como para que el íntimo de Prim la contestara con absoluta franqueza.

—A su juicio personal, don Ricardo, ¿quién o quiénes estuvieron en el complot?

Muñiz no respondió enseguida. Reflexionó otra vez, con el puro entre los dedos. Luego, midiendo sus palabras, dijo:

—Quizás no lo sepamos nunca. Mi opinión personal es que hubo una confabulación de varios intereses. Prim tenía muchos enemigos. Estoy convencido de la implicación de Montpensier, eso sí. Era su obsesión ser rey de España, llevaba años conspirando, sobornando a la gente y haciéndose con el control de periódicos. Incluso me parece posible que estuviera detrás de *El Combate*, por raro que pudiera parecer a primera vista, para provocar a los militares, para contribuir al malestar general. Tenía agentes en todas partes. No le perdonaba a Prim el no haberle nombrado rey, a dedo, una vez derrocada Isabel. Aquello le creó seguramente un rencor que no haría sino ir creciendo con los meses. Quizás calculaba que, si desaparecía don Juan antes de la llegada de Amadeo, todavía le quedaba la posibilidad de salirse con la suya. Lo único que le interesaba, repito, era ser Antonio María I de España. Creo que era capaz de casi todo para conseguirlo.

—¿Y el general Serrano? —preguntó Boyd, recordando lo que le habían dicho los Machado acerca de los montpensieristas sevillanos, que le culpaban unánimemente del asesinato—. ¿Pudo tener algo que ver?

—Es posible, se ha hablado mucho de su complicidad. La llegada de Amadeo suponía para él no sólo perder enseguida el puesto privilegiado que ocupaba como regente (es decir, prácticamente, como jefe de Estado), sino ver a Prim más encumbrado que nunca. Porque, qué duda cabe, Prim iba a ser el hombre fuerte de la nueva monarquía, que era su creación. Iba a ser, con toda seguridad, presidente del gobierno y consejero áulico, digamos, del rey, lo cual habría sido intolerable para Serrano, que es un hombre tan ambicioso como Montpensier. No olvidemos que, como triunfador de Alcolea, se consideraba preeminente. No, no se puede descartar su complicidad, y yo no lo hago. Además, no sé si le han dicho lo de la viuda...

—¿De la viuda de Prim?

—Sí. Lo primero que hizo Amadeo al llegar a Madrid fue ir a la basílica de Atocha, como me imagino sabe, y rezar delante del cadáver del general. Luego visitó a la viuda en el ministerio y le prometió que encontrarían a los culpables. Y ella le respondió: «Pues no tendrá vuestra merced más que buscar a su alrededor». ¡Y Serrano estaba allí! Es tremendo, ¿no? Además, según me han dicho, Prim le había asegurado a su mujer, así como a otros, que los culpables no eran los republicanos.

—Pero ¡usted me acaba de decir que el general oyó la voz de Paul en la calle del Turco dando la orden de disparar! —exclamó Patrick.

—Sí, pero Paul no representaba al partido republicano. Los militantes más exaltados, con Paul a la cabeza, se estaban preparando para sublevarse, eso sí. Ahí está *El Combate*. Pero el partido como tal, no. Pi y Margall, Salmerón, Castelar... toda el ala moderada del partido estaba en contra de una insurrección armada, que hubiera dado lugar a más sangre derramada. Estaba en contra o dudaba. Quien no dudaba era Paul.

—¿Y dónde voy a poder localizarlo?

—Salió una nota en *La Correspondencia* el otro día diciendo que acababa de llegar a Madrid, pero no me lo creo —contestó Muñiz—. *La Correspondencia* trae cada día un montón de pequeñas noticias y de chismorreo político y rumores, cogidos aquí y allí, y no es siempre fiable, al contrario, pero vale la pena tenerlo en cuenta. Aquí todo dios se lo lee. Yo creo que Paul está en Londres, pero tampoco estoy seguro. Es un fuego fatuo, aparece y desaparece, va y viene, se disfraza, se mueve con una agilidad increíble.

—Si está en Londres no tardará en localizarle mi gente.

Muñiz consultó su reloj y, disculpándose, dijo que tenía otro compromiso insoslayable. Sugirió que se volviesen a ver cuando Boyd hubiera leído *El Acusador*, si es que lo tenían en la Biblioteca Nacional. Y si no, cuando quisiera. Entretanto le buscaría más información en su archivo.

—Por cierto —le indicó en la puerta—, el director de la

Biblioteca Nacional es mi amigo Juan Eugenio Hartzenbusch, el autor de *Los amantes de Teruel*. Es una persona encantadora. Le mandaré una nota anunciando su visita. Le recibirá con todos los honores y le puede ser muy útil.

Patrick le estrechó vigorosamente la mano, dándole las gracias por todo lo que le había dicho y prometiendo mantenerle al corriente de sus pesquisas.

Había valido con creces la pena visitar al gran amigo de la víctima. La investigación iba arrancando con buen pie. Enviaría enseguida un telegrama a Mac con la noticia de la posible llegada de Paul a Londres. Que hiciese allí rápidamente averiguaciones al respecto.

4

Extracto del diario de Patrick Boyd. Madrid, Hotel de las Cuatro Naciones, sábado, 20 de septiembre de 1873.

Todo el mundo comenta, y toda la prensa, la decisión que acaba de votar mayoritariamente el Congreso de cerrar sus sesiones hasta el 2 de enero de 1874 y de conceder a Castelar poderes excepcionales para luchar contra los carlistas, que tienen al país en constante vilo, y el cantón de Cartagena, que continúa en sus trece (lo ha llamado, siguiendo a Salmerón, «un nido de piratas»). En su discurso el nuevo presidente del Poder Ejecutivo estuvo tajante: los españoles son olvidadizos, es como si ya no recordasen, tan pocos años después, cómo era el país bajo el régimen tiránico de Isabel II, y cuánta libertad bienhechora se ha conquistado desde entonces gracias a la Revolución del 68. Teniendo «todo el espacio de la democracia moderna», ¿quieren ahora volver atrás otra vez a lo que fueron aquellos más de cuatro siglos de despotismo? ¿Quieren ver otra vez a la Iglesia mandando y cortando? ¿Están locos y dementes? La insurrección cantonal ha herido en el corazón a la República, siguió, y los carlistas son enemigos mortales de la libertad. ¡La República no se puede permitir el lujo de tener dos guerras civiles en curso, es un suicidio! ¡Hay que crear un ejército nacional fuerte, disciplinado, leal al Estado y alejado de pronunciamientos! ¡Si no, el régimen está perdido!

Castelar estuvo estupendo, la verdad.

Pi y Margall se ha opuesto enérgicamente a la clausura del Parlamento, que considera peligrosísima cuando la República sólo lleva «cuatro días» de vida y todavía está sin Constitución, inerme. En vez de dividirse en bandos, dice, los republicanos debieron haber trabajado enseguida todos juntos, afanosamente, para promulgar una Carta Magna aceptable para todos. Y no lo han hecho. Ha sido una locura.

Me pregunto si Castelar, ahora investido de poderes casi omnímodos, podrá corregir una situación tan caótica. Y ello en unos pocos meses, con el 2 de enero de 1874 como fecha límite. Lo veo muy difícil. Si yo fuera conspirador borbónico me iría preparando ya para asegurar que tal día resultara fatídico para las pretensiones republicanas.

Noto que estoy impaciente por recibir noticias de Araceli, pero, claro, es temprano aún, una semana nada más. ¿Habrá sido todo imaginación mía? ¿Le escribo yo? ¿Espero un poco?

5

Extracto del diario de Patrick Boyd. Madrid, Hotel de las Cuatro Naciones, domingo, 21 de septiembre de 1873.

¿Cómo no sentirme ya tremendamente en deuda para con Ricardo Muñiz, por distintos motivos? Gracias a él me he convertido en asiduo lector de *La Correspondencia*, con su acopio diario de rumores y noticias. Esta mañana, en el Imperial, la estuve escudriñando y de repente me encontré con la nota siguiente: «El señor Paul y Angulo, que hace días había llegado a Lisboa procedente de América, ha salido para Londres, en vez de venir a Madrid, como se esperaba». Don Ricardo tiene razón: se trata de un auténtico fuego fatuo. ¿Será capaz Mac de localizármelo?

6

Muñiz cumplió. Unos días después de entrevistarse con el diputado, Boyd recibió una afable nota de Juan Eugenio Hartzenbusch invitándole a visitarle en la Biblioteca Nacional.

El edificio se encontraba muy cerca del hotel de las Cuatro Naciones, en la pequeña vía que unía las plazas de Prim y la de la Encarnación. Se denominaba, sencillamente, calle de la Biblioteca, en deferencia a la ilustre institución que cobijaba.

Hacia allí se encaminó Boyd a la mañana siguiente. Como había previsto Muñiz, Hartzenbusch le recibió con suma amabilidad, disculpándose por las múltiples deficiencias de la casa. En 1866, explicó, había sido colocada la primera piedra de un ambicioso edificio nuevo en el paseo de Recoletos, pero las obras avanzaban con una morosidad desesperante.

—A este ritmo me habré muerto antes de que las terminen —se quejó—. Aquí ya no tenemos espacio. En los sótanos hay humedad y miles y miles de libros y manuscritos amontonados entre musgos y líquenes. Hemos tenido que construir un depósito provisional en el jardín. Ello me produce rubor, sobre todo cuando vienen a vernos estudiosos extranjeros como usted.

A Patrick le intrigaba conocer a Hartzenbusch porque,

poco antes de salir para la lejana Irlanda a los diez años, había asistido en Gibraltar a una representación, por una compañía española, de *Los amantes de Teruel.* No había entendido todos los versos, ni mucho menos, pero el trágico desenlace de la obra le había sacado las lágrimas.

El dramaturgo tenía los ojos muy vivos y una sonrisa benévola. Se puso contentísimo cuando Patrick le habló de aquella representación. Todo en su persona, incluso su manera de hablar, denotaba austeridad y mesura. Boyd estimó que rondaría los setenta años. Resultaba que el padre del escritor, que era alemán, había apoyado a Riego durante el trienio liberal, siendo represaliado en consecuencia. El hijo había heredado sus ideas progresistas, pero opinaba que la democracia todavía tardaría mucho tiempo en implantarse en España, y que la República estaba tan condenada al fracaso como antes el efímero reinado de Amadeo.

—Los españoles somos gente difícil y peleona —dijo, suspirando—. Nunca nos ponemos de acuerdo sobre nada. Se dice, quizás con razón, que nuestro principal pecado mortal es la envidia. ¡Hay que excluir al otro! ¡Impedir que medre, que triunfe!

Hartzenbusch le pidió que le dijera en qué le podía ayudar. Boyd le refirió brevemente su obsesión con la muerte de Prim y sus encuentros con el general en Londres. Le habían dicho, explicó, que la biblioteca se esforzaba por dar cabida a la prensa actual, tan prolífica gracias a la libertad traída por la Revolución. ¿Tenían, quizás, *El Acusador,* el periodiquillo publicado desde la cárcel a principios de año por un tal José López, y del cual le había hablado don Ricardo? ¿Y *El Combate,* el virulento libelo de José Paul Angulo?

—¡Tenemos ambos! —exclamó el director—, ¡claro que los tenemos!

—Por el momento me interesa especialmente *El Acusador* —dijo Patrick.

—Son muy pocos números, casi nada —explicó Hartzenbusch—. Los he hojeado. Atacan ferozmente al duque de Montpensier y sus partidarios. Y al general Serrano. Produjeron un gran revuelo cuando salieron. Venga conmigo y veremos qué dice el catálogo.

Media hora después Boyd estaba sentado, con *El Acusador* delante, a una de las largas mesas de la sala de lectura de la biblioteca.

Le sorprendió descubrir que tenía un formato minúsculo. De hecho, jamás había manejado un periódico tan pequeño. Eran sólo cinco números, cada uno con dieciséis páginas. El primero correspondía al 24 de enero de 1873, el quinto al 8 de febrero. Se habían publicado, pues, justo unos días antes de la abdicación de Amadeo y de la llegada de la República. No figuraba ninguna indicación en la portada acerca de la identidad del editor, pero sí constaba, al final de cada número, el pie «Imprenta de F. Escámez, Santa Águeda 2».

El Acusador aportaba —como le había dicho Muñiz— un notable acopio de información acerca de la tentativa de asesinato de Prim el 14 de noviembre de 1870.

Resultaba que alguien había delatado a los conjurados, quienes, al hacer repentino acto de presencia la policía en las inmediaciones del Ministerio de la Guerra, se habían dado a la fuga antes de la llegada de la berlina del general y sin que se produjera un solo disparo.

El Acusador relataba que, en relación con los hechos, las autoridades no tardaron en detener, además de a José López, a tres riojanos de nombre Martín Arnedo, Ruperto Merino y Esteban Sáenz, y a dos valencianos, José Genovés y Tomás García, a quienes les ocuparon puñales, revólveres, una ametralladora revólver y dos trabucos. Que, sometidos a incomunicación, los cinco confesaron su participación en la tentativa, declarando los riojanos haber sido traídos a Madrid por López, y Genovés y García por dos colaboradores valencianos de éste, Enrique Sostrada y Pedro Acevedo.

López, Sostrada y Acevedo —mantuvieron los riojanos ante el juez— «recibían el dinero y obraban por inspiración y mandato del secretario del duque de Montpensier, el señor Solís».

José López, explicaba *El Acusador*, negó ante el juez durante siete meses haber tenido cualquier participación en la tentativa. Pero en mayo de 1871, al practicar el juzgado un reconocimiento en casa de un conocido suyo, y hallar allí papeles relacionados con la misma, no tuvo más remedio que reconocer que eran de su pertenencia.

Uno de los documentos encontrados en dicho registro contenía —seguía el periodiquillo— los estatutos de una sociedad fundada en Francia por López, Sostrada y Acevedo «para llevar a cabo cuanto estuviese en su posibilidad a fin de conseguir el sostenimiento de la libertad adquirida por la Revolución de Septiembre de 1868». Al tanto de las maniobras de Montpensier, la sociedad habría decidido intentar introducirse «en el campo y planes» del duque con el propósito de evitar a todo trance su llegada al trono, poniéndose López a estos efectos en contacto con el mismo por carta desde París, bajo el seudónimo de Faustino Jáuregui, para ofrecerle los servicios de la sociedad y pedirle una entrevista.

En este punto empezó a dudar Patrick Boyd. Lo que leía le sonaba a fabulación, a coartada a posteriori. López, cuando publicó *El Acusador*, llevaba ya dos años en la cárcel. Tenía, pues, el máximo interés en demostrar su inocencia. A lo mejor nada de lo que relataba era fiable.

Montpensier, continuaba el alegado documento intervenido, se había expresado de acuerdo, en principio, con la propuesta de colaboración por parte de quien firmaba Faustino Jáuregui, es decir López, y el encuentro solicitado tuvo lugar, a comienzos de junio de 1870, en el suntuoso palacio madrileño del duque, situado al final de la calle de Fuencarral, esquina a la del Divino Pastor. Efectuó la presentación el almirante Topete, tan amigo del duque, y estaba allí el ayudante de éste, Solís Campuzano. Montpensier le indicó a Jáuregui que a partir de entonces se entendiese con Solís, «persona de toda su confianza».

Hubo en los días siguientes, siguió leyendo Boyd, varios encuentros entre López y Solís, en uno de los cuales también participó el duque. Luego, a lo largo de junio y julio de 1870, se efectuaron distintas idas y venidas entre Madrid, Barcelona y Valencia y, a través de Solís, empezaron a llegar a los conjurados las necesarias provisiones de dinero. Con ellas se adquirieron varias carabinas ametralladoras.

El Acusador aseguraba a continuación que numerosas reuniones tuvieron lugar entre López y Solís en una casa de la calle de Jacometrezo, número 15, cerca de la plaza de Callao. Y que en una de ellas Solís ordenó que la sociedad se encargara ya de traer a Madrid a hombres dispuestos a asesinar al general Prim, «empleando además todo medio para excitar a la rebelión a los partidos reaccionarios y republicanos, a fin de que, comprometidos como estaban los generales Serrano, Topete, Izquierdo, Peralta y otros, pudiesen aprovecharse de esta ocasión para conseguir sus objetivos».

Según *El Acusador* hubo dos intentos, subrepticiamente saboteados por López y los suyos, de volar con dinamita el tren del general (primero al regresar de una cacería en las Tablas de Daimiel, luego en una visita a Aranjuez). Después se decidió cambiar de táctica y recurrir a trabucos, revólveres y cuchillos. Se vigilaban estrechamente los movimientos de Prim —entradas y salidas del Congreso, teatros, visitas a casas particulares, reuniones privadas—, pero «por más que iban preparados los conjurados, nunca pudo tener efecto el horrible crimen».

Solís Campuzano, continuaba *El Acusador*, ya se impacientaba. Se iba acercando el 16 noviembre de 1870, fecha fijada para la votación en el Congreso de las candidaturas al trono y la casi segura elección de Amadeo, y pese a los fondos ya desembolsados por Montpensier, su jefe, todavía no se había producido el atentado, cuya finalidad era desencadenar, inmediatamente, la proyectada sublevación militar a favor del duque. La noche del 8 o 9 de noviembre, seguía narrando el periódico, Solís tuvo una tensa conversación al respecto con López y «le dijo que si antes del 16 no se había quitado la vida a Prim que no contase con él para nada, y que retiraba cuanto había ofrecido en pago y recompensa».

¿Podía ser cierto lo que alegaba López? Las dudas de Patrick se multiplicaban y, antes de continuar leyendo, sintió la imperiosa necesidad de salir a la calle unos minutos a despejar la cabeza y fumarse un cigarrillo. Dio una vuelta alrededor de la plaza de Oriente, con sus filas de estatuas de los reyes de España y, al fondo, la hermosa fachada del Palacio Real. Luego regresó a su mesa.

El Acusador relataba que, después de la tentativa del 14 de noviembre, y con los sospechosos en la cárcel, Solís Campuzano siguió conspirando, impertérrito, contra la vida de Prim. Y que, ya en diciembre, unió sus esfuerzos a los de un siniestro policía llamado José María Pastor, que trabajaba para el regente —el general Serrano— y llevaba meses preparando independientemente su propio atentado.

Serrano tenía motivos de sobra, recordó Boyd, para desear la desaparición de su famosísimo rival. Muñiz le había hablado de la desmesurada ambición del personaje. Pero ¿hasta el punto de estar dispuesto a participar en un complot tan vil? ¡Quién sabía! La subida de Amadeo al trono de España, empresa sobre todo de Prim, le iba a quitar mucho poder a Serrano. Tal vez también hacía su sucia labor la envidia, porque Prim, el hombre más poderoso de España, le superaba con creces, como militar, en prestigio y fama. No había que descartar, pues, la posible complicidad en el complot del regente, que ganaría poder, mucho poder, con la muerte de su rival.

Pastor, seguía *El Acusador*, vivía en la calle de San Vicente Baja, número 63, cerca de la plaza de las Comendadoras y el cuartel del Conde Duque. El periódico contaba que, el fatal 27 de diciembre de 1870, él y otros dos conjurados, Joaquín Fenellosa y Antonio Roca, habían cenado sobre las cinco de la tarde, lo cual era del todo insólito. Y que luego habían salido de la casa diciendo que iban a acompañar a Serrano y su ayudante, el marqués de Ahumada, como hacían habitualmente, aunque a una hora más avanzada. Llevaban consigo una tercerola y dos retacos, algo tan inusual en ellos como cenar a las cinco. Se había quedado en la casa, esperándolos, otro conjurado, un tal Pascual García Mille, sacado por Pastor del presidio de Ceuta, donde sufría la pena de cadena perpetua, para participar en el atentado, y que luego había empezado a tener dudas.

Entre las ocho y las nueve —continuaba *El Acusador*— volvieron Pastor, Fenellosa y Roca a la calle de San Vicente «muy azorados y revelando en el rostro que algo de gravedad les había sucedido».

Lo normal habría sido que no regresasen hasta las tres de la madrugada.

Ya no llevaban la tercerola y los dos retacos.

«Prim murió: acaban de darle el tiro», murmuraría Fenellosa, mientras Pastor, anunciando que iba enseguida a casa del general Serrano, ordenó que nadie saliera hasta su regreso.

Terminada la lectura, Patrick empezó a copiar en su cuaderno la que le parecía la información más relevante que aportaba el periodiquillo. Incluso algunos párrafos enteros. La tarea le llevó varias horas.

Al despedirse de Hartzenbusch éste le dijo que acababa de recordar que, dos años atrás, López había polemizado con Solís en la prensa desde la cárcel —creía que en el diario *La Época*—, y además publicado algunos pasquines, siempre afirmando su inocencia y alegando la culpabilidad del ayudante de Montpensier. Prometió informarse al respecto.

Otra vez en el hotel, Boyd tenía la sensación de que su investigación avanzaba a un ritmo vertiginoso. Hacía tan sólo dos días el nombre de José López le era desconocido. Ahora, gracias a Muñiz, resultaba que había dado con un testigo clave de los primeros preparativos para matar a Prim, quien, a la vez, era un estudioso tenaz del atentado definitivo.

¿O era todo mentira y López entró en el complot para ayudar a matar a Prim, no para protegerlo, y luego, al sentirse abandonado en la cárcel, empezó a embrollarlo todo?

El próximo paso, de todas maneras, sería conseguir hablar con el personaje. ¿Estaba todavía preso? Se lo preguntaría a Ricardo Muñiz, que sin duda podría averiguarlo inmediatamente.

7

Extracto del diario de Patrick Boyd. Madrid, Hotel de las Cuatro Naciones, martes 23 de septiembre de 1873.

Esta mañana, a primera hora, nota de Muñiz. Ha hablado con el ministro de Gracia y Justicia. José López está todavía preso. Ocupa el cuarto número 6 del departamento de primera clase de la cárcel, situada en el antiguo Saladero, en la plaza de Santa Bárbara. Es decir que tiene un trato privilegiado y puede recibir las visitas que desee. El ministro no se opone a la mía. Muñiz le ha escrito a López explicándole que soy periodista y amigo suyo y que quiero hacerle una entrevista. Le ha dado mis señas. Supongo que le habrá dicho también que soy hijo de Robert Boyd y que conocí a Prim en Londres. Veremos si tengo suerte y acepta recibirme.

Hoy le he escrito a Araceli. No mucho, lo suficiente para que sepa que espero nuestro reencuentro con ilusión y preguntarle si ha logrado descubrir algo en relación con la indagatoria en San Telmo. La verdad es que pienso en ella con bastante frecuencia y esto me produce un sentimiento de culpabilidad, como si estuviera traicionando a Mary. Además no sé si le intereso, a lo mejor resulta que me lo estoy imaginando todo.

8

Carta de Patrick Boyd a Edward McKinley. Madrid, Café Imperial, martes, 23 de septiembre de 1873.

Querido Mac:

¿Recibiste mi última carta? Quizás ha sido una locura meterme en este berenjenal, pero, con todo, voy avanzando. Ricardo Muñiz se está comportando muy bien y me ha dado una pista clave. Resulta que hubo una primera tentativa de matar a Prim el 14 de noviembre de 1870, y que uno de los implicados fue un tal José López, que a principios de este año publicó desde la cárcel una especie de periódico en el que, con muchos datos en la mano, culpaba del asesinato a la organización de Montpensier, en la que decía haber penetrado, y alegaba la complicidad del general Serrano. Está todavía encarcelado y creo que voy a poder hacerle una entrevista, gracias a Muñiz.

Ha hecho mucho calor aquí estas semanas, todo el mundo ha estado quejándose, parecía que no iba a terminar nunca el verano pero por fin ha bajado la temperatura y podemos respirar. Madrid así es una maravilla. Supongo que allí llueve como siempre.

Muchos recuerdos a los chicos...

9

Carta de Araceli Domínguez a Rebeca Peralta. Sevilla, miércoles, 24 de septiembre de 1873.

Mi querida Rebeca:

Te comunico una grata noticia... ¡es que acabo de conocer al hombre que intuyo puede ser el que llevo tanto tiempo esperando!

Se llama Patrick Boyd y no me vas a creer cuando te diga que es hijo nada menos que de Robert Boyd, aquel irlandés valiente y generoso fusilado en Málaga junto a Torrijos en 1831. Hijo ilegítimo, debo añadir, fruto de la relación de su padre con una joven de Algeciras a quien conoció en Gibraltar cuando preparaban la sublevación. Resulta que unos años después la madre se casó con un coronel del Peñón y que, cuando Patrick tenía diez años, se fueron con él a vivir a Irlanda. Sólo se enteró de su verdadera identidad cuando falleció el coronel y su madre se lo dijo (o quizás fue cuando se moría ella, no sé). Es muy romántico, ¿no te parece?

Todo esto me lo contaron los Machado en agosto, antes de que Patrick llegara a Sevilla. De modo que yo ya estaba predispuesta a encontrarlo interesante. Cuando le vi te juro que superaba lo que me había imaginado. Es guapo, no muy muy guapo como a ti te gustan los hombres, pero sí apuesto —alto, con el pelo rojizo y ojos verdigrises que me parecen hermosísimos—. Habla como un andaluz que ha vivido muchos años fuera. Claro, aprendió el idioma en Gibraltar y nunca lo perdió porque su madre le siguió hablando en español.

Machado, el hijo, me invitó a ir con ellos a escuchar a Silverio Franconetti y fue allí donde le conocí. Me había vestido de maja y no me pudo quitar de encima los ojos. Después hubo una juerga y, cuando bailé con las gitanas, se quedó boquiabierto. Sospecho que me cree medio calé.

Es periodista en Londres, y por lo visto muy conocido allí, perdió a su esposa hace año y medio o así y tiene dos obsesiones: el asesinato del general Prim, a quien conoció en Inglaterra, y, otra vez no lo vas a creer, ¡¡los gansos silvestres que pasan el invierno en el Coto de Doñana!! No sé por qué le interesan tanto, ya me enteraré. Los Machado le van a llevar allí en noviembre para verlos y creo que Benito y yo iremos también. A mí desde luego me gustaría.

Vino aquí para que los Machado le contaran lo que saben de la posible implicación de Montpensier y su ayudante Solís en el asesinato del general. Antes de nuestra *soirée* con Silverio le habían explicado que soy republicana, pese a estar casada con un marquesito, y que además he tratado, aunque no mucho, al gran cerdo del duque y tengo algunas noticias al respecto. De modo que estaba un poco pendiente de mí profesionalmente antes de conocerme. O sea, para ambos el terreno estaba abonado.

Te estoy escribiendo como una colegiala, pero si no me confieso contigo, ¿con quién lo hago? Necesito desahogarme y tú eres mi mejor amiga, mi única amiga de verdad.

Al día siguiente le volví a ver en una fiesta en el Alcázar. Logramos hablar a solas unos diez minutos y me di cuenta de que nunca había estado con un hombre tan fascinante, además con un sentido del humor estupendo.

Rebeca, no digas nada de esto a nadie, tú a quien tanto te gusta el chismorreo. ¡Si me traicionas contaré las muchas cosas tuyas que me sé! ¡De modo que chitón!

Sigo. Está ahora en Madrid, en el hotel de las Cuatro Naciones, investigando sobre Prim. Le he dicho que me puede escribir aquí a lista de correos, pero todavía no lo ha hecho. Estoy inquieta. También quedé en informarle si encontraba algún dato nuevo. No tengo ninguno, pero, sin embargo, le voy a poner unas palabritas.

Por otro lado, Benito y yo vamos a ir a Madrid dentro de algunas semanas por lo del piso nuevo y encontraré la manera de volver a verle allí. Ya te tendré al corriente.

¡Es horrible la falta de posibilidades que tenemos las mujeres en este maldito país! Somos esclavas del hombre, nos excluyen de todo, cuando nos casamos se apoderan de nuestros bienes, si es que los tenemos, y ni con la República podemos respirar. Yo protesto, protesto y protesto y no me resigno, aunque es verdad que Benito me deja bastante libertad. Quisiera estar en París, estoy harta de Sevilla y sus miserables aristócratas holgazanes que no hacen más que vivir de sus rentas sin contribuir absolutamente nada a la sociedad. ¡Parásitos! Benito entre ellos. Tampoco me seduce Madrid, la verdad, aunque por lo menos allí podéis respirar un poco mejor que aquí. ¿Lo ves? Ya sale otra vez la palabra respirar, es que yo necesito aire, necesito... escaparme.

¿Estoy enamorada de Patrick sin apenas conocerle, cuando no he hablado más de unos minutos con él? Creo que sí. Tú sabes, Rebeca, que aprecio mucho a Benito, que Benito se ha comportado muy bien conmigo. Y sabes que he hecho todo lo posible por quererle. Pero era muy joven cuando nos casamos, fue realmente un enlace decidido por las familias, y apenas contaron conmigo. ¿Yo qué sabía entonces del amor? ¿Qué sé ahora? Me produce rabia cuando veo que tengo ya treinta años, que este hermoso cuerpo que me dio Dios ya lo es menos, y que todavía no he conocido el amor loco, el amor dispuesto a todo, capaz de todo, el amor hasta el fin del mundo. Si tuviera hijos tal vez me conformaría, pero no los tengo y es muy triste.

Supongo que te estarás riendo de mí, aunque en el fondo tú y yo somos muy parecidas. Además tú tampoco estabas a gusto con el marido que te dieron y de quien la vida se ha encargado de liberarte.

No sabes en qué estado de excitación me encuentro y que procuro disfrazar para que Benito no se entere. Si no te lo cuento a ti, mi Rebeca, te juro que me muero de angustia.

Contéstame pronto y dime que, como yo, crees en el amor a primera vista. Dime que no estoy desvariando.

Un abrazo muy fuerte, Araceli.

10

Extracto del diario de Patrick Boyd. Madrid, Hotel de las Cuatro Naciones, jueves, 25 de septiembre de 1873.

López me ha remitido una nota muy afable y cortés, diciendo que por el aprecio que le merece Muñiz me recibirá encantado en sus «aposentos carcelarios» —así los designa con evidente ironía—, y sugiriendo que nos veamos allí este domingo a las once de la mañana. Le contesté enseguida que sí, por el recadero del hotel. ¡Qué emoción! Voy a releer todos mis apuntes antes, pues quiero ir lo mejor preparado posible.

Mañana estoy citado con Muñiz en el Café de la Iberia a las diez y media de la mañana. Vamos a hacer un recorrido por la ruta de la muerte. No podría tener un guía más autorizado, desde luego.

11

—Antes de la Revolución yo venía mucho aquí, pero ahora menos —le dijo Ricardo Muñiz a Patrick Boyd mientras sorbían su café y observaban por la ventana a la muchedumbre que bajaba y subía por la Carrera de San Jerónimo—. No soy ya tan joven, por desgracia, y el bullicio y el ruido me cansan más. Desde aquí le escribía a menudo a Prim, cuando andaba por Méjico, y le informaba de todo lo que ocurría en España.

Le preguntó a Patrick si había visto *La Correspondencia* de aquella mañana. Ante su negativa sacó el diario de su cartera y se lo pasó, señalándole un párrafo que había marcado con una cruz en la tercera página. Se trataba de una «noticia» procedente del cantón de Cartagena, donde el famoso diputado republicano Roque Barcia acababa de arengar a las tripulaciones de los buques de guerra rebeldes, que seguían bombardeando la costa y haciéndole la vida imposible al gobierno. «Han llegado aquí algunas personas procedentes de la América del Sur —aseguraba *La Correspondencia*—. Se dice que entre ellas se encuentra el señor Paul y Angulo.»

—¡Otra vez nuestro fuego fatuo revolucionario! —se rió Patrick—. ¡El único español capaz de estar en Inglaterra, América del Sur, París, Madrid, Lisboa y Cartagena al mismo tiempo! ¡Vaya don de ubicuidad! Todavía no tengo noticias de mi diario —añadió—, pero confío en que lo localicen pronto, esté donde esté.

—A propósito de Roque Barcia —dijo Muñiz, volviendo a buscar en su cartera—, tengo aquí algo para usted. Es la relación del asesinato de Prim que publicó diez días después en el periódico *La Federación Española*, y que luego se reprodujo por todos lados. Se la dejaré luego, cuando hayamos terminado nuestro recorrido.

El hecho de estar el Café de la Iberia tan cerca del Congreso hacía que el famoso establecimiento fuera receptor y transmisor, antes que los propincuos locales de la Puerta del Sol, de lo último que se decía o se decidía, hacía o se deshacía, en el hemiciclo. Con la reciente supresión de las sesiones parlamentarias hasta el 2 de enero, sin embargo, el chismorreo político se había reducido drásticamente. El nombre que más sonaba en las mesas era el de Castelar, ahora investido de poderes casi dictatoriales. ¿Sería capaz de salvar la República?

Desde su primera entrevista con Patrick, y fiel a la palabra dada a Machado Núñez, Muñiz había estado buscando más papeles que pudiesen ser de interés para la investigación del periodista. Ello no constituía una molestia: tenía el proyecto de escribir sus memorias de «La Gloriosa», y no le venía nada mal ir ordenando los muchos materiales acumulados a lo largo de los últimos años.

Había encontrado otro recorte, que ahora sacó de su cartera. Lo extendió sobre el velador de mármol negro. Se trataba de un artículo publicado en el diario madrileño *Las Novedades* el 29 de diciembre de 1870. Se titulaba: «Las autoridades de Madrid».

—Se lo voy a leer —dijo—. Demuestra que durante las semanas anteriores al crimen todo el mundo hablaba ya de un probable atentado contra Prim... y revela la poca o nula vigilancia que había en torno al Congreso. Creo que le sorprenderá. Escuche:

Hace más de un mes que la mayoría de la población de Madrid estaba esperando en una u otra forma el triste suceso de anteanoche.

¿Quién es el que no ha oído que se pensaba atentar contra la vida de determinadas personas, entre los cuales sonaba siempre en primer término el nombre del general Prim? ¿Quién es el que en conversaciones políticas, en actos públicos, no ha visto diariamente la confirmación de este temor?

Sin embargo, las autoridades de Madrid han dejado abandonado en días de peligro conocido al presidente del Consejo de Ministros, sin que ellos hayan tomado las precauciones que debe haber, no ya para evitar malos crímenes, sino para atender a la seguridad de los vecinos.

Desde el principio del invierno venimos llamando todos los días la atención de la autoridad por el abandono de las calles del Turco y de la Greda, sin que hayamos podido conseguir nada absolutamente. En ellas ha habido casi todos los días riñas, robos, heridas y muertes. Los robos han quedado desconocidos, los agresores han huido impunemente, los heridos han buscado socorro por sí mismos y los muertos han permanecido horas enteras tendidos en la calle.

En todos estos meses ni una sola pareja de Orden Público ha aparecido por estas calles. Lo mismo sucedió anteanoche, con verdadero escándalo de la organización de la policía y de la seguridad de los ciudadanos. Porque, prescindiendo por un momento de la importancia de la persona del presidente del Consejo, y de los motivos que había para temer por su vida, ¿creen nuestros lectores que en alguna capital de Europa se reúnen coches para entorpecer la vía pública y se agrupan en espera hombres armados sin que lo note un individuo de Orden Público? ¿Y que se hacen disparos repetidos y no acude un solo agente de la autoridad? ¿Y que, ocurriendo estos sucesos a las siete y media de la noche, no lo sabe el juez de guardia hasta las diez?

Esto no se ha visto jamás, y con razón indignaba ayer al público, que ve el abandono de su seguridad personal.

Aquí no hay policía desde la Revolución; aquí las autoridades no saben cumplir con su deber; aquí falta toda previsión, toda precaución y toda vigilancia. El presidente del Consejo está expuesto, lo mismo que los demás ciudadanos, a cualquier atentado a mano armada...

—¿No es tremendo? —dijo Muñiz—. ¡Y ello en los alrededores inmediatos del Parlamento de la nación, cuando se hablaba insistentemente de un atentado contra el general en cualquier momento!

Patrick estaba de acuerdo. Sin que tal abandono demostrara complicidad necesaria con quienes planeaban matar a Prim, evidenciaba la absoluta incompetencia de los encargados de Orden Público en Madrid.

—Sí —asintió Muñiz—, empezando con el gobernador civil, Ignacio Rojo Arias.

Muñiz le dejó el recorte para que luego lo copiara y, después de saludar a varios conocidos reunidos en distintas mesas del célebre establecimiento, salió con Boyd a la calle.

Poco después, Carrera de San Jerónimo abajo, penetraron en la pequeña calle de Floridablanca y se pararon delante de la entrada al Congreso. A cada lado de la puerta había un tricornio con retaco.

—De esta puerta salió Prim aquella tarde —dijo Muñiz—, más o menos a las siete, y le esperaban aquí donde estamos sus dos ayudantes, Juan Francisco Moya y Ángel González Nandín, con la berlina. La sesión para fijar la consignación de Amadeo había terminado a las seis y cuarto, y el general, como era su costumbre, se distrajo después algún tiempo hablando con los diputados en los pasillos.

Se dice que incluso bromeaba. Parece ser que uno de ellos, García López, un republicano que estaba al tanto de lo que se tramaba, o había oído algo, le suplicó que no fuera al Ministerio de la Guerra por el camino habitual y que, por si acaso, diera un rodeo. —Muñiz señaló el tramo de Floridablanca por donde acababan de venir y añadió—: Si Prim hubiera sido prudente, si hubiera sido dueño del sentido común que se suele atribuir a los catalanes, el *seny* (era de Reus), habría tomado en serio aquel aviso y salido a la carrera de San Jerónimo, donde tenía dos opciones para dirigirse al Ministerio de la Guerra: bajar al Salón del Prado y subir hacia la Cibeles, o dar la vuelta arriba por Alcalá.

Patrick escudriñaba, imantado, la entrada al Congreso.

—Es escalofriante pensar que salió por esta puerta.

—Lo es. Hay que imaginar la escena, con la espesa nevada que caía. También subieron al coche Sagasta y el subsecretario de la Presidencia, Herreros de Tejada, pero se bajaron unos segundos después. No sé por qué. Tomaron su lugar los ayudantes. ¡Y fíjese, no iban armados! ¿Por qué? Porque el general se lo tenía prohibido. ¡No quería que nadie pensara que él, el héroe de África, pudiera tener miedo!

Avanzaron unos metros más hasta la esquina de Floridablanca con la calle del Sordo.

Muñiz miró por ésta hacia arriba, señalando con la mano.

—Se dice que al final de Sordo, en la esquina con Cedaceros, le esperaba un grupo, con un coche de plazas para escaparse, por si acaso subiera por allí. Pero no lo hizo, estaba decidido a seguir la ruta de siempre, es decir a volver a casa por la vía más corta.

—¿Y dónde se bajaron Sagasta y el subsecretario? —preguntó Patrick.

—Yo creo que aquí mismo, donde estamos, en esta esquina.

—El coche pudo haber seguido de frente, por Jovellanos —sugirió Boyd, consultando el plano del barrio que llevaba días estudiando—, y bajado a la calle del Turco por la de la Greda.

—Sí, pero no lo hizo, bajó por aquí, por Sordo; estoy absolutamente convencido de ello, he hablado con mucha gente y todos opinan lo mismo. ¡Sordo a los avisos bajó por Sordo! Lo podrá comprobar usted por sí mismo, de todas maneras, preguntando a los ayudantes. Y al cochero del general. He hablado con él. Se llama Ramón Martínez.

—Es una buena idea —convino Patrick—. Así lo haré.

—¿Le han comentado lo del telégrafo fosfórico?

—¿Cómo? —dijo Patrick.

—Según Roque Barcia, uno de los criminales estaba apostado frente a la entrada al Congreso, encapado. Su misión era encender un fósforo en el momento en que Prim subiera al carruaje. Otro conjurado, igualmente encapado, esperaba aquí donde estamos, o enfrente, e hizo lo mismo. Y así sucesivamente para indicar a los demás cómplices la dirección que tomaba el coche. En el caso de que su destino fuera la calle del Turco, como se preveía, y de no subir por Sordo hasta Cedaceros, que como ves es una distancia bastante corta, se trataría de una cadena de lucecillas para ir advirtiendo a los asesinos que esperaban en la esquina de Alcalá con sus trabucos. ¡Lucecillas funerarias que señalaban el camino de la muerte!

Al llegar al cruce de Sordo con la calle del Turco, Muñiz se paró otra vez.

—Aquí todavía había tiempo para torcer a la derecha y ganar la Carrera de San Jerónimo. Pero no lo hicieron. Y me imagino que otro conjurado encendió un fósforo al ver que seguían por la ruta prevista.

Enfilaron la calle del Turco y se pararon un instante después en la esquina de la misma con la de la Greda.

—Aquí tuvo Prim su última oportunidad —dijo Muñiz—. Si el cochero hubiera visto algo anormal allí al final de la calle, habría podido girar a la derecha y bajar al Prado. Pero no vio nada y siguió. Era como una tragedia griega con desenlace predeterminado.

No tardaron en llegar, en la misma acera, a la alta tapia del jardín del palacio del marqués de Casa Riera.

—Se me ponen los pelos de punta cada vez que vengo por aquí —dijo Muñiz—. Los criminales habían colocado un coche (un coche de plazas) allí enfrente. Al enterarse de que ya venía la berlina de Prim entraron desde Alcalá con otro, que tenían preparado, lo pararon al lado del primero, bloqueando así la calle. Exactamente donde estamos. El cochero no tuvo más remedio que parar.

Muñiz sacó de su cartera el número de *La Federación Española* que había llevado para Patrick, con el artículo de Roque Barcia.

—Hay que tener en cuenta que la berlina de Prim era muy pequeña, muy frágil. Apenas ofrecía protección. ¡Y los ayudantes sin armas! Le voy a leer lo que dice Barcia en este punto:

> Uno, el más audaz de los asesinos, se aproximó al coche, rompió el cristal con la boca de su trabuco y exclamó a media voz: «Prepárate, vas a morir».
>
> Cuando la boca del trabuco rompió el vidrio, el general y el otro ayudante se aplanaron sobre el testero del carruaje.
>
> Un grupo se formó por la izquierda; una voz dijo «¡fuego!» y se oyó la ruidosa detonación de tres trabucos.
>
> Otro grupo se formó por la derecha; otra voz grita «¡fuego!» y se oye una segunda detonación de tres disparos.

—Según Barcia —siguió Muñiz— tuvieron buen cuidado de disparar diagonalmente, para no herirse ellos. Dice que hubo desplegados aquella noche, entre aquí y los otros puntos por los cuales pudiera haber ido Prim, unos veinte hombres, cada uno armado. Insiste sobre la organización que ello suponía, sobre el oro invertido en llevar a cabo un plan tan profundamente meditado.

Y volviendo al periódico, leyó: «Ningún gran crimen nace en la vivienda de un pobre. Los delitos más estupendos son criaturas que ven la luz en casas grandes. Yo estoy seguro, perfectísimamente seguro, de que la ocasión de ese crimen viene de un alcázar».

Muñiz estuvo un rato callado, observando la escena. No había mucha gente en la estrecha calle, pero por Alcalá subía y bajaba un tráfico considerable. Luego, reponiendo el periódico en su cartera, siguió:

—A Prim, como le dije, lo salvó la cota de malla, aunque recibió ocho proyectiles en el hombro izquierdo, el brazo y la mano derecha. A Nandín le destrozaron una mano, que luego los médicos hubieron de amputar. No sé si Moya fue herido, pero creo que no. El cochero tuvo una reacción rapidísima, azuzó a los caballos con el látigo y, forzando el paso, logró salir al galope por en medio de los dos carruajes de los asesinos. Cruzó Alcalá a todo correr, entró en la calle del Barquillo —Muñiz señaló el inicio de la calle al otro lado de Alcalá— y desde allí subió al ministerio por la rampa que hay. Todo ocurrió en un abrir y cerrar de ojos, vamos, en unos segundos.

Muñiz tenía preparadas unas sorpresas para Boyd.

—Vamos a cruzar la calle —dijo, cogiéndole del brazo. Se pararon entre los portales de las dos primeras casas de la misma—. Mire aquí. ¡Se ven todavía los orificios de los balazos!

Era cierto, el muro estaba agujereado por los impactos.

—¡Cáspita! —exclamó Boyd—. ¡No entiendo que no los hayan cubierto!

—Así es España, mi querido amigo —repuso Muñiz—. El vivo al bollo y el muerto al hoyo, ¡y se acabó!

Señaló el portal de la primera casa, la número 1, en la esquina con Alcalá, y siguió:

—Mire, ¿ve la puerta a la izquierda del cajón del portero? Es la entrada privada a una taberna. Se dijo en su momento que algunos de los asesinos habían estado allí antes del crimen, con los trabucos escondidos debajo de las capas, pero no me lo creo. No creo que fuesen a ser tan torpes, para que la gente se fijara en ellos. Sigue el mismo dueño. Se llama Manuel García Llano, es asturiano, buena gente. He hablado varias veces con él. Vamos a ver si está.

Dieron la vuelta a la esquina y entraron en el establecimiento por su puerta principal en la calle de Alcalá. Detrás de la barra del local, bastante humilde, un hombre gordo, de unos cincuenta años, limpiaba vasos. Reconoció enseguida a Muñiz:

—¡Hola don Ricardo! —dijo—. ¡Mucho tiempo! ¿Qué hay de nuevo?

Muñiz le presentó a Boyd, explicando que su amigo conoció al general Prim en Londres y tenía mucho interés en visitar el escenario del crimen. ¿Le importaría contarle lo que vivió aquella noche?

El tabernero salió de detrás de la barra, secándose las manos.

—Yo no puedo añadir nada a lo que ya le he dicho a usted —se excusó, algo incómodo.

Boyd le pidió disculpas por la molestia y le preguntó cuántos años llevaba con el local.

—Ya van cuatro —contestó.

—¿Y los asesinos estuvieron aquí dentro antes del atentado?

—En absoluto, aquí no entraron. Nosotros cenábamos cuando empezó aquello. Y también cuatro carreteros de aquí cerca. Nevaba, hacía muchísimo frío, había poca gente en la calle. Cuando sonaron los tiros nos asustamos mucho y cerramos la puerta a Alcalá. La puerta del portal que da a Turco —el tabernero señaló hacia ella—, sólo la utilizamos nosotros y estaba ya cerrada, por ella no entró ni salió nadie. Nosotros no vimos nada. Luego, cuando ya no oímos más ruido ni nada, volvimos a abrir y salimos a la calle a ver qué había pasado y nos dijeron que unos asesinos habían disparado contra el general. Había ya bastante gente en la calle y todo el mundo hablaba y comentaba.

—¿Y la autoridad?

—¿La autoridad? Nada, tardaron mucho en llegar, yo qué sé, dos horas o más. Todo el barrio estaba muy descuidado entonces, no había agentes de Orden Público. Y sigue casi igual.

«Era cierto, pues —pensó Patrick—, lo que dijo *Las Novedades* sobre la falta de vigilancia.»

—¿Y usted declaró ante el juez? —le preguntó.

—Sí, me detuvieron y me tomaron declaración. Yo le conté todo al juez como se lo estoy contando a usted. Me soltaron al poco tiempo.

Patrick tuvo la sensación de que no les iba a hacer ninguna revelación nueva. Sin duda muchos curiosos le habían preguntado lo mismo.

Después de aceptar el vermú ofrecido por el tabernero, Muñiz y Boyd volvieron sobre sus pasos y se despidieron en la plaza de las Cortes, donde quien había sido íntimo amigo de Prim le pasó al periodista, para copiarlo si quería, el ejemplar de *La Federación Española* con el artículo de Roque Barcia.

Patrick le agradeció con vehemencia la visita guiada. Ahora tenía una idea mucho más clara de lo ocurrido. Quedaron en verse otra vez después de su entrevista en la cárcel con José López.

12

Extracto del diario de Patrick Boyd. Madrid, Hotel de las Cuatro Naciones, sábado, 27 de septiembre de 1873.

Esta mañana en el Imperial se acercó a mi mesa el abogado Luis González, a quien me presentó Muñiz el otro día cuando tropecé con él en la calle de Alcalá, y me dijo: «¿Ha visto lo que viene hoy en la *Gaceta*? ¡Que Paul Angulo está entre nosotros otra vez, el pícaro! Y que lo busca el juez».

De modo que el rumor de su presencia en España se va extendiendo.

González se sentó a mi lado y me leí la nota. El titular del juzgado del Congreso que entiende ahora en la causa del asesinato de Prim (José González Martínez) dice que hay motivos para creer que Paul Angulo recorre algunos puntos de la Península, por lo cual le «cita, llama y emplaza» nuevamente y encarga «a todas las Autoridades de la Nación procedan a la prisión de dicho sujeto» y lo pongan a su disposición. El juez describe así al prófugo: «Como de cinco pies cuatro pulgadas de alto, de treinta y cinco años de edad, carnes regulares, color bueno, barba roja, pelo castaño, con algo calvas las entradas, nariz regular, ojos azul claro; usaba gafas unas veces blancas y otras azules, voz bronca».

¿Estará realmente Paul en España? Me cuesta trabajo creerlo. A ver si Mac da pronto con su paradero real. Aunque paradero no es la palabra, pues está claro que Paul no para nunca.

Acabo de leer con lupa el artículo de Roque Barcia que

me pasó ayer Muñiz. Es impresionante, muy bien redactado, noble y dolorido. El trabajo de un periodista profesional y yo diría que de un escritor considerable.

A los diez días del magnicidio, cuando ya presidía el gobierno el general Serrano, ¡otra vez el hombre del momento!, se estaban multiplicando las calumnias dirigidas contra el Partido Republicano Federal, acusado por sus adversarios políticos, sin fundamento alguno, de ser el responsable del crimen. Docenas de sus militantes estaban ya en la cárcel. Roque Barcia protesta desde lo más hondo de su alma: ni él ni ninguno de sus correligionarios han tenido nada que ver con el asesinato. ¿Los hombres de *El Combate*? ¡Jamás! Los hombres de *El Combate*, insiste, instigaban abiertamente a la lucha armada, a la lucha armada sin disfraz, cara a cara. Los hombres de *El Combate* podían matar, pero a la luz del sol, nunca alevosa, nocturnamente, por la espalda.

No menciona a Paul Angulo, sin embargo. Es una ausencia que me llama mucho la atención. ¿Omite su nombre por prudencia? Concede, eso sí, la posibilidad de que alguien, dándoselas de republicano, pudiera haber participado en el infame crimen. Si resulta cierto, dice, tendrá toda su execración, pues ningún republicano de verdad se habría ensuciado las manos, ni su partido, con la perpetración de acto tan vil.

Recoge la versión según la cual un amigo íntimo de Prim, no dice quién, al preguntarle al general por la identidad de sus agresores, recibió la contestación tajante: «No lo sé; pero no me matan los republicanos».

También recoge las últimas palabras del héroe, tres días después. El agonizante preguntó a cuántos estaban del mes. Le contestaron que a treinta. «¡El día 30! El rey desembarca y yo me muero. ¡Viva el rey!»

Barcia aporta, hacia el final de su artículo, un recuerdo que me emociona. «Don Juan Prim era mi contrario —dice—. Los lectores saben que más de una vez le he juzgado con severidad, tal vez con dureza. El último escrito en que me ocupaba de su política le fue leído en su propia casa; y después de oírlo sin desplegar los labios, dijo: "Conozco bien que me daña; veo que me lastima; pero ese escrito no es hijo de odio, sino de una fe".»

Casi lo más tremendo del relato, con todo, es el testimonio que publica Barcia de la afligida viuda mexicana del general, que ha dicho que no quiere seguir viviendo en el país donde han matado a su marido. Barcia entiende su grito de dolor y de rabia, pero le ruega que no juzgue a todos los españoles por la vileza de unos cuantos asesinos a sueldo.

Si bien rechaza la posibilidad de la participación de Montpensier en el complot, sin dar sus razones, deja la puerta abierta a otras complicidades en altas esferas de la sociedad. Quizás, sin querer decirlo abiertamente, compartía las sospechas de la viuda de Prim acerca de Serrano.

13

A las once menos cuarto del domingo el coche de punto que había alquilado Boyd en la Puerta del Sol penetró en la plaza de Santa Bárbara, casi en las afueras de la ciudad. Se paró delante de la sobria fachada del Saladero. El edificio, levantado por el famoso arquitecto Ventura Rodríguez en tiempos de Carlos III para matadero de ganado y saladero de tocino, hacía las veces desde 1831 de Cárcel de Villa, como se conocía oficialmente. Al no haber sido diseñado como presidio, tenía fama de ofrecer numerosas posibilidades para la fuga.

Hacía una espléndida mañana otoñal, embovedando la capital, sin el estorbo de una sola nube, el reluciente cielo azul tan celebrado por pintores españoles y extranjeros. Como era día de visita, pululaba por el patio del presidio una vociferante muchedumbre mezclada con guardias que trataban, sin gran éxito, de imponer entre el gentío siquiera una semblanza de orden y de respeto a la autoridad.

Patrick no tardó en confirmar que, como le habían dicho, el edificio carecía de los elementos más básicos de salubridad. Lóbrego, grasiento y apestoso, con oscuros pasillos estrechos y miserables celdas donde se hacinaban, indistintamente, viejos y jóvenes, demostraba, a su juicio, lo poco que habían mejorado los servicios penitenciarios en los cinco años transcurridos desde la Revolución de 1868.

Casi tres ya llevaba encerrado en el Saladero el preso Juan José Rodríguez López, alias Jáuregui, imputado por la tentativa de noviembre de 1870 contra la vida del general Prim. Gracias a las atenciones del alcaide, hombre de nociones humanitarias, que tal vez seguía órdenes de alguna instancia gubernamental, López gozaba de unas condiciones negadas a la gran mayoría de los encarcelados. Su habitación tenía dos pequeñas ventanas enrejadas que daban a la plaza de Santa Bárbara y permitían la entrada de luz solar. Había una mesa con dos sillas de anea, un armario que servía de escritorio, una rudimentaria cama en un rincón y alguna comodidad más.

—Bienvenido al Saladero —fue lo primero que le dijo a Boyd al abrir el guardia la puerta. Y, mientras el periodista le estrechaba la mano, añadió, sarcástico—: Como habrá podido apreciar usted al subir hasta aquí, en materia carcelaria España puede competir con cualquier país avanzado de Europa. ¡Ya lo creo!

Boyd calculó que su interlocutor tendría unos treinta años. De mediana estatura, facciones regulares y complexión robusta, hablaba con énfasis, con arrojo. Parecía muy seguro de sí mismo.

—Me honra su visita —dijo, invitando a Patrick a sentarse a la mesa frente a él—. Todos los españoles de buena fe e ideas avanzadas admiramos profundamente a su padre, muerto por la misma causa que defendemos nosotros. El problema es que nunca nos ponemos de acuerdo sobre cómo sacar al país del atolladero en que yace desde hace siglos.

Durante media hora hablaron de la actualidad española: de lo que pudiera ocurrir ahora que Castelar había tomado las riendas del Poder Ejecutivo, de la guerra con los carlistas, que hacía todo infinitamente más difícil para la República, de la posibilidad de un golpe alfonsino, de la aparente reconciliación —comentada por algunos diarios— de Montpensier y su cuñada Isabel...

López le explicó que era de La Rioja, de un pueblo llamado Santa Eulalia, donde su padre había ejercido de maestro nacional. Como todos los españoles arribados a Madrid desde provincias, hablaba de su patria chica con pasión, con nostalgia.

—Bueno, señor Boyd —dijo, efectuados ya los preámbulos—, usted ha venido a verme para que le hable de algo muy concreto, del asesinato de nuestro llorado general Prim. Todo lo que sepa de aquel vil crimen, que fue un desastre para el país, está a su disposición. Confío en don Ricardo Muñiz y en usted para que no me comprometan.

—Le agradezco profundamente su disposición —respondió Patrick, sacando su cuaderno—. Tengo decenas de preguntas y no le quiero abrumar. En otra visita podremos seguir hablando, si usted lo permite. En primer lugar, le quiero decir que he estado en la Biblioteca Nacional leyendo *El Acusador*. Su nombre no aparece allí por ningún lado, pero supongo que usted fue el único responsable de la publicación.

—Exactamente. Me alegro mucho de que esté en la Biblioteca Nacional —replicó López, con un ademán de sorpresa ante la revelación de su invitado—. No lo sabía. Allí se quedará para la historia, ¡si alguien no se ocupa de hacerlo desaparecer!, y para vergüenza de los españoles. Y digo vergüenza porque yo, su autor, llevo en este tugurio ya tres años y todavía no se me ha hecho justicia.

—Espero que se le haga pronto —dijo Patrick—. Si quiere, me gustaría que me explicara primero, con más detalles, cómo se puso en marcha, en París, la sociedad secreta que, según cuenta en *El Acusador*, logró penetrar luego la organización de Montpensier.

—Hay que remontarse un poco en el tiempo —contestó López—. Yo fui amigo de Prim, amigo bastante íntimo, estuve con él en el exilio, me apreciaba mucho, si bien yo no soy monárquico y él sí lo era, aunque, ¡ojo!, férreamente antiborbónico. Decía que, vivo él, «jamás, jamás, jamás» se volvería a sentar sobre el trono de España un Borbón. Yo estimaba que, una vez derrocada la reina, giraría hacia los republicanos, pero no fue el caso. Además cometió el gran error de aceptar como aliados a los que, en el fondo, eran sus peores enemigos, los de la Unión Liberal, los ricos, los generales retirados...

—Capitaneados por Montpensier.

—Sí, claro. Prim no se fiaba para nada del duque, que no ocultaba su deseo de ser rey de España, y me encomendó a mí, en marzo de 1869, que me trasladara a París y buscara la manera de vigilarlo allí, a él y a su entorno, de seguir de cerca sus movimientos, sus pasos. Porque Montpensier iba y venía mucho entre París y España, ¿sabe usted?, siempre conspirando y maquinando. La misión mía era la de cumplir fiel y exactamente aquellas órdenes en contacto con la embajada española, que desempeñaba muy dignamente don Salustiano Olózaga. Y así fue como puse en marcha, en París, una sociedad secreta que, simulando ser adicta a Montpensier y su pretensión de acceder al trono, trabajaba en realidad para todo lo contrario, para frustrar sus planes. Yo me ofrecí a comprometer en su favor las guarniciones de Barcelona, Valencia y distintos puntos de Andalucía. Aceptó la propuesta y logré convencerle de que allí tenía importantes apoyos.

—¿Y quiénes eran Sostrada y Acevedo?

—Eran mis auxiliares en Valencia. A ellos no los detuvieron, y a sus hombres sólo unos días después. Sostrada me traicionó. Cuando a nosotros nos prendieron, el 15 de noviembre (estoy convencido de que debido a una delación suya), se personó en la casa de huéspedes donde yo paraba, en la calle Duque de Alba, y le franquearon la puerta. Sabía que mi correspondencia con Solís, el ayudante de Montpensier, estaba en una cartera de viaje. Como no tenía la llave de la cartera pidió unas tijeras, la rompió y rasgó allí mismo todos los papeles que contenía. Pero yo, previendo su traición, los había sustituido por otros y metido los auténticos en lugar seguro. No se dio cuenta y le dijo luego a Solís que no se preocupara, que todos los indicios contra él habían desaparecido. Fue por ello por lo que Solís nos abandonó luego a nuestra suerte aquí en el Saladero. Se sentía seguro. Después, claro, entregué al juzgado la documentación comprometedora.

Boyd levantó la cabeza del cuaderno una vez apuntado lo que le acababa de decir López.

—Me ha dicho el señor Hartzenbusch, en la Biblioteca Nacional, que, hace dos años más o menos, usted polemizó en la prensa con Solís. ¿Es cierto?

—Sí, sí, es cierto —repuso López—. Cuando el juez dictó auto de prisión contra él, a finales de julio del 71, el miserable huyó enseguida a Londres. Supongo que lo sabe.

—Sí.

—Toda la prensa comentó su fuga. Quince días después publicó en el diario *La Época* una larga y enmarañada carta en la que la justificaba, diciendo que no había imparcialidad judicial entonces en España, que no se fiaba. Su comunicado no era más que una sarta de tonterías, de inconsecuencias y de mentiras.

—¿Se publicó en *La Época*, dice?

—Sí, sí, el diario monárquico, muy afecto entonces a Montpensier. Allí habló de su honradez, de su impecable carrera militar, de la vil persecución a que le sometían, así como al duque, y a mí me nombró como el calumniador y delator responsable de todo. «Un tal López», me llamó. Yo le repliqué a los pocos días con una hoja impresa titulada

«Asesinato de don Juan Prim. Contestación al secretario de Montpensier».

—¿Una hoja clandestina? —preguntó Boyd.

—No, no, en absoluto, no era una hoja clandestina. Llevaba mi nombre, la indicación «Cárcel del Saladero», la fecha y el pie del impresor, Martínez, cuyo taller, por cierto, está a dos pasos de aquí, en la travesía de San Mateo. Le dije a Solís que no era yo el delator sino el delatado, y le recordé las órdenes que, para asesinar a Prim, me había dado en septiembre de 1870, en casa de Montpensier.

—¿En la calle de Fuencarral?

—Sí, al final de la calle, en el palacio de Montpensier. Terminé advirtiendo al público que mi hoja no era más que el prólogo de lo que iba a revelar. Se vendió mucho en Madrid y provincias, lo reprodujeron varios diarios y fue muy discutido en Sevilla, claro, el centro de operaciones de Montpensier y Solís. Allí se metió conmigo un periodiquillo católico y monárquico titulado *El Oriente*, cuyo lema era «Religión, Patria, Rey». Creo que ya no existe. Lo dirigía un presbítero y catedrático llamado Francisco Mateos Gago, un elemento reaccionario muy conocido en la ciudad.

Boyd se quedó de una pieza.

—¡Gago! ¡No lo puedo creer, si le conozco! —exclamó—. ¡Pero qué casualidad! Nada más llegar a Sevilla me abordó un cura cerca de la catedral y estuvo despotricando contra la República. Era él. Me llevó a ver la cripta de la Capilla Real y me mostró los ataúdes de no recuerdo qué hijos de Montpensier. Me aseguró que el duque no tuvo nada que ver con el asesinato de Prim.

—¡Claro, si son amigos! ¡A lo mejor resulta que es su confesor! Gago es un mal bicho, una víbora. *El Oriente* me atacó con tal virulencia que le contesté desde *El Jurado Federal*, otro periódico fundado por mí. —Y añadió—: ¡Es que yo he sido y soy un impenitente fundador de periódicos! Estoy preparando otro que se titulará *Los Canallas*.

—¿Y Solís le respondió?

—Sí, sí, me respondió, ya lo creo, otra vez en *La Época*, y sin añadir nada de interés. Pura palabrería. Repitió que no se fiaba de la justicia española en aquellos momentos y que por ello no se presentaba ante el juez. Dijo que no se acordaba de haberme visto a mí nunca. Que un tal Faustino Jáuregui (que era yo, claro, era uno de mis seudónimos) le había tratado de extorsionar desde la cárcel. Que ni Montpensier ni él tuvieron nada que ver con el asesinato de Prim. Y así por el estilo. Sin aportar una sola prueba de nada. La carta era flojísima y me dio pie para publicar en otro pasquín, mucho más pormenorizado, mi segunda contestación. Tuvo una tremenda repercusión.

—Necesito leer todo esto —dijo Patrick—, necesito ver esos pasquines.

—Los verá, no se preocupe. No los tengo aquí. Hace dos años trataron de robarme documentos, incluso utilizando cloroformo para narcotizarme. No lo consiguieron gracias al alcaide, que se ha comportado magníficamente conmigo, pero a partir de entonces puse todo a buen recaudo. En la imprenta de Martínez se los darán. ¡Bueno, se los venderán! Creo que todavía hay ejemplares. Y si no, yo se los paso. Mi segunda contestación, ya le digo, tuvo una tremenda repercusión.

—¿Y qué decía, más o menos?

—Le pedí a Solís, ¡al valiente ayudante de Montpensier!, que refrescara la memoria en relación con los primeros contactos que él y el duque tuvieron conmigo en junio de 1870, y que los describiera públicamente, con pelos y señales. Mencioné los 20.000 reales que me pasaron entonces para nuestros trabajos preparativos. Sobre todo le recomendé que publicara la carta que, como consecuencia del acuerdo tomado para matar a Prim, se remitió desde Madrid a Barcelona, con letras por un importe considerable para la compra de armas. Le rogué que pusiera al tanto del público los dos intentos de asesinato fracasados...

—¿En Daimiel y Aranjuez?

—Sí, para dinamitar el tren en que iba el general. Intentos que saboteamos nosotros, claro, pues habría muerto muchísima gente inocente. Bueno, le reté luego a que saliera de su escondite y nos visitara aquí en el Saladero, donde me reconocería no sólo a mí, el célebre Jáuregui, sino a los otros a quienes él había comprometido en el que creía iba a ser el asesinato del general, y a quienes, conmigo, luego abandonó a su suerte. Solís, ya se lo he dicho, estaba convencido de que a mí me habían destruido los papeles que yo tenía sobre nuestras relaciones. Se sentía seguro y por ello nos dio la espalda.

—Todo esto es lo que dijo usted en *El Acusador* —dijo Boyd.

—Claro, allí consta. Pues a Solís yo le abrí los ojos. Le dije que los papeles estaban en manos del juzgado que entendía en la causa. Era verdad. Y le expliqué por qué yo había entrado a tomar parte en la conspiración contra el general. Le conté que era para enterarme, desde dentro, de los planes de quienes trabajaban en contra de los ideales de «La Gloriosa» y de Prim, que preparaban un movimiento armado para entronar a Montpensier. Le dije que entré en el complot para evitar víctimas, en primer lugar el general, e impedir que los verdugos de mi patria se saliesen con la suya.

—¿Y todo aquello usted ya lo había declarado ante el juez?

—Por supuesto, muchas veces. A propósito, ¿sabe usted cuántos folios lleva ya el sumario?

—No tengo idea.

—¡Pues más de siete mil! ¡Si han interrogado a medio mundo y todavía no hay sentencia, casi tres años después del asesinato!

«Tengo que ver el sumario con mis propios ojos —pensó Patrick—, pero ¿cómo? Tal vez este hombre me podrá ayudar.»

—¿Y usted avisó a Prim del peligro que corría? —le preguntó.

—Claro, yo le tenía al tanto de todo.

Escuchando a López se le hacía a Patrick cada vez más difícil creer que le decía la verdad. ¿Qué pruebas había de que realmente actuaba a órdenes de Prim y de que su intención verdadera no era hacerse rico trabajando para Montpensier y, si hacía falta, participando en la organización del asesinato?

Pero no había que darle al preso la impresión de que no le convencía. Al contrario. Y, consultando su cuaderno, siguió:

—Volviendo un momento a Sostrada, ¿usted está convencido de que les traicionó?

—Sí, sí. Sostrada le dijo a Solís que yo trabajaba para Prim, no para ellos, y Solís les contó a las autoridades que preparábamos un atentado.

—Pero ¿por qué motivo los delataría Sostrada, si era socio suyo?

—Pues para ponernos fuera de combate y quedarse él con toda la ganancia. Él no tenía ideales políticos, sólo le motivaba la ganancia. Hijo de puta.

—Y Prim, ¿no intervino luego a favor de usted?

—Sí, sí. Le explico. Yo estuve incomunicado diecisiete días, desde el 15 de noviembre hasta el 2 de diciembre. No tenía idea de lo que pasaba fuera y me fue imposible conseguir que me dejasen hablar con el general. Inmediatamente después de levantada la incomunicación me informaron de que quería verme enseguida. Se había enterado de que yo estaba aquí. El encuentro tuvo lugar el 8 de diciembre, en el Ministerio de la Guerra. Allí estuve hablando con él a solas más de dos horas. Le puse al tanto de todo lo que había ocurrido y le avisé del peligro que todavía le acechaba. Él luego juró ante el juez y el fiscal que entendían en la causa de la tentativa que, lejos de ser asesinos, nosotros le habíamos estado protegiendo.

—¿Y por qué Prim no consiguió que les soltasen enseguida?

—Se empezó la tramitación, pero por una casualidad terrible el auto que decretaba nuestra libertad se firmó demasiado tarde, el mismo 27 de diciembre, el día del atentado, y no se cumplimentó al unirse las dos causas, la de la tentativa y la de la muerte. Con la desaparición de Prim todo se convirtió para nosotros en una atroz pesadilla. ¡Y aquí me tiene usted tres años después, esperando todavía que se me haga justicia!

Patrick no estaba convencido. ¡Cómo iba Prim a dejarles allí si estaba seguro de su inocencia, él que era el hombre más poderoso de España! Sólo habría sido necesario que prestara declaración ante el juez. Quizás ni eso. Habría logrado que los soltasen enseguida, sin lugar a dudas.

López se levantó. De repente había perdido la calma.

—¡Tres años! —exclamó—. ¡He declarado no sé cuántas veces!

—¿Y los otros detenidos? ¿Están aquí todavía?

—A lo mejor no me va a creer cuando le digo que a Tomás García, que fue liberado a los dos meses, lo asesinaron poco después en las afueras de su pueblo. Merino, Genovés, Sáenz y Martín están abajo, en un calabozo, mucho peor que yo; puede tratar de hablar con ellos, no sé si querrán, tienen mucho miedo... y se entiende. Todo esto es peligrosísimo. Y si usted no anda con cuidado lo será para usted también. Los responsables y sus secuaces son capaces de cualquier barbaridad. —Luego, bajando la voz y mirando hacia la puerta, añadió—: Es que hay mucho interés en que no se conozca la verdad, mucha corrupción y mucho dinero de por medio. Y presionan a los jueces. Los han cambiado varias veces. Y han desaparecido documentos del sumario. Aquí no tengo seguridad alguna, pese a los desvelos de mi amigo el alcaide, a quien también pueden enviar a otro destino en cualquier momento.

—Volviendo a Solís, si me permite —dijo Boyd—, ¿usted está convencido de que siguió conspirando después de la tentativa de noviembre?

—Absolutamente. Ya ha visto usted la información al respecto que di en *El Acusador*. Lo que no ha visto usted es el último número del periódico, el número 6, puesto que prohibieron su publicación. Conservo las galeradas. Allí explico que, cuando nos detuvieron a nosotros, Sostrada y Acevedo, a quienes ya buscaba la policía, tuvieron una larga conversación con Solís. Y que éste les entregó dinero para continuar con el complot. A espaldas mías, claro.

Boyd sabía por larga experiencia que, en las entrevistas, precisaba formular a veces una pregunta que al otro le cogiera con el pie cambiado. Las llamaba sus «preguntas a boca de jarro». Intuía que había llegado una de tales ocasiones.

—¿Dónde encaja en todo esto José Paul Angulo? —dijo.

López tomó su tiempo antes de contestar.

—No conozco al sujeto —replicó—, no he hablado en mi vida con él, ni en España ni en el extranjero. Es un republicano fanático, muy amigo de Prim antes de la Revolución y enemigo acérrimo después, sobre todo a raíz de su destierro, cuando el general suprimió la sublevación federalista de 1869. Valiente, no niego que lo sea. Y capaz de matar, aunque sólo cara a cara, no por la espalda. A más de uno ha despachado en duelos. No sé si usted ha visto *El Combate.*

—Sí.

—Pues allí se aprecia el temple violento del individuo. Preconizaba abiertamente la sublevación armada contra el gobierno de Prim y pedía poco menos que el patíbulo para el general, a quien consideraba un traidor.

—Pero ¿es verdad que estuvo entre los asesinos?

—Se ha dicho que sí, se ha dicho incluso que Prim, en su lecho de muerte, insistió en haber reconocido su voz en la calle del Turco, dando la orden de abrir fuego. Yo creo que hubo connivencia entre Solís y Paul, pero no me consta que estuviera entre los asesinos materiales. Lo único que sé a ciencia cierta es que no participó para nada en nuestra simulación de tentativa. Es posible que decidiera unirse a los asesinos después, quizás al final. Esto lo tendrá que investigar usted. No sé por dónde anda ahora, unos dicen que en Buenos Aires, otros que en París. Llama la atención, desde luego, el hecho de su desaparición nada más perpetrado el crimen.

—Y sobre todo, si es inocente, que no haya vuelto a España ahora que están en el poder los suyos —aventuró Patrick.

—¡Pero es que los suyos ya no lo son! Castelar, Pi y Margall, Figueres, Rivero y los demás no quieren saber nada de él ahora, reniegan de él. Y Paul, claro, está sin duda al tanto.

—Quien debe de saber la verdad de todo es Solís, ¿no? —dijo Patrick.

—Sí, obviamente, y José María Pastor, el policía que trabajaba para Serrano. Si yo fuera usted, movería tierra y cielo para intentar acceder a ambos. Solís, esté donde esté, supongo que en su propiedad extremeña, en Villafranca de los Barros, será muy difícil. Tiene la protección de Montpensier, y el duque, como sabe usted, es muy poderoso...

y lo será todavía más, mucho más, si vuelven los Borbones, que parece probable. En cuanto a Pastor, tampoco sé dónde está ahora pero creo que en las prisiones militares de San Francisco. Estuvo aquí un tiempo y provocó muchos disturbios y se lo llevaron hasta allí. Es un miserable asesino... y muy peligroso.

—¿Dónde están las prisiones militares?

—Al lado de la iglesia de San Francisco el Grande, en un viejo convento que hay allí convertido en cuartel.

Patrick seguía apuntando sin parar. Pocas veces había recibido, así de golpe, una información tan apabullante y a la vez tan salpicada de interrogantes.

—Usted da a entender en *El Acusador* —dijo— que, en la preparación y ejecución del asesinato, Pastor actuaba directamente a órdenes de Serrano.

—Sí, estoy convencido de que sí. Serrano tenía un motivo muy potente para querer la desaparición de Prim. Y era que, con Amadeo sobre el trono de España, iba a perder mucho poder, él que era regente, mientras Prim acumularía aún más, como hombre fuerte del nuevo régimen. Yo creo incluso que Serrano envidiaba profundamente a Prim. Era un político sin ideales ni proyectos, y cambiaba con facilidad sus lealtades. En realidad, su única lealtad, a mi juicio, era a su propia ambición de poder. Yo creo que sí, que Pastor actuaba directamente a órdenes suyas. Y que fue uno de los asesinos materiales de Prim.

—¿Cuándo fue detenido Solís? —preguntó Boyd.

López meditó unos segundos.

—Hace un año más o menos, no recuerdo la fecha exactamente, creo que en septiembre. —Siguió reflexionando y luego añadió—: Sí, en septiembre del año pasado debió de ser. Lo cogieron en Villafranca de los Barros. Supongo que entró desde Portugal, que está muy cerca. Salió en toda la prensa. Como era coronel, lo trajeron a las prisiones militares. Nada más entrar en ellas empezó a maniobrar y a sobornar a la gente con el dinero de Montpensier. Allí coincidió con Pastor, con cuya complicidad consiguió que Martín y Sáenz, dos de los reos confesos de la tentativa, antes incondicionales míos, se retractasen de haberle visto en relaciones íntimas y frecuentes conmigo. O sea, que logró que me traicionasen. Solís y yo tuvimos un careo. No negó haberme visto antes, pero sí que nuestros encuentros estuviesen relacionados con un intento de matar a Prim. El juzgado lo soltó a los tres meses. Fue un escándalo.

—¿Y Montpensier? —preguntó Patrick—. ¿El juez lo citó?

—El duque estaba en Francia —contestó López—. Alegó que no podía volver a España porque una de sus hijas estaba enferma o algo por el estilo. Y entonces el juez acordó que se le tomara declaración allí por comisión rogatoria. No le costó ningún trabajo negar cualquier implicación en el crimen.

Antes de despedirse, Boyd le preguntó cómo podía acceder al sumario, ya que, según le habían dado a entender, bastante gente lo conseguía. Le contestó que, pagando bien, no sería imposible, y prometió hacer averiguaciones al respecto y que le diría algo en su próximo encuentro, que propuso para dentro de unos diez días. También se comprometió a pensar en otras posibles pistas para su investigación.

Al salir a la calle Boyd respiró hondo y bajó por la plaza de Santa Bárbara hacia la travesía de San Mateo. Llevaba en la mano la nota de presentación que López le había garabateado para el impresor de sus pasquines.

14

Extracto del diario de Patrick Boyd. Madrid, Hotel de las Cuatro Naciones, domingo, 28 de septiembre de 1873.

Después de ver a López esta mañana me presenté en la imprenta de Manuel Martínez. Creía que, siendo domingo, estaría cerrada, pero no, trabajaban. El hombre leyó la nota y estuvo muy atento. Me buscó enseguida los dos pasquines. Aceptó el dinero sin rechistar, como es natural. ¡No me los iba a regalar! Me preguntó en qué estado de ánimo había encontrado a su vecino del Saladero. «Es una vergüenza que esté todavía preso —me dijo—, cuando los culpables andan por ahí sueltos.»

Acabo de leer con fascinación las dos hojas.

La primera, como me dijo López, se titula *Asesinato de don Juan Prim. Contestación al secretario de Montpensier*. La otra, *Asesinato de don Juan Prim. Segunda contestación al secretario de Montpensier*. Al final de la primera se lee, encima del pie de imprenta: «Cárcel del Saladero, 23 de julio de 1871, José López». Y al de la segunda: «José López, Cárcel del Saladero, 17 de agosto de 1871».

Hubo, pues, dos cartas de Solís con sendas respuestas de su adversario. La primera —López aporta el dato— se publicó en el diario *La Época* el 21 de julio de 1871. Supongo que la segunda salió en agosto en el mismo periódico. Las tendré que buscar enseguida en la Biblioteca Nacional.

Las respuestas de López coinciden en casi todo con lo que me dijo esta mañana. En ellas no oculta el desprecio más profundo que le suscitan tanto Solís como Montpensier. Es un hábil polemista, dueño de un sarcasmo mordaz y con un dominio del idioma considerable.

Solís creía al principio, según López, que iba a ser posible conseguir en las Cortes Constituyentes, recurriendo al soborno, los apoyos necesarios para que triunfara la candidatura de Montpensier. Pero, al ver que no, optó por otra táctica, la de procurar, con el dinero del duque, «introducir la perturbación en todos los partidos, valiéndose para ello con la compra de todos los que se querían vender». Ello con el propósito de «lanzarlos al campo y poder aprovechar la anarquía de la sublevación». Solís, sigue López, contaba con el apoyo de Topete y varios generales más, entre ellos Serrano, quienes, «al sofocar la rebelión mixta, proclamarían, tal era el proyecto, al señor duque de Montpensier rey de España».

Cuando se desvaneció también tal esperanza, según López, «se convino en que mientras don Juan Prim estuviese al frente de los asuntos del país todo era inútil». O sea que había que matarlo.

Esta primera contestación de López a la carta publicada por Solís en *La Época* constituye, sobre todo, un reto. Un reto para que el antiguo ayudante de Montpensier tenga la valentía de abandonar su escondite y comparecer ante el juez que lo reclama.

En su segunda respuesta, muy larga, López exige que Solís publique su correspondencia con «Jáuregui» y las alegadas cartas de extorsión que éste le hubiera dirigido desde el Saladero, que diga de quiénes se valió para conseguir el asesinato de Prim y que identifique a quién suministró el oro y los medios para que algunos de los criminales pudiesen huir al extranjero. Explica que sólo decidió contarle al juez la verdad sobre el complot cuando el mismo le mostró el sumario y pudo comprobar allí que el partido republicano, al cual él dice pertenecer, era víctima de falsas delaciones.

Ello no encaja con lo que me dijo esta mañana: que le motivó, para tomar aquella decisión, el descubrimiento de que Solís había huido de la justicia, abandonándole a él y los demás presos a su suerte.

En uno de los párrafos cruciales de la respuesta, López «explica» otra vez su motivación para entrar en contacto con el duque:

> Puesto que el señor Solís no ignora la amistad que me ligaba con el general Prim, contrario al duque de Montpensier, y que sabe mis ideas republicanas, no tiene necesidad de llamar mucho a su imaginación para explicarse el por qué entraba yo a tomar parte en la conspiración: quería conocer yo, enemigo de la monarquía y amigo al mismo tiempo del general Prim, los designios de aquellos que trabajaban al propio tiempo en contra de mis ideas y del amigo. Quería, en fin, evitar víctimas, trastornando los planes de los verdugos de mi patria.

¿Es cierto que López tenía amistad con Prim? Si realmente fue así, lo sabrían los íntimos del general. Muñiz, por ejemplo. Se lo preguntaré. Sospecho que es otro bulo. Y que López se introdujo en el complot no para salvar a su «amigo» sino para ayudar a poner sobre el trono a Montpensier y cosechar los beneficios consiguientes.

Lo más importante del documento, creo, es la reproducción de algunos párrafos de una carta que López alega haber recibido de Solís. Con fecha 20 de septiembre de 1870 y firmada «F. S.», se trataría en ella del giro de cinco mil pesetas —una cantidad muy considerable— para facilitar la llegada a Madrid de los «géneros» necesarios para llevar a cabo el «proyecto» acordado. Es decir, la llegada de los asesinos.

López también reproduce una carta que dice haber enviado desde la cárcel a Montpensier, firmada por «Jáuregui», con fecha 26 de mayo de 1871. Carta entregada en mano al duque en el balneario granadino de Alhama, que visitaba con cierta frecuencia. En dicha misiva «Jáuregui» se queja amargamente de Solís, que le ha abandonado en la cárcel, así como a sus compañeros. Todos están en la miseria. Son cinco familias, con quince hijos. Ellos cumplieron con lo pactado, pero el duque no lo ha hecho en absoluto. Si no les ayuda, «Jáuregui» amenaza con revelar toda la verdad.

López termina denunciando «la ignominia y el oprobio que pesa sobre nuestra querida patria por haberla hollado con su planta un Orleans, y por haber nacido en ella el señor don Felipe Solís y Campuzano».

Desde luego no le faltan agallas. Ya ha sido asesinado uno de los implicados en la tentativa, Tomás García. Sabe que a él le puede tocar la misma suerte el día menos pensado. Y sigue adelante con sus alegatos, consciente de que su pronta liberación, en la que tanto confía, hará aún más fácil la tarea de acabar con él, pues dará más oportunidades a sus enemigos.

La documentación que aduce López podría ser falsa, claro. ¿Está en el sumario? ¿Me podrá poner en contacto con alguien que me ayude a acceder a la causa, como me ha dicho? Es evidente que si no logro conseguirlo —pagando, sobornando, lo que haga falta—, mi investigación va a ser un fracaso y sólo añadirá más confusión a la ya existente.

Mañana iré a primera hora a la Biblioteca Nacional para ver las cartas de Solís. Gracias a López tengo la fecha de la primera: 21 de julio de 1871.

15

Diario de Patrick Boyd. Madrid, Hotel de las Cuatro Naciones, lunes, 29 de septiembre de 1873.

Hartzenbusch está de viaje y me atendió su asistente, que no tardó en traerme el tomo de *La Época* correspondiente a julio y agosto de 1871.

López tiene razón, la primera carta de Solís, fechada el 16 de julio de 1871, sin especificar lugar, y publicada el 21, es muy floja. En ella el coronel no hace más que decir que es un hombre honrado, con historial militar inmaculado; que desde el año 1853 viene sirviendo lealmente al duque de Montpensier como ayudante de campo; que ante «la odiosa calumnia» de que es objeto tiene la conciencia tranquila; que es víctima de miserables delatores, siendo el principal de ellos «un tal López»; y así por el estilo.

Busqué luego su segunda carta. No tardé mucho en encontrarla. Fechada el 27 de julio de 1871, otra vez sin especificar dónde, se publicó en *La Época* el 13 de agosto de 1871.

En ella Solís vuelve a afirmar que no se fía de la actual justicia española y que por ello no se presenta por el momento ante el juez. La causa que se sigue por motivo del asesinato de Prim, dice, está sujeta a los intereses de «personas de elevada posición» (acerca de cuya identidad no especula). Alega no recordar el encuentro que, según López, tuvo lugar entre ellos el 3 de junio de 1870; niega haber dirigido «un gran complot» para poner en el trono a Montpensier; declara haber recibido cartas de extorsión, desde el Saladero, de «un tal Jáuregui», que supone relacionado con López; y viene a afirmar, en resumen, que todo lo contado por éste es una ruin falacia motivada por un deseo de lucro y de hacerle daño al duque.

Creo haberlo apuntado antes: esto es un berenjenal y quizás hubiera sido mejor no meterme en él. Pero a lo hecho, pecho. ¿Cómo acceder al sumario? Ésa es la cuestión.

16

Diario de Patrick Boyd. Madrid, Hotel de las Cuatro Naciones, martes, 30 de septiembre de 1873.

¡Alegría! Ayer por la tarde una breve carta de Araceli en respuesta a la mía. Ha averiguado que Solís vive ahora en su propiedad de Villafranca de los Barros, pero que le esperan pronto en Castilleja de la Cuesta, donde por lo visto tiene que arreglar algunos asuntos suyos todavía pendientes con el duque. Me sugiere que le escriba allí pidiéndole una entrevista.

Todavía no ha localizado a la persona que trabajaba en San Telmo cuando se llevó a cabo allí la indagatoria. La seguirá buscando. Me anuncia que ella y Benito vendrán a Madrid dentro de algunas semanas, pero que no sabe todavía la fecha exacta de su llegada y que me informará al respecto. Firma «su amiga y colaboradora».

Su mensaje me ha producido un estado de tensión difícil de definir. Desde la muerte de Mary no creo haber pensado una sola vez en otra mujer y la posibilidad de una nueva relación. Y ahora se presenta en mi vida, sin haberla buscado, esta hermosa y vibrante criatura que sospecho no es feliz con su marido. ¿Qué pasará cuando nos volvamos a ver?

Mañana le contestaré y trataré de decirle algo de esto, pero entre líneas, para no meter la pata y estropearlo todo.

La Correspondencia trae una «noticia» que agradezco infinito porque me ha hecho soltar una carcajada de verdad, algo que no me ha sucedido en bastantes días. Se trata de los enfebrecidos cantonalistas de Cartagena. «La prensa francesa consigna la indiferencia de las tres potencias europeas ante el bombardeo de Alicante», dice. Se entiende tal indiferencia, claro, pues ¿cómo iban las hazañas de los cantonalistas, empeñados en su conquista de Alicante, a acaparar un lugar preeminente en las preocupaciones y estrategias, en estos momentos, de Francia, Inglaterra y Alemania?

Más interesante para mí, el diario dice que «se confirma» la noticia de que Paul está entre los sublevados de Cartagena. ¿Será verdad? Necesito localizarle cuanto antes, esté donde esté.

17

Extracto del diario de Patrick Boyd. Madrid, Hotel de las Cuatro Naciones, jueves, 2 de octubre de 1873.

La Correspondencia es intolerable. Después de haber dicho que Paul estaba en Cartagena, hoy nos asegura que se encuentra en Londres y que ellos, los del diario, han tenido ocasión de ver sus «últimas cartas». Pero ¿qué cartas?

Le he mandado un telegrama a Mac comentando estas «informaciones» y pidiéndole que por favor haga todo lo posible por comprobar si es seguro que se halla en Londres nuestro hombre, o si estamos ante un bulo más. También le he enviado mi primera crónica. Creo que da una idea bastante clara de la caótica situación en que se encuentra la República, asediada por tantos problemas internos y externos, entre ellos el debilitamiento suicida que suponen la permanente lucha contra los carlistas y el tener que hacer frente a los cantonalistas de Cartagena.

He aprovechado para decirle que Muñiz se está comportando conmigo estupendamente. Cuando le volví a ver el otro día me recomendó que hablara con otras dos personas a su juicio útiles para mi investigación, ambos diputados: el republicano Ramón de Cala, que trabajó con Paul Angulo en la redacción de *El Combate*, estuvo encarcelado en relación con el asesinato de Prim y ha editado un libro sobre la Comuna de París, y Miguel Morayta, catedrático de historia de España en la Universidad Central y secretario general del Ministerio de Estado. Morayta, como Muñiz, fue amigo de Prim y compañero suyo de no sé qué logia masónica.

Muñiz cree que ambos me podrán aportar información sobre el crimen, y ha prometido escribirles de mi parte.

Le pregunté si le consta que José López fue amigo, como alega, del general, y que, por más señas, actuaba a sus órdenes. Me dijo que no, que no le constaba en absoluto nada de ello y que además no se lo creía. «Si hubiera sido amigo de Prim yo me habría enterado», insistió. Parece ser, pues, que mis dudas acerca de López se van confirmando.

Hoy, nota de Hartzenbusch. Me ha localizado dos folletos de Paul Angulo que cree me pueden ser de interés. Iré mañana.

18

—

Diario de Patrick Boyd. Madrid, Café Imperial,
sábado, 4 de octubre de 1873.

Otra vez en la ventana de *El Imperial*, observando el *maelstrom* de la Puerta del Sol, más turbulento que nunca, si cabe, los sábados por la mañana. ¡Qué animación! Acaba de dar las once el reloj del Ministerio de la Gobernación. Con mi café caliente y mi tostada me siento feliz. Araceli vendrá pronto y, gracias a Hartzenbusch, voy avanzando bastante en mi conocimiento del elusivo Paul Angulo. No me puedo quejar de nada.

Los dos folletos de Paul, que me leí de un tirón en la Biblioteca Nacional ayer, me han confirmado en la opinión que formé del personaje al ir examinando los números de *El Combate* que me dejó en Sevilla Machado Núñez. Se trata de un revolucionario de tomo y lomo, y yo diría que absolutamente convencido de lo que dice.

El título del primero, que no lleva fecha, es *Memorias íntimas de un pronunciamiento*. Su empeño es demostrar la gran importancia que tuvieron elementos andaluces del Partido Republicano Federal, capitaneados entre otros por el autor, en la preparación de la Revolución de 1868. Revolución luego «absorbida», «adulterada» o «esterilizada» —las palabras son de Paul— por los reaccionarios, con la metódica exclusión de los republicanos. «La falta del elemento republicano en el gobierno provisional quitó el alma a la Revolución», escribe.

El texto no expresa odio hacia Prim —no se trata todavía del Paul de *El Combate*—, sino más bien una profunda decepción, profundísima, con el hombre que antes había parecido revolucionario de verdad y que luego empezó a demostrar que no lo era tanto.

Lo que se nota mucho es el desprecio que a Paul le inspiran Serrano, a quien considera muy débil, y Montpensier, «el actual pretendiente al trono de España».

¡Y qué diferencia de tono entre el primer folleto y el segundo, redactado dos años después y titulado *Verdades revolucionarias en dos conferencias político-sociales dedicadas a las clases trabajadoras.*

Al principio de su introducción, fechada «en Madrid a 13 de octubre de 1871», Paul dice que, calumniado por sus enemigos (a raíz del asesinato de Prim), se ha visto obligado desde hace casi un año a ocultarse, incluso de sus amigos más íntimos.

Pero ¿estaba realmente en Madrid todavía, o se trata de una mixtificación? ¡Quién sabe! Yo creía que ya se había escapado del país.

La introducción rezuma amargura. Paul declara que ha dado todo por la causa de la libertad del pueblo, que ha sacrificado su posición social, arriesgado su persona y familia y hecho un esfuerzo titánico por arrastrar al Partido Republicano Federal a la lucha violenta... todo sin fruto alguno en una «sociedad infame donde los unos son egoístas hasta el crimen y los otros dóciles, ignorantes o pusilánimes hasta la estupidez». Anuncia que dentro de poco, como único premio, tendrá que abandonar la patria querida, quizás para siempre. Pero que no se resigna a hacerlo sin consignar primero, en estas dos conferencias, sus ideas político-sociales fundamentales.

Las expone con admirable e implacable lógica. Se expresa convencido de que sin una Revolución violenta España no cambiará nunca, pues la minoría que detenta la riqueza de la nación nunca cederá ésta libremente. ¿No lo ha demostrado con creces la llamada Revolución del 68, que ha defraudado todas las esperanzas del pueblo al democratizar la sociedad «sólo en la apariencia» y anular por completo el entusiasmo de los primeros días?

A Paul, como a mí, le repugna una sociedad construida no sobre la propiedad privada en sí, sino sobre el derecho del individuo a transmitir sus bienes —los heredados y los acumulados— a sus hijos. Para Paul, bastaría con permitirles a capitalistas y especuladores el goce vitalicio de su fortuna. El derecho de transmisión se le antoja una injusticia radical que divide la sociedad entre ricos y pobres y destruye toda idea de democracia auténtica. ¡Bravo!

Otra de sus ideas fundamentales es que el sufragio llamado universal, si no es constante, permanente, no es tal cosa, y convierte en una farsa «indigna y asquerosa» el sistema parlamentario, añadiendo a la injusticia social la legislativa. El pueblo, si ve en cualquier momento que uno de sus representantes está faltando a sus obligaciones, debería tener la posibilidad de despedirlo y reemplazarlo inmediatamente, sin la necesidad de esperar una fecha determinada.

¿Y el Estado-nación? Paul abomina de él. Los privilegiados de cada uno manipulan el concepto de patria para conservarse en el poder. «La verdadera patria de la humanidad es el globo terrestre considerado en su conjunto», insiste. Las fronteras entre países son «límites artificiales». Ningún pueblo como tal amenaza nunca a otro, son siempre los líderes quienes empujan a las masas a matar y a sacrificarse. Paul estima que en la Europa de 1872 hay más de seis millones de «esclavos blancos» uniformados en las filas de los distintos ejércitos nacionales, carne de cañón para satisfacer las inconfesables ambiciones de quienes, movidos sólo por su egoísmo de clase, mandan en cada país. Considera, con razón, que se trata de una locura colectiva.

Como era de esperar, critica acerbamente la tibieza revolucionaria de los «prohombres» de su partido. Si llega un día la República Federal de verdad, será inútil si no es capaz de erradicar violentamente y enseguida el sistema capitalista imperante, ya que no hay otra manera de propiciar la «completa regeneración» de la sociedad. Regeneración entre cuyos componentes principales figurará, necesariamente, «la completa y necesaria descentralización» del país.

Me doy cuenta, no sin cierta sorpresa, de que Paul Angulo me resulta cada vez más atrayente y hasta admirable. ¿Estuvo realmente involucrado en el asesinato de quien había sido su amigo? ¿O fue —y sigue siendo— víctima de las calumnias de sus enemigos? Me desvivo por conocerle, ahora que tengo una idea más completa de su personalidad.

Le acabo de escribir a Felipe Solís Campuzano, como me ha sugerido Araceli, mandándole mi currículum vítae, explicándole que soy hijo de Robert Boyd, fusilado al lado de Torrijos; que conocí a Prim en Londres; que me obsesiona su asesinato; y pidiéndole encarecidamente que me reciba.

Creo que era lo más sensato decirlo todo abiertamente y sin andar con subterfugios.

He mandado la carta a Castilleja de la Cuesta. Si Araceli tiene razón y el hombre va a estar allí dentro de poco, sin duda se la entregarán inmediatamente a su llegada. A lo mejor no me contesta, pero no se me ocurre otra manera de proceder en este asunto.

19

Carta de Araceli Domínguez a Rebeca Peralta,
Sevilla, 5 de octubre de 1873.

Mi querida Rebeca:

Te agradezco mucho, muchísimo, tu carta. Tienes toda la razón del mundo al calificarme de romántica loca y empedernida, etcétera. Lo soy, no lo niego. Lo soy, quiero serlo y creo que lo seré hasta el final de mis días. También tienes razón cuando me dices que no hay que herir a Benito más de lo estrictamente inevitable, puesto que se ha comportado bien conmigo. Es cierto. Pero lo que pasa es que necesito vivir mi vida, la vida que me pertenece a mí, y no lo voy a conseguir siendo razonable y pensando sólo en los demás. Si yo compruebo que Patrick es el hombre que llevo tantos años esperando —ya me ha escrito y le he contestado—, nada me impedirá escaparme con él. Estoy decidida a todo, aunque parezca una locura y aunque me ahorquen.

Y ahora te pido un favor. Te dije en mi última carta que íbamos a ir pronto a Madrid por lo del piso. Bueno, será a finales de este mes. Estaremos diez días o así. ¿Me dejarás tu casa una tarde —un par de horas digamos— para que pueda entretener debidamente a mi galán, caso de que las cosas vayan bien, y sin que nadie, pero nadie, se entere? ¡Claro que sí! Si no, ¿cómo voy a poder hablar a solas con él? A nadie más se lo podría pedir. Te ruego que me contestes a vuelta de correo y me digas si puedo contar contigo (él no sabe nada de todo esto, son maquinaciones mías).

Luego, cuando sepa la fecha exacta de nuestra llegada, el 29 o el 30, podremos ir afinando la puntería, ¿te parece?

No me faltes, espero tu respuesta enseguida. Muchos besos, Araceli.

20

—En España todo se improvisa constantemente —dijo Benito Pérez Galdós, como hablando consigo, mientras cruzaban delante de la fachada oriental del Teatro Real—. Esta plaza, por ejemplo. Antes se llamaba de Isabel II, hoy es de Prim, y muy pronto, si no me equivoco, llevará otra vez el nombre de «Esa Señora». Después, sólo Dios lo sabe. Vivimos los españoles en perpetua interinidad, a salto de mata.

Media hora antes, en su despacho de la Biblioteca Nacional, Hartzenbusch había hecho las presentaciones. Galdós se había quedado tan impresionado al enterarse de que el forastero con pecas era hijo de Robert Boyd como éste por el profundo conocimiento que demostró tener el escritor del trágico episodio de Torrijos. También le interesó a Galdós saber que Boyd había coincidido en Londres con Prim, personaje que le intrigaba y cuya muerte le parecía una tragedia inconmensurable para el país.

Por común acuerdo los tres habían decidido tomar juntos un refresco en el cercano café Español, en la calle de Carlos III. Eran las once y media de la mañana y Galdós había terminado su consulta.

—¿Usted cree inevitable, pues, la restauración? —le preguntó Boyd.

—Absolutamente inevitable —repuso el novelista—. Los alfonsinos ya están en ello y el golpe se está fraguando, no lo dude. Además, cuando se produzca (el mes que viene, el otro), no habrá oposición alguna, ya lo verá con sus propios ojos si está aquí todavía. La República es un barco a la deriva, sin Constitución todavía, y no creo que Castelar sea el capitán capaz de enderezar a tiempo su rumbo.

—Estoy de acuerdo —terció Hartzenbusch—. Es lamentable pero es así. Es demasiado tarde.

Al poco rato estaban sentados en una de las ventanas del Español. Era un local menos bullicioso que los de la Puerta del Sol.

—Tiene la vista más desangelada de Madrid —dijo Galdós, señalando la fachada del Teatro Real situada directamente enfrente—. Por ello mismo me gusta. Ese muro desnudo se me figura un telón de fondo, allí veo cosas, figuras que se mueven, y me surgen ideas, escenas...

—Mi amigo se ha metido en un ingente proyecto —le explicó Hartzenbusch a Boyd—, que ya va dando sus primeros frutos, no sé si usted lo sabe. Se trata, nada más y nada menos, que de novelar todo el panorama de la historia española de este triste siglo. ¿Se imagina usted? Han salido ya los tres primeros tomos, empezando con *Trafalgar*, que es admirable, y, si no me equivoco, el cuarto está en puertas.

Pérez Galdós tenía la mirada clavada en el muro del teatro, y murmuró, como soñando o ausente:

—Sí, *Bailén*.

—¿Es cierto —le preguntó Hartzenbusch— que usted localizó en Santander al último superviviente de la batalla de Trafalgar? Lo leí en una revista, creo.

—Bueno, me lo presentaron —repuso el canario mientras enrollaba un cigarro con sus dedos largos y finos—. Se llama, o se llamaba, Galán, no sé si habrá muerto ya. Estuvo en la *Santísima Trinidad*. Tenía una memoria prodigiosa. Sin él la novela no existiría.

—Me la voy a leer enseguida —dijo Patrick, entusiasmado.

—Estuve meses escuchándole y apuntando todo —siguió Galdós—. Aquel hombre era un diccionario viviente de la terminología marinera de entonces, que yo desconocía: obenques, cangrejas, cuadernas, puntales, combés, mesana, sollados... Y un excelente narrador.

Patrick le observaba atentamente mientras hablaba. ¿Cuántos años tendría? ¿Treinta? Tal vez. Alto, casi tan alto como él, huesudo, fuerte, con una cabeza imponente, ojos pequeños, pómulos prominentes, nariz correcta y tez morena, daba la impresión de tener una vida interior intensísima. Consciente de que a lo mejor no se presentaría otra ocasión como ésta, Patrick le iba a preguntar por su opinión de lo ocurrido con Prim cuando Hartzenbusch se anticipó.

—Al señor Boyd le preocupa mucho que todavía no se haya resuelto la autoría del asesinato de Prim. Supongo que usted tiene su teoría al respecto.

Pérez Galdós le dio una honda calada a su cigarrillo.

—No he empezado a investigarlo todavía —dijo, expeliendo con satisfacción el humo—, pero de lo que no me cabe duda es de que había detrás gente muy poderosa y mucho dinero. No fueron los republicanos, desde luego, que nunca han tenido cuatro reales. ¿Cómo iban a organizar ellos un atentado así y luego conseguir que los autores materiales desapareciesen enseguida del mapamundi? Algunos dicen que Serrano, otros que Montpensier, otros que los negreros cubanos...

—¿Los negreros cubanos? —preguntó Patrick. Era una teoría que no había oído antes.

—Pues sí, porque Prim estaba decidido a acabar con la trata. Lo había dicho públicamente. Yo no sé en qué punto se halla el sumario. Desde luego hay mucho interés en que no se sepa la verdad.

Al salir del café penetraron en la plaza de Oriente y se pararon delante del teatro.

—Va a haber buena ópera esta temporada —dijo Galdós—. Han anunciado *La Traviata, Gli Ugonotti, Romeo y Julieta, Rigoletto, Lucrecia Borgia...* Yo antes iba mucho, pero ya no, me he vuelto monástico, apenas voy a nada. ¡Bastante tengo con mis «episodios»!

Se despidió de ellos en la plaza de la Encarnación. Le siguieron con la vista mientras fue subiendo despacio por la calle de la Bola, las manos cogidas detrás.

—Va a ser uno de nuestros más grandes novelistas, no me cabe la menor duda —pronosticó Hartzenbusch.

Unos minutos después estaban otra vez en la Biblioteca Nacional, donde Boyd quería hojear la colección completa de *El Combate.* No le ocupó mucho tiempo y le confirmó en la opinión de la publicación que había formado en Sevilla: Paul Angulo era un fanático.

21

Extracto del diario de Patrick Boyd. Madrid, Hotel de las Cuatro Naciones, miércoles, 8 de octubre de 1873.

Al volver al hotel después de comer en Fornos con Muñiz me espera un telegrama de Londres. Me quita el aliento. Dice escuetamente:

PAUL LOCALIZADO PARIS ACEPTA ENTREVISTA HENDAYA MARTES PROXIMO. VE INMEDIATAMENTE TE RESERVO HOTEL VOLTAIRE. CONFIRMALE PAUL POR TELEGRAMA HOTEL DES ANGES, RUE DE LA SEINE, 14, PARIS. MAC

¡De modo que los chicos no sólo han localizado a nuestro revolucionario, sino que han estado en contacto con él! Es verdad que son los mejores. Qué suerte que no esté todavía en América.

Muñiz, el gran Muñiz, me ha organizado una entrevista con Ramón de Cala este viernes por la mañana en el café Oriental. Me hace mucha ilusión porque me podrá contar —si quiere— muchas cosas de *El Combate* y de Paul, lo cual me vendrá de perlas antes de mi visita a Hendaya.

22

Extracto del diario de Patrick Boyd. Madrid, Hotel de las Cuatro Naciones, jueves, 9 de octubre de 1873.

Después de sacar el billete (para el domingo por la tarde) y de enviarle un telegrama a Paul, vi ayer al diputado Miguel Morayta en el Ateneo, que sigue en la casa, bastante pobretona, de la calle de la Montera, número 22, donde la visité por vez primera en 1870.

El encuentro me resultó un poco decepcionante. El hombre estuvo muy correcto, muy amable, eso sí, pero apenas me aportó nada nuevo sobre el asesinato de Prim.

Sí me dijo algo que no sabía, que para la noche del 27 de diciembre, la noche nefasta, él le había invitado personalmente a Prim para que hiciera acto de presencia, aunque breve, en una cena masónica en... ¡el hotel de las Cuatro Naciones, que entonces estaba todavía donde yo lo conocí en mi primera visita, a dos pasos de la Puerta del Sol! Prim decidió no ir pero, si lo hubiera hecho, tal vez se habría librado de sus asesinos.

Morayta da por seguro, pero sin razones suficientes, que fue Paul Angulo quien gritó la orden de disparar en la calle del Turco. Me habló muy mal de él como persona, diciendo que era «víctima del fanatismo y de los excesos de la bebida», que se disfrazaba de manera estrafalaria, que «vivía con más precauciones que el criminal más perseguido», que un día le vio en plena calle con un revólver que mostraba de manera chulesca a la gente, que frecuentaba «las tabernas de más baja estofa», rodeada de «gentuza de la hez de la sociedad», etcétera, etcétera. También me recordó la virulencia de sus ataques a Prim en *El Combate.* Como si todo ello fuera una demostración contundente de la culpabilidad del jerezano en el asesinato, cuando no es más que un *argumentum ad hominem.*

A juicio de Morayta el crimen fue el resultado de una conspiración representando diversos intereses, pero dice no saber quiénes, concretamente, estaban detrás. Supongo que tiene una teoría al respecto pero, si es así, no quería compartirla conmigo. Suscité el asunto de la tentativa de noviembre, sin mencionar a López, y me dijo que durante las semanas previas al asesinato todo el mundo sabía que Prim estaba en peligro. En fin, vaguedades, aunque más adelante me puede resultar útil su apoyo.

23

La mañana del 10 de octubre de 1873, Patrick Boyd acudió a su cita con Ramón de Cala en el café Oriental, uno de los establecimientos más concurridos de la Puerta del Sol.

—Yo soy de Jerez de la Frontera, como Pepe Paul —empezó explicando el célebre político republicano—, aunque él es más joven que yo, tiene diez años menos; yo nací en 1827 y él es del 37 o del 38. Los dos éramos de familias acomodadas, él más que yo (su padre era bodeguero), pero apenas nos tratamos entonces por la diferencia de edad, y luego yo me fui a Sevilla a estudiar Derecho. Fue después cuando llegamos a conocernos bien, cuando preparábamos «La Gloriosa». Y luego, claro, en la redacción de *El Combate*. Éramos ambos, ¡y seguimos siéndolo!, federalistas apasionados.

A sus cuarenta y seis años Ramón de Cala Barea conservaba intacta, era verdad, aquella pasión federalista que le había convertido en una de las figuras míticas del movimiento republicano en Andalucía. Alto y delgado, de abundante pelo y barba espesa, los dos ya algo encanecidos, y aspecto bondadoso, sus ojos brillaban intensamente cuando hablaba. Ricardo Muñiz, actuando una vez más de fiel introductor, había entregado a Boyd unos días atrás un número del semanario *La Ilustración Popular* con un retrato y una sucinta biografía del personaje. Le había permitido llegar al encuentro bastante bien informado, y sabedor, entre otras cosas, de que Cala estaba inmerso entonces en la redacción de la proyectada Constitución de la República Federal.

Tener delante a uno de los principales luchadores de *El Combate* no pudo por menos de intrigarle a Boyd, que seguía bajo el asombro que le había producido la lectura de los números del diario facilitados por Machado Núñez en Sevilla.

—A los hombres de *El Combate* nos perseguían tenazmente las autoridades ya antes del asesinato de Prim —siguió relatando Cala—. Por nuestra llamada, franca y abierta, a la rebelión armada. Y naturalmente, una vez consumado el crimen, fueron a por nosotros sin cuartel. Hubo no sé cuántos edictos y pregones, cuántas providencias y denuncias. Conservo en casa unas páginas de la *Gaceta de Madrid* donde consta todo ello. Se las dejaré en el hotel mañana para que copie lo que quiera. Luego me las devuelve.

Patrick se lo agradeció. Luego dijo:

—Don Ramón, entre lo ocurrido en la calle del Turco y la muerte de Prim pasaron tres días. Y otros tres antes del juramento de Amadeo. ¿Qué ocurrió en el gobierno durante aquel lapso de tiempo? Es que no lo tengo muy claro.

—La clave de todo fue el general Serrano —contestó Cala—. No olvide que, hasta el juramento del rey, Serrano seguía siendo regente, es decir, en la práctica, jefe de Estado. Y Serrano, como usted sabe, me imagino, es un redomado reaccionario. Lo primero que hizo fue nombrar a su amigo Topete, por decreto, presidente interino del Consejo de Ministros, además de ministro de Estado y de la Guerra. Y dar la cartera de Ultramar a otro incondicional, Adelardo López de Ayala. Eran los de siempre, los de la Unión Liberal. Luego, cuando Topete se va a Cartagena a recibir a Amadeo, Serrano encarga provisionalmente a Sagasta la Presidencia del Consejo. Así que ellos toman el poder, casi diría incluso que lo asaltan. Hasta el 30 de diciembre no saben si Prim va a sobrevivir o no, pero sí calculan que tardará en reponerse de sus heridas, en el mejor de los casos, semanas y quizás meses.

—Y ante la inminente llegada de Amadeo van tomando posiciones —dijo Patrick.

—Sí, claro, y arremetiendo contra nosotros. La tarde del 28 de diciembre, en la sesión del Congreso, el presidente de la Cámara, Ruiz Zorrilla, mirando hacia los bancos republicanos, insinuó que los hombres de *El Combate* éramos los responsables del atentado. Yo me levanté y dije que a mí personalmente me repugnaba el asesinato como procedimiento, que me disociaba en absoluto del homicidio como arma política. Ruiz Zorrilla contestó que estimaba en lo que valía mi declaración, luego añadió que le habría gustado ver en la Cámara a otro diputado redactor del periódico. Se refería, claro, a Paul.

—Y empezaron pronto las detenciones...

—Sí, el primero fue Rispa Perpiñá, luego Córdova y después yo. Paul estaba escondido, también Guisasola.

—¿Y a usted en qué fecha lo prendieron? —preguntó Boyd.

—A mí me arrestó un capitán de la Guardia Civil, en Jerez, el 20 de febrero del 71 —contestó Cala—. Tengo la fecha grabada en la memoria. Me trajeron aquí esposado y me encarcelaron en las prisiones militares de San Francisco. Estuve treinta y cuatro días preso, de ellos veintiocho en la más horrible incomunicación concebible. Estaba enfermo y creía que me iba a morir. ¿Usted se imagina la vergüenza y la humillación que suponía para mí, que había conocido las cárceles de Isabel y ayudado a traer la Revolución, encontrarme incomunicado en un vil calabozo de la monarquía constitucional, acusado de ser cómplice del asesinato de Prim? No lo olvidaré en mi vida. Aquí el régimen penitenciario era y es todavía casi medieval. Necesita ser reformado de cabo a rabo.

—El caso de Roque Barcia era muy parecido al de usted, ¿no? —dijo Patrick.

—Sí, muy parecido. Roque no tuvo nada que ver con lo de Prim, pero sus enemigos, que eran muchos, estaban decididos a que se pudriera en la cárcel. La represión contra nosotros, y contra otros muchísimos federales, fue brutal. Querían arruinarnos, acabar con nosotros, hundirnos en la miseria y el deshonor. Por suerte Roque no estuvo en la cárcel mucho tiempo. Allí escribió su famoso artículo sobre el asesinato.

—Sí, lo he leído. Y cuando a usted lo liberaron, se fue a París, ¿no?

—Sí, decidí que no aguantaba más lo que pasaba aquí y me fui a París, donde viví intensamente la Comuna, hice muchos amigos y aprendí la mar de cosas útiles. El año pasado publiqué un libro sobre mi experiencia.

—Pudimos habernos conocido entonces. A mí me envió mi periódico a París y mandé crónicas. Aquello fue tremendo, desde luego... Y ahora está usted otra vez en el Congreso y trabajando en la redacción de la nueva Constitución republicana...

—Sí, Constitución que me temo que no veremos nunca votada. La situación es muy grave, señor Boyd, muy grave y muy confusa, cualquier día puede haber un golpe de Estado. ¡Pobre España!

Había llegado para Patrick el momento de suscitar el asunto que tanto le traía ya de cabeza.

—Don Ramón —dijo—, voy a ver a Paul Angulo en Francia la semana que viene.

Constatando el ademán de sorpresa que había producido la revelación en las facciones de su interlocutor, Patrick añadió:

—Sí, no se asombre, mi jefe lo ha localizado. Paul le ha dicho que me recibirá. Usted, y perdone la franqueza con la cual se lo planteo, ¿es de quienes creen que estuvo en la calle del Turco la noche del 27 de diciembre?

—Llevo tres años sin verle —contestó el diputado—. Tres años haciéndome la misma pregunta. Él era un volcán, casi un fanático republicano, pero no creo capaz de matar fríamente a nadie. Y quienes mataron a Prim lo hicieron así, fría y premeditadamente. Ignacio Sastre, el administrador de *El Combate*, me dijo algo muy interesante: que él, Sastre, al enterarse de que los conjurados estaban reunidos en la taberna de la calle del Turco, esperando a Prim, fue allí, sospechando lo peor, y que trató, inútilmente, de disuadirlos.

—¡Un momento! —exclamó Boyd—. He estado con Muñiz en la taberna, hemos hablado con el dueño, que es el mismo que entonces. Se llama Manuel García. Insiste en que los asesinos no pusieron los pies en la taberna y que así se lo declararon él y otros al juez. Además, le creo.

—No sé la verdad del caso —repuso Cala—, sólo le estoy contando lo que me dijo Sastre. «Me quisieron retener —me dijo—, para que no los descubriese, pero me abrí paso y fui en busca de Pepe Paul.» Añadió que cuando lo localizó, dos horas después, todo había terminado y Paul se jactaba de haber participado en el crimen. Pero de las jactancias de Paul, digo yo, no hay que fiarse nunca.

—¿Y por dónde anda Sastre ahora?

—No tengo ni idea, no creo que esté en Madrid. —Cala reflexionó unos segundos. Luego añadió—: Había un individuo muy duro que sí creo estuvo en la calle del Turco. Se llamaba Paco Huertas y luchaba con nosotros contra la partida de la porra. Me consta, y salió en los periódicos, que la policía trató de detenerlo aquella misma noche en el Café de Madrid y que, en medio de un gigantesco escándalo, sus amigos atacaron a los agentes y le ayudaron a escabullirse. Desapareció de la vista y luego resultó que se había escapado a Montevideo. ¿Se imagina usted lo que le habrá costado a alguien sacarlo de España, y a otros de la misma pandilla? Porque Huertas no es el único que ha desaparecido.

—Muchísimo dinero —dijo Patrick.

—Sí, muchísimo. Y luego para asegurar el silencio de cada uno y el de sus familiares.

—¿Usted cree que Montpensier estaba detrás?

—Creo que sí. Pero le digo una cosa. Si vuelven los Borbones, no sabremos nunca la verdad. Y creo que su vuelta es casi inevitable. Montpensier está ya hablando otra vez con su cuñada, con Isabel, que al parecer le ha perdonado por su participación en la Revolución, de modo que es probable que el próximo rey de España sea su hijo Alfonso, con Montpensier como consejero. ¡Y la causa por la muerte de Prim sobreseída!

—¿Y Serrano?

—Sólo le puedo decir que Serrano tenía todo el interés del mundo en que Prim desapareciera para siempre del escenario político, porque le hacía mucha sombra, mucha. Además… —Cala esperó unos segundos antes de seguir— le voy a decir algo que seguramente no sabe. Según me ha manifestado Pi y Margall, los asesinos se ocultaron unas horas, después del atentado, en casa de Serrano. Pi lo oyó de labios de un sereno, que además le contó que la mujer de Serrano había dicho que, mientras vivía Prim, España no tenía esperanza alguna de salir adelante, o algo por el estilo.

—¿Y los negreros de Cuba?

—Los negreros de Cuba no podían ver a Prim porque estaba decidido a acabar con la esclavitud. Es posible que aportasen fondos a la conspiración, no lo sé. Pero a los inductores principales hay que buscarlos entre la clase política de aquí. En los alcázares de los poderosos, como dijo

Barcia en su famoso artículo, y no en las casas mucho más modestas de los republicanos.

Antes de que se despidiesen, Ramón de Cala meditó en voz alta, para rematar la entrevista, sobre la terrible angustia de aquellos históricos días.

—Sería imposible imaginar un episodio más dramático —dijo—. Amadeo en alta mar, navegando hacia Cartagena, hay que suponer que muy ilusionado con la misión que le esperaba. Y Prim, que había orquestado su elección, tendido en su lecho de muerte, víctima de un vil atentado, él que había dicho que no existía bala en el mundo capaz de matarlo.

Se levantó. Patrick decidió quedarse un rato para corregir sus apuntes.

—Le deseo mucha suerte con su investigación —le dijo Cala, estrechándole la mano—. Y le ruego que abrace a Paul de mi parte. Si se me ocurre otra cosa que le pueda ayudar, le avisaré. De todos modos espero volver a verle pronto.

Boyd le siguió con la mirada. Cala saludó a varios amigos apostados en otras mesas del célebre café, luego salió a la barahúnda de la Puerta del Sol.

24

Carta de Patrick Boyd a Edward McKinley. Madrid, Cervecería Inglesa, sábado, 11 de octubre de 1873.

Querido Mac:

Aquí me tienes con el pie en el estribo, es decir, con el pie casi en el tren de Francia.

Estoy en la Cervecería Inglesa, así como suena, en la Carrera de San Jerónimo, frente al Café de la Iberia. El local me encanta. Ostenta la mejor selección de cervezas de Madrid, entre ellas una de Kent que sabe casi tan bien como en Londres. De los establecimientos que frecuento —y ya son muchos— es uno de los que más me gustan.

A propósito de Madrid, te anuncio que me entusiasma. Posee una vitalidad sobrecogedora y una personalidad muy abierta, muy cálida. Hablo con todo el mundo y todo el mundo habla conmigo.

A dos pasos de aquí está Durán, el mejor librero de la ciudad. Me he hecho muy amigo suyo. Su «covacha», como se la conoce, es lugar de encuentro de escritores y políticos, una verdadera tertulia.

Anteayer, curioseando, vi que tenía ocho o nueve números de una revista satírica estupenda de Barcelona, *La Flaca*, de orientación federalista, que se empezó a publicar en abril del 69 y se acabó hacia finales del 71. En la línea de nuestro gran *Punch*, fue la primera revista española en utilizar la cromolitografía, y se metía mucho con Montpensier (cuya enorme nariz se presta a usos satíricos) y con Serrano, además de con Prim. Se echa mucho de menos.

No pude resistir la tentación de comprarlos. Te envío con esta carta el número 31, publicado el 23 de enero de 1870. Cuídamelo bien. Como verás, los colores son extraordinarios. Mira bien la caricatura titulada «El último día de César», con Prim como el emperador. No reconozco las caras de todos los que avanzan amenazantes hacia él, pero desde luego son los prohombres de la Unión Liberal. En el ángulo superior izquierda, ¿ves la nariguda cabeza coronada observando la escena desde arriba, sin ocultar su complacencia? ¡Es Montpensier, con su arraigada pretensión de ser rey de los españoles! Y mira bien el subtítulo: «La historia es la ciencia del pasado para ejemplo del presente». ¡Y eso un año antes del asesinato! ¡Qué premonición más acertada y más escalofriante! Ya me comentarás.

He tenido una entrevista muy productiva con un amigo de Paul, Ramón de Cala.

Mañana por la tarde salgo para Hendaya. Espero que el fogoso revolucionario no nos falle. Ahora me tomo otra cerveza inglesa, llevo el sobre a Correos y vuelvo al hotel a escribir. Un abrazo, Pat.

P.S.: Viene pronto mi musa sevillana. Se llama Araceli. Me muero por volver a verla, no tienes idea.

25

Hombre de palabra, Ramón de Cala dejó para Patrick aquella tarde en el hotel un sobre con ocho o nueve páginas de providencias recortadas de la *Gaceta de Madrid.* Todas ellas de marzo y abril de 1871. La mayoría citaban y emplazaban a Paul Angulo en su calidad de director de *El Combate*, acusándole de haber cometido en sus columnas sedición, calumnias y otros delitos, y requiriendo su presencia en el término de nueve días. Pero en un edicto del 12 de abril de 1871, firmado por Servando Fernández Victorio, entonces titular del juzgado del distrito del Congreso, que instruía la causa motivada por el asesinato de Prim, ya se empezó a reclamar su comparecencia en relación con el crimen de la calle del Turco, así como la de Felipe Fernández (alias Carbonerín), Francisco Huertas, Francisco Lorenas (alias Capellán), José Montesinos, Benítez Rodríguez (alias Porrón) y Urbano Rozas.

A Patrick, de aquellos seis nombres, sólo le sonaba el de Francisco Huertas.

Los recortes demostraban que los juzgados no sólo se metían con *El Combate*, sino con otras publicaciones republicanas. Estaba claro que, después de consumado el asesinato de Prim, y con Serrano ya presidente del Consejo de Ministros, la libertad de expresión había empezado a padecer un grave retroceso.

Paul, según especificaban algunas de las providencias, era «ex diputado, soltero y propietario» y, antes de desaparecer, vivía en la Fonda de París, en la Puerta del Sol.

Cala también había dejado para Boyd los dos tomos de su libro *Los comuneros de París*, con una emotiva dedicatoria manuscrita en la cual aludía al «heroico irlandés» sacrificado al lado de Torrijos.

Boyd hojeó al azar algunas páginas del primer volumen, descubriendo con satisfacción que el antiguo redactor de *El Combate* tenía un estilo ameno. Resolvió llevarlos consigo en el tren. Le ayudarían, con el *Trafalgar* de Galdós y otras lecturas, a combatir el inevitable tedio del viaje, y sería interesante comparar su propia experiencia en París con la de su nuevo amigo.

La próxima vez que viera a Cala le preguntaría, además, si conocía a José López. Quizás le podría proporcionar alguna información objetiva acerca del maquiavélico individuo que alegaba, sin pruebas, haber sido tan amigo de Prim y haber tratado de evitar su muerte penetrando en la organización de Montpensier.

26

Diario de Patrick Boyd. Madrid, Hotel de las Cuatro Naciones, domingo, 12 de octubre de 1871.

Al volver al hotel después de visitar el Prado me espera un sobre que me ha llegado por el correo interior. No tiene remite. Lo abro. ¡Es un anónimo! Dice: «Le seguimos los pasos. Por su bien deje en paz al general Prim y Prats». Lo leo atónito, lo leo y releo. Me preocupa. Alguien quiere que no siga investigando y me amenaza. Pero ¿quién? Voy a tener que estar atento. Y poner al tanto a McKinley.

Mañana, antes de salir para Hendaya, le pondré unas letras a Araceli. Su imagen me continúa persiguiendo.

27

Diario de Patrick Boyd. En el tren de Hendaya, lunes, 13 de octubre de 1873.

La Revolución española de verdad es la del ferrocarril. Y, sobre todo, la del ferrocarril que une Madrid con Francia. Subirse al tren en Príncipe Pío —la estación todavía es provisional—, y sentirse ya en el país vecino, es todo uno, pues la compañía es francesa, algunos de los guardias son franceses, lo son los vagones, y es francesa también, lo más importante, la locomotora.

Se trata de un monstruo potentísimo que estuve inspeccionando antes de nuestra partida, y que, como luego pude comprobar, sortea con brío las fragosidades de este país tan accidentado, montañoso e «incomunicado» (*dixit* Richard Ford).

Desde que se terminó la línea hace unos diez años se ha venido produciendo, me aseguraba Muñiz el otro día, una profunda modificación en la conciencia de los madrileños. España ya no es la nación «romántica» de antes, con sus bandoleros y su tipismo. O lo es mucho menos. Y su capital, previamente muy aislada en el centro de la Península, ha entrado en la flamante era de la máquina y está a veintiséis horas de la frontera.

Hice bien en reservarme una plaza en primera clase. Un poco del hoy tan cacareado *comfort* nunca viene mal, por lo menos a mí (Galdós no está de acuerdo y, según me ha dicho Hartzenbusch, va siempre en tercera para escuchar a la gente y apuntar sus frases y comentarios).

Salimos de Madrid a las cinco de la tarde, cuando ya oscurecía. Me acompañaban un matrimonio que iba a Burgos, un alemán, ingeniero de minas, y un hombre de negocios vasco muy charlatán que nos aburrió a todos hablando de su empresa en Bilbao, dedicada a la exportación de no sé qué productos metalúrgicos. Hice lo posible por sumergirme en *Trafalgar*, pero cada vez que levantaba la cabeza de la página el personaje empezaba a contarme algo.

El tren hace constantes paradas. Para dar paso al que bajaba desde el norte en dirección a Madrid hubo una larga en una estación de la sierra de Guadarrama. Me dijo el interventor que es la más alta de España —se llama La Cañada—, a más de mil metros sobre el nivel del mar. Hacía muchísimo frío. Después de una cena apresurada en la cantina de Ávila logré dormir bastante bien, envuelto en mi abrigo, pese al traqueteo de las ruedas, los golpes que a veces se producían entre los coches en las curvas, el chirrido de los frenos, los pitidos de la locomotora, las visitas del revisor y, en las estaciones, la algarabía de los vendedores y el cambio del calorífero.

Cuando me desperté acababa de amanecer y cruzábamos la inmensa paramera que se extiende entre Burgos y el pórtico montañoso de las provincias vascongadas. «Ancha es Castilla»: al contemplar las vastas soledades de la meseta recordé el refrán. Ancha es Castilla, en efecto, anchísima, y casi sin un árbol, excepto al lado de los escasos arroyos, donde suele hermosear en el desnudo paisaje una hilera de álamos. Mirando la hosca llanura se me vino a la memoria otro célebre dicho, el referido al clima de estos contornos: «Nueve meses de invierno y tres de infierno». Aquí, en enero o febrero, deben de soplar unos vientos helados de todos los diablos.

Paramos unos minutos en Pancorbo, tan caro a los pintores románticos (y tan exagerado por ellos) como Despeñaperros, su hermano del sur. El lugar es ciertamente impresionante. Al contemplar los acantilados recordé el grabado del desfiladero que vi no hace mucho en una galería de Londres. En su ángulo inferior esperaba, detrás de unos peñascos, un grupo de bandidos armados con carabinas. Hacia ellos, por el camino que serpenteaba entre los riscos, venía la esperada diligencia. Dentro de unos segundos se habría cometido el atraco, quizás con sangre derramada. Así veían los románticos la España de entonces. Hoy, en vez de bandidos hay carlistas —que también lo son a su manera—, pero por fortuna a nosotros no nos asaltó nadie.

Estamos ahora en el País Vasco, yendo hacia Vitoria. El paisaje ha cambiado dramáticamente. Esto ya no es Castilla sino una tierra de altas cumbres a veces arropadas de bruma, en cuyas laderas verdes, espesamente tapizadas de hierba, pacen vacas entre los caseríos. El tren no tiene más remedio que avanzar despacio por túneles, viaductos y angostos valles.

Siento unas ganas intensísimas por llegar a Hendaya. ¿Allí me estará esperando de verdad Paul, o se habrá zafado con alguna excusa?

28

Extracto del diario de Patrick Boyd. Hendaya, Hôtel Voltaire, noche del lunes, 13 de octubre de 1873.

Mientras el tren cruzaba por el puente del Bidasoa pensé: «Por aquí entraron en España en 1823 los miserables Cien Mil Hijos de San Luis para acabar con Riego y la libertad del pueblo y reponer en su trono al traidor Fernando VII. ¡Cien Mil Hijos de Satanás!».

Luego recordé que por el mismo puente, cuarenta y cinco años después, se vio forzada a salir huyendo del país la reina Isabel II, mala hija de aquel mal padre, echada por los revolucionarios de 1868.

Puente mítico, de verdad, el del Bidasoa, que a lo largo de los años ha visto el flujo y el reflujo de la historia de dos naciones a veces aliadas, a veces enemistadas.

A mi llegada al hotel el gerente me entrega un sobre. Lo abro. Alivio. Es una nota de Paul. Me da la bienvenida a Francia y me confirma que nos vamos a ver mañana por la mañana, a las nueve y media. El *rendez-vous* tendrá lugar en una casa muy cerca de aquí. Qué emoción.

29

El hombre que esperaba a Boyd en la cancela de Villa Hernani, acompañado de una joven, era de mediana estatura y extremadamente delgado. Su descripción, que Patrick había leído unas semanas antes en la providencia del juez González Martínez, era bastante exacta. Llevaba barba corta y grisácea (más que rojiza), patillas negras, y el pelo, también negro pero con alguna cana, casi rapado. Lo que más llamaba la atención de su aspecto eran las numerosas viruelas que tachonaban su cara demacrada, y unas gafas azules, ahumadas, que hacían imposible apreciar el color de sus ojos y le prestaban un aire de entre estrafalario y siniestro. Ensayó aquel inquietante visaje, con todo, una amable sonrisa al estrechar su dueño, con energía, la mano tendida por el periodista.

—Desde que tuve noticias de usted he esperado este momento con auténtica impaciencia —le dijo Paul Angulo, con marcado ceceo andaluz—. Todos nosotros, los que hemos luchado y seguimos luchando por la liberación del pueblo español, admiramos profundamente a su padre.

—Muchísimas gracias —dijo Patrick.

—Cuando ocurrió en Málaga aquella tragedia yo tenía ocho o nueve años. Los niños de Jerez cantábamos en corro unas coplas en que se lamentaba, así como la ejecución de Mariana Pineda en Granada por las mismas fechas. ¡Fernando VII fue un traidor, un miserable, el peor rey español de todos los tiempos, lo cual es mucho decir! ¡Un criminal, un verdugo inmisericorde! ¡Le odiábamos! Yo ya me sentía todo un revolucionario. Torrijos y Riego eran mis ídolos. Quería ser como ellos.

Patrick notó que le cosquilleaba en el estómago el «calor blanco» que nunca le faltaba en situaciones como ésta. Así había sido al llegar al Saladero para su entrevista con López y ahora con el hombre que, según no pocos indicios, fue uno de los autores materiales de la muerte de Prim. Tenía claro que, si no conducía bien la entrevista, sería perder una oportunidad irrepetible.

Era una mañana gris y la lluvia tamborileaba en las ventanas del salón a que le condujo el jerezano, y que daban directamente al Bidasoa. Al otro lado del famoso río que divide Francia y España se extendía, casi a tiro de escopeta, el caserío de Fuenterrabía. En medio de la habitación, que calentaba una estufa de leña, había una larga mesa de sólida madera cubierta de documentos, libros y periódicos tanto franceses como españoles. El ambiente era íntimo, propicio para las confidencias. Los dos hombres se sentaron frente a frente al lado del fuego. Patrick aceptó el puro habano que, antes de seleccionar uno para sí mismo, le ofreció el ex director de *El Combate*. ¡Otra vez el tabaco compartido que en España siempre servía para allanar posibles roces y facilitar el diálogo!

Hubo un silencio mientras prepararon y encendieron con la debida ceremonia su cigarro.

—Usted cree, no me lo negará, que yo fui uno de los que asesinaron a Prim —empezó aseverando Paul—. Digo, uno de los que participaron físicamente en el atentado. Me imagino que no pocas personas se lo habrán asegurado. Que le habrán dicho que fui yo quien dirigió aquellos infames tiros gritando «¡fuego, puñeta, fuego!» o algo por el estilo.

Ante el asentimiento de Boyd, Paul continuó:

—Es normal. Mucha gente sigue difundiendo la calumnia y, además, por mi campaña contra el general, campaña lícita, abierta, dura y pública, tanto en el Congreso como en mi periódico, que no por nada se llamaba *El Combate*, era fácil suponer que había sido yo uno de los culpables de tan bestial acto, incluso el principal. Lo comprendo.

—He visto el periódico —dijo Patrick—. Y no le oculto que me impresiona mucho su extremada virulencia.

Paul se rió.

—¡Claro que era virulento! Por supuesto. Mire usted, nosotros éramos los únicos que manteníamos entonces incólume, dos años después de la caída de la reina, la idea de la Revolución. ¿Comprende? Los únicos que seguíamos con la idea de «la España con honra», justa, bien administrada... la España de la soberanía popular de verdad. Nosotros encarnábamos las aspiraciones del pueblo español. Desde el periódico y en el Congreso, delante de todos, delante de la nación, yo fustigaba duramente a Prim, pero no deseaba ni recomendaba su asesinato. ¿Cómo iba a hacerlo, yo que había sido uno de sus mejores amigos, yo que le había ayudado como nadie a acabar con Isabel II? Lo que yo y los míos queríamos era provocar y dirigir un levantamiento popular contra el gobierno de quien considerábamos traidor al espíritu de la Revolución, y que estaba a punto de imponernos a un miserable reyezuelo italiano. Y, claro, recurríamos a una retórica de alta tensión agresiva. —Paul se calló unos instantes, inspeccionó su puro y luego añadió—: Estoy dispuesto a conceder, si usted quiere, que quizás influyó aquella retórica en la determinación de algunos malnacidos de acabar alevosamente con la vida del general. Me duele pensarlo, pero reconozco que es posible.

—Para mucha gente —dijo Patrick— la desaparición de *El Combate* justo antes del asesinato del general era otra prueba contra usted. Además, usted también desapareció. ¿Por qué, si no estaba implicado en el crimen?

Paul hizo un ademán de impaciencia.

—Mire, amigo Boyd, todos los revolucionarios del partido republicano contaban con mi liderazgo en aquellos críticos y dramáticos momentos. Mi obligación era estar en Madrid, seguir en Madrid, impidiendo por todos los medios posibles que las autoridades me prendiesen. Si a mí me cogen se viene abajo toda posibilidad de sublevación, ¿entiende? Había contra mí 28 causas criminales, sólo por *El Combate*, con más de 170 denuncias. En el Congreso habían nombrado una comisión de siete diputados para resolver el asunto de mis suplicatorios. ¡Todos ellos eran monárquicos, todos habían votado a Amadeo! ¡Deseaban quitarme la inmunidad parlamentaria y meterme enseguida en la cárcel! ¡A mí, que fui uno de los que más ayudaron a derrocar a Isabel! Yo no me ausenté de Madrid pero, claro, me acechaban por todas partes y tomé infinitas precauciones para que no me detuviesen.

Paul se había ido inflamando y se le notaba cada vez más el ceceo andaluz. A Boyd no le costaba trabajo imaginarle en el Congreso, arremetiendo contra Prim y los suyos, con sus ojos implacables tras los cristales ahumados, su poderosa voz resonando por hemiciclo y pasillos y en el Salón de Conferencias.

El revolucionario se levantó para atizar la estufa y añadirle más leña. Patrick esperaba conteniendo la respiración, cuaderno y lápiz en mano. Se había olvidado de chupar su puro, ya casi apagado. Lo reanimó. Tenía cien preguntas en la cabeza, pero su experiencia le aconsejaba, una vez más, que dejara hablar al otro.

—En los meses anteriores a la Revolución yo hice todo lo posible por convencer a Prim de que debía contar con nosotros, con los republicanos —prosiguió Paul, volviendo a sentarse—. Al principio no quería, pero finalmente aceptó mi propuesta. Y fue entonces cuando cometió un terrible error, un error fatal. Y es que decidió seguir contando también con los malditos políticos de oficio, los miserables que, seguros de que por fin iba a ser arrojada del trono la reina, sólo pensaban en sacar tajada del cambio que se avecinaba irremisiblemente. Ya sabe: los generales, los ex ministros, los banqueros, los especuladores de siempre. ¡Gremio fatal y sempiterno de la España de la picaresca! Ganada la partida, Prim los metió a ellos en el gobierno provisional y nos excluyó a nosotros. Con ello hizo inevitable que siguieran cundiendo la inmoralidad y la desidia administrativas, la maldición del país. No sé cómo fue capaz de tal ceguera.

Se volvió a levantar y se dirigió a una de las ventanas que daban al Bidasoa, donde se quedó meditando durante un rato. Boyd pensaba en López. Hasta ahora las versiones coincidían en líneas generales.

—Siento rabia cuando reflexiono sobre lo que podría ser una España republicana de verdad, bien administrada en beneficio del pueblo —continuó Paul, sentándose otra vez—. Con una Constitución digna. Con separación de Estado e Iglesia, la maldita Iglesia católica española. ¡Ah, y con una purga de generales! ¿Sabe usted que, proporcionalmente, hay en España más generales con sueldo, políticos de oficio todos ellos, que en ningún país del mundo? ¿Y más empleados que dependen del erario público? ¿Y más cesantes a la espera de un cambio de gobierno y la recuperación de un puesto? ¿Y más frailes y sacerdotes, incompatibles con la civilización moderna, que se encargan, ellos también, de engrosar el fenomenal presupuesto de gastos de una España arruinada, y al mismo tiempo de estropear a nuestra juventud con sus monsergas y su oscurantismo?

Patrick notó que en las comisuras de los labios del político exiliado se formaba, mientras peroraba, una leve espuma. Lo imaginaba ahora subido en una barricada —Agustina de Aragón en versión masculina—, aguijoneando a sus huestes contra tiranos, traidores e invasores.

Entendió que había que reconducir la conversación hacia el asesinato de Prim.

—Si comprendo bien —dijo—, usted se dio cuenta desde el primer momento del peligro que suponía Montpensier para la causa de «la España con honra».

—¡Sí, sí, claro! —respondió Paul—. Desde el primer momento... y antes. Prim no podía ver a Montpensier, con razón. Yo tampoco. Sabíamos que sólo le interesaba ser Antonio María I de España, y que de revolucionario no tenía nada. La única Revolución que quería Montpensier era que se echara a su cuñada y que lo sentaran a él en el trono.

—Y Prim insistió en que fuera el Congreso quien decidiera sobre la forma de gobierno.

—Sí. Prim deseaba una monarquía constitucional, decidida por el Congreso, y, claro, utilizó todo su peso, todas sus influencias, para salirse con la suya. Votaron por la monarquía constitucional unos doscientos diputados y unos cincuenta por la República.

—Y luego ustedes los federales recurrieron a las armas.

—Sí, cuatro meses después, en octubre del 69. Yo, entretanto, dirigí *La Igualdad*, el diario republicano más leído del país. Allí di a conocer primero, poco a poco, mis *Memorias de un pronunciamiento.*

—¿Ah sí? —dijo Patrick—. He leído el folleto en la Biblioteca Nacional. También sus *Verdades revolucionarias.*

—Veo que usted no pierde el tiempo —comentó Paul, sonriendo—. Me parece muy bien. ¿Sabe lo que estoy escribiendo ahora?

—No, claro.

—Pues una serie de cartas abiertas poniendo a parir a

Castelar, Figueras y Pi y Margall. La primera saldrá dentro de unos días en un nuevo diario republicano de Madrid, *La Fraternidad*. Allí digo que Castelar es un cobarde y un inútil y que ha prostituido sus dones. Y que además me ha tratado fatal, pues, cuando tenía proyectado entrar en España desde Lisboa hace poco tiempo, me enteré de que me iban a detener. ¡A mí que todo lo he dado por el ideal republicano!

—He visto la providencia ordenando su busca y captura.

—Claro, me quieren meter en un calabozo por el resto de mis días. Las cartas a Figueras y Pi verán la luz en otro periódico republicano madrileño, *El Reformista*. Les echo en cara a los tres haber traicionado a su pueblo.

—Pero volvamos un momento a la sublevación federal de 1869, si me permite —dijo Patrick—. ¿Qué era lo que realmente les impulsó a ustedes a levantarse?

—Resolvimos hacerlo porque era cada vez más evidente que el pueblo soberano, soberano según la Constitución, pero no en la práctica, no deseaba que el Congreso le impusiese un rey extranjero traído por Prim y su gente. Aquel Congreso dominado por ellos no reflejaba la voluntad nacional, no era verdaderamente representativo. Mire usted, el pueblo español, por su historia y por su espíritu provincial, tiene una marcadísima tendencia a la federación. Y quería, y quiere, no sólo una República sino una República Federal.

«Esto ya es mucho decir —pensó Boyd—. No estoy tan convencido. El pueblo quiere comer, tener trabajo... pero ¿se siente de verdad republicano? Lo dudo.»

Paul se inclinó hacia su interlocutor como si le fuera a hacer una confidencia íntima.

—Fuimos más de 90.000 republicanos federales —dijo— los que tomamos las armas el mismo día en 1869 por orden del directorio del partido. ¡Ojo, por orden del directorio! Es decir, de Castelar, Figueras, Pi y Margall y Orense. Y ello contra un ejército disciplinado y obediente, con sus fusiles Remington y sus cañones Krupp. Ninguno de los cuatro acompañó al pueblo en su sacrificio. Se sublevaron veintisiete provincias, ¡se imagina! Murieron muchos valientes, muchos amigos míos. Yo me escapé de puro milagro. Nos machacaron, pero les habíamos demostrado nuestra fuerza numérica y moral. ¡Les habíamos demostrado que «la España con honra» existía todavía!

—Y luego, con ustedes en el exilio, prosiguió la búsqueda de un rey extranjero para los españoles —dijo Boyd.

—Sí. Yo estuve primero en París, luego me echó el miserable Napoleón III y me refugié en Ginebra. Siempre en contacto con los revolucionarios de allí, claro, y con Garibaldi. Cuando nos amnistió Prim, volví a Madrid con la idea fija de fundar un periódico y reemprender la lucha durante el poquísimo tiempo que nos quedaba para tratar de impedir la tragedia. Poquísimo tiempo de verdad porque Prim ya había conseguido los necesarios apoyos para Amadeo y se le iba a votar dentro de una cuestión de semanas. Y así nació *El Combate*. Una vez elegido Amadeo yo estaba convencido, absolutamente convencido, de que había que frustrar como fuera que llegara a España, que pisara tierra española, y que ir ya a la Revolución en toda regla era la única posibilidad que teníamos para evitar el desastre.

—Pues, siendo así —reaccionó Boyd— no sería extraño, pese a lo que me ha dicho, que usted no sólo viera la necesidad de eliminar a Prim sino de prestar su concurso para que se llevara a cabo su asesinato.

Paul se volvió a levantar y se apoyó contra la pared, cerca del fuego. Quizás se imaginaba otra vez en el Congreso, despotricando, provocando... o arengando en la calle a una multitud de trabajadores.

—Ya le he dicho que yo no soy un asesino —recalcó, enfático—. Yo soy capaz de matar, lo he hecho, pero combatiendo como un hombre, cara a cara. Nunca matando por la espalda. Asesinar es de cobardes y yo soy un valiente, ¿comprende? Soy un valiente, no me amilano delante de nadie. No es jactancia, es así, es un hecho.

—No lo dudo —dijo Patrick.

—Lo demostré luchando contra los miserables matones de la partida de la porra, liderados por aquel cretino Ducazcal, con quien me vi forzado a batir en duelo. Yo no soy un asesino y no tuve nada que ver con la muerte del general. Otra cosa habría sido que Prim fuera condenado a la horca por un tribunal popular después de nuestro triunfo. Es posible que entonces hubiera aprobado que acabara así, pese a quererle. Pero jamás que se le asesinara.

—Le tengo que decir —dijo Patrick, consciente de entrar en aguas procelosas y armándose de valor— que los indicios contra usted son vehementes. O sea, el *circumstantial evidence*, como se llama en inglés, la acumulación de indicios. Según Ricardo Muñiz, por ejemplo (he estado con él), Prim le dijo en su lecho de muerte que había reconocido la voz de usted en la calle del Turco.

—¡Esto es mentira! —Paul perdió por un momento la calma—. ¡Muñiz miente o se equivoca de cabo a rabo! ¿Cómo iba Prim a acusarme a mí de tal villanía, a mí que había sido su íntimo amigo? Prim sabía que yo jamás, jamás, habría atentado contra él, por muchas diferencias que tuviésemos. Y hay quienes aseguran que dijo todo lo contrario, que dijo: «No han sido los republicanos».

—Pero con ello a lo mejor sólo quería decir que no había sido el partido como tal —insistió Boyd—. Además, según Muñiz, Moreno Benítez también le oyó decir a Prim que le había reconocido a usted por la voz.

—Moreno Benítez es un cerdo que me odiaba, tuve unos roces muy desagradables con él.

—También he hablado con Ramón de Cala, que por

cierto le manda un abrazo. Me parece un hombre absolutamente honrado, incapaz de mentir. —Patrick era consciente de que la mirada de Paul, que estaba clavada en él, había adquirido una intensidad feroz—. Cala me ha dicho que lleva tres años dándole la vuelta a este asunto —siguió— y que todavía, con la mano en el corazón, no está seguro de si estuvo usted o no. Al parecer el administrador de *El Combate*, Ignacio Sastre, le dijo que aquella noche usted se jactó en su presencia de haber participado.

Paul se calló. Era evidente que lo que acababa de escuchar le había afectado.

—Según Miguel Morayta —prosiguió Boyd—, usted, cuando bebía, era capaz de todo y hacía cosas que jamás habría hecho normalmente. Y dice que por aquellos días bebía con exceso.

Paul siguió callado unos momentos más.

—Es verdad que me gustaba empinar el codo de vez en cuando —dijo luego—, pero beber con exceso en absoluto era mi norma. Y es posible que yo me jactara aquella noche de haber participado en el atentado, no recuerdo. Incluso de haber disparado contra Prim, cosa que nadie me ha achacado nunca, nunca. Es posible, lo reconozco. Pero insisto en que no fue así. Insisto en que, el 27 de diciembre de 1870, no puse los pies en la calle del Turco.

—¡Pero necesito pruebas! —porfió Patrick—. Soy periodista. No me basta su palabra, lo siento.

—Pruebas no tengo. Es mi sino. Y es cierto que los indicios contra mí son fuertes. Lo reconozco.

—Si usted no tuvo nada que ver con el asesinato —dijo Boyd—, y estoy dispuesto a creerle, ¿quién lo ordenó y pagó, señor Paul? ¿Quién o quiénes? Le ruego que me lo aclare, si puede.

Paul encendió otro puro.

—Su director, el señor McKinley, ha sido muy profesional y correcto en sus comunicaciones conmigo —dijo—. Conozco y admiro la línea republicana de su periódico. Y sé que usted es una persona de confianza. Además me cae bien. Por todo ello le voy a decir exactamente lo que pienso. Usted luego deberá seguir investigando por su cuenta.

—Así lo haré —dijo Patrick.

—Quienes acabaron con Prim —siguió Paul, midiendo sus palabras— eran los que, desde el inicio de la Revolución, y antes, le profesaban un profundo odio mezclado con una inconfesable envidia. Se dice que la envidia es el gran pecado de los españoles. Lo creo, no lo dudo. La envidia nunca se confiesa, nunca dice su nombre. Mata por la noche, alevosamente. Escúcheme. A la cabeza del complot estaban tres generales sin principios políticos de la llamada Unión Liberal: el regente, Francisco Serrano Domínguez; Antonio Caballero Fernández de Rodas, ahora uno de los encargados de acabar con los cantones andaluces; y Francisco Serrano Bedoya. Tres execrables generalitos que participaron en «La Gloriosa» por razones que no tenían nada que ver con las nuestras. Por razones personales.

—Me cuesta trabajo creer que Serrano Domínguez, por execrable que sea, estuviera implicado en el asesinato —repuso Patrick— aunque lo he oído. ¡El regente de España!

—No sea usted un ingenuo, amigo Boyd. Prim constituía un grave peligro para la carrera política de Serrano, que siempre ha sido un ambicioso feroz. Sabía que, bajo Amadeo, Prim iba a seguir siendo el hombre fuerte del país y quien guiaba sus destinos. Mientras él sólo sería ex regente. Porque Prim, desde luego, no le iba a nombrar nunca ministro. ¿Cómo no pensar en las ventajas de su desaparición de la escena política?

«Es la tesis de López —pensó Boyd—. Y la de Cala.»

—Con los tres generales —prosiguió Paul— estaban confabulados los miserables políticos de oficio, hambrientos de dinero. ¿Nombres? Por ejemplo, Adelardo López de Ayala, mal dramaturgo y peor ministro, y Manuel Rancés Villanueva. Y para surtirles a todos de los cuantiosos fondos que hacían falta, y tenerlos en su bolsillo para luego, el duque de Montpensier, su candidato al trono y, así se esperaba, futuro proveedor de prebendas reales. Fueron ellos, indudablemente, en apretado contubernio, quienes decidieron la muerte de Prim.

—Para impedir que llegara Amadeo a España...

—Para impedir que llegara Amadeo y asegurar, así lo esperaban, la subida al trono del duque. Actuando en la sombra, por supuesto, a través de sus distintos agentes y cubriéndose bien las espaldas. Yo no dejaba de advertirle a Prim del peligro que corría al fiarse de tal escoria humana, pero no me hacía ni puñetero caso. Se creía invulnerable. Decía «a mí no hay bala que me mate». También decía que España no es país de asesinos. Y mira si se equivocaba.

Patrick no se esperaba la pregunta que le hizo Paul Angulo a continuación.

—¿Sabe usted que en Hendaya elaboran un aguardiente excelente? —Boyd confesó su ignorancia al respecto—. Pues vamos a probarlo.

El revolucionario fue a la puerta y llamó. Al cabo de unos segundos acudió la muchacha que estaba con él cuando llegó Boyd. Era linda, con marcadas facciones vascas. Paul le pidió que les trajera una botella del renombrado brebaje local. La chica no tardó en volver con ella y dos copas. Puso la bandeja sobre una pequeña mesilla situada al lado de la chimenea.

—*Merci, Thérèse* —le dijo Paul con una sonrisa—. *Aujourd'hui je te trouve encore plus jolie!*

La joven esbozó una sonrisa ligeramente incómoda. «De modo que el pícaro también las gasta de galán», apuntó mentalmente Patrick.

Paul sirvió dos copas.

—¡Por la República de Irlanda! —dijo, levantando la suya.

—¡Por la República Federal Española! —contestó Boyd.

Patrick intuyó que con el brindis el revolucionario había decidido poner fin a la entrevista. Así fue.

—Amigo Boyd —dijo, extendiéndole la mano— hemos hablado a fondo y creo que basta por hoy. Además tengo que atender a varias personas (estoy aquí en misión republicana franco-española), y preferiría, si le parece, reanudar nuestra conversación mañana por la mañana. Entretanto puede ir organizando sus apuntes y preparando más preguntas. ¿A la misma hora le va bien?

Al salir Patrick de Villa Hernani se dio cuenta de que tenía un hambre feroz, justo como después de la entrevista con López en el Saladero. Le parecía una buena señal.

Antes de disfrutar el *cassoulet* que había visto anunciado en la ventana del acogedor *bistrot* de la plaza de la Iglesia, entró en Correos y le mandó un breve telegrama a McKinley.

Todo había ido muy bien, le aseguró, pero le quedaban muchas dudas. Esperaba despejarlas en la segunda entrevista.

30

Cuando se presentó Patrick Boyd a la mañana siguiente en Villa Hernani le dijo la atrayente Thérèse que el señor estaba abajo, en el jardín.

Hacia allí se encaminó.

Sentado en un banco de piedra, Paul Angulo miraba, envuelto en su capa, absorto, hacia España. Golpeaba el Bidasoa un recio viento procedente del cercano Atlántico, y las barcas de pesca ancladas en ambas riberas se agitaban como ménades. Detrás de la cumbre de Jaizkibel se amontonaba un torbellino de negras nubes, y ya empezaba a llover sobre el apretado caserío de Fuenterrabía.

—Buenos días, don José —le dijo Boyd.

Paul parecía no haber oído la salutación del periodista. Pero luego volvió hacia él la cabeza y le tendió la mano.

—¡Toda la sangre de Alcolea para llegar hasta aquí, cinco años después! —exclamó, volviendo a contemplar la orilla opuesta—. ¡Con la restauración a la vuelta de la esquina! Es para que cualquiera pierda la moral. ¡Cuánto sacrificio para que manden otra vez los mismos tunantes en dieciséis millones de españoles! —Se puso de pie y cogió a Patrick del brazo—. Vámonos dentro antes de que se nos eche encima el chaparrón.

Iban a franquear la entrada de la casa cuando Boyd oyó, allí arriba, unos lejanos graznidos. Levantó los ojos, escudriñando el cielo. En un claro entre las nubes cada vez más oscuras volaba hacia el sur, hacia la tormenta, en apretada formación de V, una bandada de quizás ochenta o cien ánsares. Sintió la emoción de siempre al escuchar la misteriosa llamada que le devolvía a su juventud y a las marismas de Galway.

—Quizás se dirigen a Doñana —murmuró—. Quizás los volveré a ver dentro de unas semanas.

Paul le había seguido la mirada y le observaba extrañado.

—¿A Doñana? ¡De modo que usted también es ornitólogo! —exclamó.

—Pues sí, cada loco con su tema —respondió Boyd—. Los ánsares son otro de los míos.

—¡He cazado en el Coto a más de uno, sí señor! —dijo el andaluz, sonriendo—. ¡Buenas piezas!

Lo llevó a la misma habitación del día anterior y se sentaron a la mesa, uno frente al otro.

—Usted habrá estado reflexionando, sin duda, sobre lo que le dije ayer —empezó Paul.

—Claro que sí —contestó Patrick.

—Yo también he estado reflexionando —siguió Paul—. Y me ha vuelto a llamar la atención el que, en los tres días que sobrevivió Prim al atentado, el juez no le tomara declaración. ¡Tres días! ¿Se da cuenta? Quiere decir que no permitieron que se la tomara. Se ve que había mucho interés en que no lo hiciera, porque, claro, si Prim declara ante el juez salen ciertos nombres, digo yo, y queda constancia en el sumario.

—Lo normal habría sido que se la tomase inmediatamente, ¿no?

—Sí, sin duda alguna, enseguida —asintió Paul—. Y más cuando vieron que empeoraba. Otra cosa que he pensado es que usted necesita acceder cuanto antes al sumario, es imprescindible. Yo le pondré en contacto con uno de los nuestros que está dentro, en el juzgado. Verlo con sus propios ojos no lo va a poder hacer, pues está bajo secreto... y bajo llave. Pero nuestro hombre le podrá buscar algo concreto y copiarlo.

—¡Es una noticia estupenda! ¡Miles de gracias! —dijo Patrick.

—¡Tres años y todavía sin sentencia! —siguió el jerezano—. Hay presiones tremendas para que no se conozca la identidad de los responsables, y le puedo decir que han desaparecido piezas clave de la causa. Montpensier y los otros están esperando que fracase cuanto antes la República y se sobresea. Está más claro que el agua. Ahora bien, hay una fuente de información que no pueden destrozar.

—¿Qué fuente? —preguntó Boyd, anhelante.

—¡La prensa! Concretamente, un periodiquillo que empezó a publicarse a principios de este año en Madrid, justo antes de la abdicación de Amadeo, y que fue cerrado por las autoridades después de cinco números, pese a la tan cacareada libertad de prensa del régimen. Se llamaba *El Acusador*.

—Ya lo he visto —dijo Patrick, muy satisfecho de sí—. Muñiz me lo recomendó y me lo leí de un tirón en la Biblioteca Nacional. Luego me lo releí detenidamente. Lo tengo casi todo apuntado.

Paul se quedó impresionado.

—¡Por algo es usted periodista! Pues habrá podido constatar que demuestra, sin sombra de duda, la complicidad, en el asesinato de Prim, del regente y del jefe de su ronda secreta, José María Pastor. Así como del ayudante de Montpensier, Felipe Solís Campuzano, y del duque mismo.

—Sí.

Patrick no le iba a decir todavía que acababa de ver a López en el Saladero. Mejor esperar un poco.

—¿Usted conoce a José López? —le preguntó.

—No le he visto en mi vida. Pero sé quién es, claro. En *El Acusador* mi nombre no sale a relucir para nada, ni una sola vez. Aunque, si no se hubiera suspendido su publicación, sin duda habría hecho acto de presencia allí, pues me consta que desde la cárcel López trató de sobornar a varias personas, pagando mucho dinero, para que me acusasen de haber participado en el asesinato. Está en el sumario. López es un embustero y un estafador.

—¿Y a Pastor lo conoce personalmente?

—Tampoco. Es otro criminal.

—¿Y Solís?

—No, tampoco.

—¿Está seguro?

—Segurísimo.

—¿Y Montpensier?

—A Montpensier le vi un par de veces cuando preparábamos «La Gloriosa». Me parecía un personaje abominable. Nunca le volví a ver una vez aprobada la Constitución del 69.

—Ricardo Muñiz me ha dicho que el duque quizás financiaba *El Combate*.

Boyd no había visto en mucho tiempo a una persona ponerse blanca de furia, de furia fría, de rabia. Era como si a las viruelas de las mejillas de Paul alguien les hubiera aplicado un bloque de hielo.

—¡Es mentira! —exclamó desdeñoso—. ¡Una vil mentira! Montpensier no financiaba *El Combate*. ¡Lo financiaba yo con los pocos fondos que me quedaban de mi familia y ayudado por los otros redactores! ¡Cómo diablos iba Montpensier a financiar un periódico que le despreciaba!

—Para ayudar a desestabilizar la situación —sugirió Patrick, recordando lo que le había dicho Cala—, para crear inseguridad, un ambiente capaz de provocar a los militares reaccionarios... También he oído decir —continuó impertérrito— que Felipe Solís le visitó a usted en la redacción del diario a principios de aquel diciembre para ver si podía persuadirle, de parte del duque, a colaborar con ellos en el asesinato de Prim, y que usted finalmente accedió.

—¡Otra mentira! No he hablado nunca con Solís, no le conozco, no recuerdo haberle visto jamás. Nunca pisó la redacción de *El Combate*, ¡le habríamos echado enseguida! Todo es una vil mentira, una vil mentira entre tantas, una repelente calumnia. ¿Cómo iba yo a colaborar con el canalla de Montpensier en un atentado contra Prim? Yo quería una sublevación republicana, lo dije claramente en el diario, quería impedir la elección de Amadeo y luego que llegara a pisar tierra española, pero en absoluto, repito, habría participado en un atentado contra el general.

—¿Usted conoce la relación del asesinato publicada por Roque Barcia diez días después?

—La recuerdo, sí, pero no con todos sus detalles.

—Barcia dice que, cuando terminó la sesión de aquella tarde en el Congreso, había un grupo de diputados hablando animadamente en un pasillo y que uno de ellos pronunció la palabra «fusiles». Y que Prim, oyéndola, dijo: «Poco a poco, señores, que eso de fusiles me toca a mí».

—Sí, recuerdo haber leído esto. Y que Prim luego le dijo a uno de ellos, bromeando, que por qué no iba con él a Cartagena a recibir al rey.

—Exactamente. Y que, al despedirse, le recomendó a un diputado federal: «Que haya juicio, porque tendré la mano muy dura». Se refería, obviamente, a la insurrección que preparaban ustedes y de la cual estaba perfectamente informado.

—Claro.

—Bueno, y aquí viene lo que le deseaba preguntar. Dice Roque Barcia que al oír aquella frase de Prim, de que tendría la mano muy dura con ellos, se apartó del corro uno de los republicanos y le espetó, sabiendo lo que le iba a ocurrir en diez minutos: «Mi general, a cada santo le llega su San Martín».

—O a cada cerdo. Yo he oído que le dijo cerdo.

—Es posible. Ahora bien, mucha gente en Madrid cree que quien profirió aquel refrán... ¡fue usted!

El revolucionario, conteniéndose, dijo con desprecio, tajante:

—Difícilmente pude ser yo porque no estuve en el Congreso aquella tarde. Esto lo puede comprobar consultando el *Diario de Sesiones*. Si yo hubiera estado entonces en la Cámara me habría levantado y despotricado, con mi energía habitual, contra la asignación del rey (¡cuatro mil duros de sueldo diarios le votaron!). Y quedaría constancia de mis palabras, ¿no?, en el *Diario*. ¿Cómo iba yo a estar allí sin protestar, dado mi carácter y mi condición de revolucionario? ¡Imposible! Yo no fui al Congreso porque estaba con los míos preparando la sublevación.

—O, según sus enemigos, el asesinato de Prim.

Paul reaccionó otra vez con desdén.

—Sí, es lo que dicen, claro. Pero es mentira.

Patrick decidió recurrir a una de sus preguntas directas.

—Si usted no tuvo participación en el asesinato, don José, ¿por qué no ha vuelto a España ahora que los suyos están en el poder, para demostrar ante los jueces su inocencia?

—Porque ya no son los míos y hasta reniegan de mí —contestó Paul, enfático—. Me han dicho que Pi y Margall cree que estuve en la calle del Turco. Probablemente Castelar lo cree también. No habría ninguna garantía de que se me hiciera justicia. Usted ha visto en la *Gaceta* que me busca y persigue el juez. Ha dado instrucciones en todo el territorio nacional para que me prendan. Además, mire, la

República puede caer en cualquier instante. Si cometiera la imprudencia de presentarme en España ahora quizás terminaría mis días en un calabozo. O en el patíbulo. Y no estoy por la labor, no estoy dispuesto a sacrificarme más después de lo que he dado a mi país.

—Le tengo que hacer una confesión —dijo Patrick, intuyendo que Paul quería acabar la entrevista y que quedaba poco tiempo—. He hablado largamente con López en el Saladero.

—Lo sospechaba. Y esperaba que me comentara algo al respecto. ¿Qué cuenta de mí el personaje?

—Dice, coincidiendo con usted, que nunca lo trató, que en lo de la tentativa de noviembre usted no tuvo arte ni parte, pero que quizás entró al final de la trama definitiva. Realmente no me añadió nada a lo ya publicado en *El Acusador*.

—¿Y de Solís qué dice?

—Que a su juicio siguió conspirando después de la tentativa. Y que quien lo sabe todo es José María Pastor, de la ronda secreta de Serrano. Usted me ha dicho que tampoco conoce a Pastor. ¿Está seguro?

—Absolutamente.

Patrick volvió unas páginas atrás en su cuaderno.

—Aquí tengo la copia de un edicto del 17 de abril de 1871. El juez les cita a usted y a sus compañeros de redacción de *El Combate*. Pero también a otros seis individuos. Quisiera saber si usted los conoce. Se llaman Felipe Fernández (alias Carbonerín), Francisco Huertas, Francisco Lorenas (alias Capellán), José Montesinos, Benítez Rodríguez (alias Porrón) y Urbano Rozas.

Paul escuchó atentamente mientras le leía Patrick la lista.

—Sólo conozco a Huertas y Montesinos —contestó—. Eran dos tipos que nos apoyaban contra los cabrones de la partida de la porra.

—Según Cala, Huertas estuvo en la calle del Turco —dijo Patrick.

—Es posible, no me sorprendería.

—¿No sabe nada más al respecto?

—No.

—¿Dónde están ahora?

—Huertas logró escapar a Montevideo.

—¿Pagado por quién?

—Por Solís, me imagino. O sea, por Montpensier a través de Solís.

—¿Y Montesinos?

—No tengo ni idea, nunca le he vuelto a ver.

El revolucionario se impacientaba. Era evidente que tenía prisa. Esta vez no hubo ni puros ni brandy, y no volvió a asomar su cabeza la linda Thérèse.

—Le pido disculpas pero tengo que salir pitando —dijo—. Hay una reunión urgente de nuestra gente en Saint Jean de Luz. Luego necesito volver enseguida a París. Yo me llevo muy bien con los franceses —añadió—. Ellos, al fin y al cabo, pese a sus defectos, hicieron la Declaración de los Derechos del Hombre y la Revolución. Les cortaron las alas a la Iglesia, y, a quienes les hacía falta, la cabeza. Ahora están tratando de poner su casa en orden otra vez. Me encanta colaborar con ellos. Además —y Paul se rió— no son unos remilgados y aguafiestas, saben mucho de la *joie de vivre.* ¿Ha leído usted *Madame Bovary*? ¿Conoce *Les Fleurs du mal,* de Baudelaire?

Boyd dijo que sí, y que ambos le habían impresionado.

—No hay nada comparable en la pudibunda España, ni en la puritana Inglaterra de la reina Victoria, ni, por supuesto, en la catoliquísima Irlanda —sentenció el revolucionario. Luego, cambiando de tono, añadió—: Podremos volver a vernos dentro de algunos meses, en París o donde usted quiera. Me temo que no en España. Me ha caído muy bien usted y no olvido de quién es hijo. Aquí —le tendió a Boyd un sobre— le he apuntado las direcciones donde me podrá localizar o telegrafiar, y también, con una nota de presentación, la del funcionario de Justicia del que le he hablado y que le podrá informar acerca del sumario. Se llama Horacio Pérez y, como le dije, es de los nuestros. Me admira mucho. Le enviaré un telegrama para prevenirle. Por favor, guarde bien el sobre, no sea que caiga en manos de nuestros enemigos. Necesito, además, que me dé su palabra de no comprometer a Pérez en nada.

—Se la doy de todo corazón —contestó Boyd—. Trabajaré con el máximo sigilo.

—Se lo agradezco. Hay que ir con mucho cuidado para no implicar a los amigos. Y dele un buen abrazo de mi parte a Cala. Me gustaría volver a verle, para convencerle de que no estuve en la calle del Turco aquella noche.

Paul se levantó.

—Y dese prisa —añadió—. Estoy convencido de que a la República le queda poco tiempo. Dentro de unos meses, a no ser que Castelar sea capaz de imponerse, y lo dudo mucho, muchísimo, tendremos otra vez en Madrid a los Borbones, ya verá, y enterrarán para siempre el sumario. Quizás de usted dependa que el mundo sepa quiénes mataron a Prim y por qué.

Ya en la puerta, Paul Angulo estrechó con fuerza la mano que le tendió el irlandés. Luego, de un impulso, le abrazó.

—Yo no maté a Prim y Prats —remachó—. Confío en que muy pronto se convenza de ello. Y gracias por haber venido a verme. *Bon voyage!*

Otra vez en su habitación del Hôtel Voltaire, Boyd abrió el sobre y comprobó que contenía, efectivamente, las señas del funcionario de Justicia, que vivía en la calle del Ave María, en el barrio de Lavapiés, y la carta de presentación. Había valido la pena ir a Hendaya sólo para conseguirlas.

El tren no salía hasta las seis de la tarde. Tiempo de sobra para cumplir con las formalidades de la frontera y comer tranquilamente en algún acogedor mesón de Irún, que seguramente no faltaría.

Recogió sus cosas, pagó la cuenta y se fue andando hacia la aduana. Media hora después cruzaba a pie el famoso puente, altamente satisfecho del encuentro con Paul y con dos nombres que ya le sonaban en la cabeza con más insistencia que nunca: Felipe Solís Campuzano y José María Pastor.

31

«¡Dispara, puñeta, dispara!»: quizás debido a un brusco frenazo del tren, que ya iba descendiendo, con chirridos y silbidos, hacia la meseta castellana, Patrick Boyd se despertó de repente en medio de una pesadilla en que la admonición asesina proferida en la calle del Turco le martilleaba las sienes al compás del insistente golpeteo de las ruedas, mientras las gafas azules de Paul Angulo, liberadas de su dueño y crecidas desmesuradamente, daban brincos amenazantes alrededor de su cabeza. Casi en la esquina con la calle de Alcalá habían estado esperando los esbirros la llegada de la berlina de Prim, y se le aceleró el pulso al darse cuenta de que acababa de estar a su lado Araceli, vestida otra vez de maja y con una carabina entre las manos. ¡Juntos iban a impedir que se consumara el vil crimen! En el portal de la casa número 1 del Turco, fumando, había un hombre pequeño y fornido, de aspecto torvo, que miraba atento por la calle hacia el Congreso. No era José Paul.

Mientras el sueño se alejaba veloz Boyd miró un poco avergonzado a su alrededor, pues tenía la sensación de haber lanzado hacía algunos instantes un grito de angustia, quizás asustando a sus compañeros de carruaje. Pero estaban todos dormidos, o por lo menos así lo aparentaban.

Pasó el resto de la noche en duermevela. Cuando se despertó al amanecer había llegado a la convicción de que

Paul no estuvo aquella noche en la calle del Turco, mezclado con los asesinos, y de que todo eran suposiciones y calumnias para desviar la atención de los realmente implicados en el complot y centrarla en el director de *El Combate*, sobre quien, por su virulenta y reiterada oposición al general, pesaban tantos indicios de culpabilidad.

En Burgos, mientras comía presurosamente en la cantina, hojeó *La Correspondencia* del día anterior. En Cartagena seguían mandando los cantonalistas —se había producido un combate entre la flota rebelde y unos buques leales—, y en distintos puntos del norte y del noreste las facciones adictas a don Carlos de Borbón continuaban campando por sus respetos, quemando estaciones de ferrocarril, atemorizando a la población y hostigando a las tropas del gobierno. A todo esto, en Estados Unidos, donde habían salvado la vida por milagro tres «aeronautas» al desplomarse en llamas su globo, otro intrépido piloto de altura acababa de anunciar que muy pronto daría el salto, en el suyo, desde Viena a Nueva York. «El mundo se acelera a un ritmo trepidante —pensó Patrick—, el espacio se achica, el hombre moderno se enorgullece de su poder inventivo, la ciencia avanza a paso de gigante. Esto es imparable. Pero la naturaleza humana no cambiará nunca, seguro. Siempre habrá fanáticos, ambiciosos, mentirosos y envidiosos. Y gentes capaces de asesinar fríamente. A un Lincoln, por ejemplo. O a un Juan Prim y Prats.»

Renunciando a tales divagaciones sacó, decidido, su cuaderno —ya era el tercero— y se puso a repasar los muchísimos apuntes acumulados durante las últimas semanas de su investigación.

TERCERA PARTE

1

Diario de Patrick Boyd. Madrid, Hotel de las Cuatro Naciones, domingo, 19 de octubre de 1873.

A mi llegada al hotel —eran ya las once de la noche— me esperaba un sobre con remite de Ricardo Muñiz. Dentro había una nota de mi buen amigo y aliado, y un recorte de *La Época* que había encontrado entre sus papeles. Se trata de la respuesta de Felipe Solís Campuzano a los que considera «groseros ataques» contenidos en el segundo pasquín de López.

No se me había ocurrido buscar tal respuesta, de modo que una vez más estoy en deuda con Muñiz.

Fechada «Londres, 8 de septiembre de 1871», la carta se publicó en *La Época* el 23 de aquel mes. En ella Solís niega tajantemente ser el «F. S.» de la comunicación que le atribuye López, en la cual se habría tratado de un giro de cinco mil pesetas para facilitar la llegada a la capital de los asesinos a sueldo.

Solís no acepta tampoco que López fuera amigo, y mucho menos amigo íntimo, de Juan Prim. Afirma, en cambio, que él sí lo fue —algo que no me esperaba—, cuando se preparaba la Revolución y después. Y que, fracasadas varias candidaturas al trono, entre ellas la de Fernando de Portugal, Prim «no veía más solución, ni otra candidatura para sacar adelante la Revolución, que la del duque de Montpensier».

Al leer esto me tuve que frotar los ojos. Nadie me ha dicho nunca, ni he leído jamás, que pudo haber un momento en que Prim, aunque fuese secretamente, cambiara de opinión y, renunciando a su anterior inquina contra el duque, se inclinara por él.

Aquel propósito se vino abajo, según alega a continuación el hoy ex ayudante del candidato al trono, cuando, en el famoso lance ocurrido el 12 de marzo de 1870, Montpensier mató en duelo a Enrique María de Borbón, hermano del marido de la reina Isabel, que le había insultado en la prensa. El incidente dio lugar a un ignominioso destierro forzoso de un mes y a un brusco cambio de planes de Prim.

Claro, no iba a ser fácil que los españoles tuviesen como rey a un señor que acababa de matar a un pariente suyo por una ridícula cuestión de pundonor.

No sé qué creer. ¿Realmente optó Prim finalmente por Montpensier? ¿Es todo un invento de Solís? ¿Dónde están las pruebas?

El coronel cuenta luego que, ya sospechando de la sinceridad de López, alias Jáuregui, rompió con él de manera irrevocable en septiembre de 1870. Dice que nunca más volvió a verle y que tampoco contestó los mensajes que el sujeto le enviaba desde el Saladero. Termina la que insiste que será su última respuesta a López manifestando que no se ha ausentado de España para evitar su responsabilidad en relación con un crimen con el que nada tuvo que ver, sino para evitar el innecesario sufrimiento a que le iba a someter el juez. «Llevo tres meses huyendo, separado de mi familia —escribe—, y con una infame nota sobre mí, por la delación de un preso que no puede tener en ley derecho a ser testigo de crédito por las circunstancias que reúne.»

Es un documento de cierto peso.

Me muero por conocer al amigo de Paul Angulo en el

juzgado, Horacio Pérez, pero lo voy a dejar hasta pasado mañana, así nuestro furibundo revolucionario tendrá tiempo de sobra para anunciarle mi visita. Entretanto iré a saludar a Muñiz.

2

Diario de Patrick Boyd. Madrid, Café Imperial, lunes, 20 de octubre de 1873.

Muñiz tan simpático y servicial como siempre. Le describí mis dos sesiones con Paul, que le interesaron mucho, y le agradecí el recorte de *La Época.* «Me ha salido otro —me dijo, cogiendo una carpeta—. Es que cada día encuentro algo nuevo.» Se trataba de una carta del preso Esteban Sáenz, uno de los riojanos detenidos en relación con la tentativa fallida contra Prim, publicada en el mismo diario el 15 de octubre de 1871. En ella declara que fue engañado infamemente por López —con la promesa de obtener un buen dinero— para calumniar a Solís «y envolverlo en una trama infernal».

¡Quien está envuelto en una trama infernal soy yo! ¿Cómo la voy a poder desenmarañar?

3

—Le esperaba.

Fue lo primero que le dijo Horacio Pérez a Patrick Boyd en la puerta de su casa, situada en la cuarta planta de un destartalado inmueble de la empinada calle del Ave María, una de las vías más concurridas del barrio popular y obrero de Lavapiés.

—El viernes me llegó un telegrama de Paul —siguió el funcionario de Justicia—. Me ha dicho quién es usted, que es de toda confianza, y que le atienda como si de él se tratara. De modo que aquí me tiene a su disposición. Me alegro mucho de conocerle. Pase, por favor.

Era de mediana estatura, tirando a gordo, con ojos marrones, pelo negro rizado con alguna entrada y expresión afable. Explicó que vivía con su madre, viuda desde hacía dos años. Patrick intuyó enseguida que se llevarían bien y que el amigo de Paul podría ser su tabla de salvación.

Pérez quería saber en qué estado de ánimo había encontrado a Paul. Patrick le aseguró que pletórico de vitalidad, pero amargado con la realidad española y poco esperanzado ante el futuro de la República.

—Cuando le conocí en 1870 yo tenía veintiocho años —dijo, invitándole a sentarse a su lado en el salón escasamente amueblado—. Fue cuando volvió del exilio y fundó *El Combate.* Nosotros vivíamos entonces cerca de la plaza de los Mostenses, donde estaba la redacción, y, como yo era muy republicano, muy antimonárquico, los fui tratando poco a poco y llegamos a tener amistad. Incluso participé con ellos en algún rifirrafe con la partida de la porra. Eran tipos formidables, sobre todo Paul, claro.

Patrick le contó el asombro que le había ocasionado en Sevilla su lectura de algunos números del periódico, por la extremada virulencia que segregaban.

—Sí, sí, *El Combate* era tremendo —reconoció Pérez.

—¿Es verdad que Paul escribió allí que había que matar a Prim en la calle como a un perro?

—Se ha dicho, incluso se ha dicho mucho, pero es falso. Si lo hubiera hecho, si hubiera escrito aquello, vamos, si se hubiese publicado, constaría la cita en el sumario con todas las demás consideradas delictivas y que allí están copiadas. Y le puedo asegurar que no está. Lo que sí es verdad es que *El Combate* propuso que en su día, una vez triunfante la sublevación, un tribunal del pueblo debería juzgar a Prim y a los suyos, por lo que Paul consideraba su traición. Pero, insisto, el diario nunca, nunca preconizó el asesinato, como tal, del general. Nunca.

—¿Y cuántos folios tiene ya el sumario?

—Pues unos ocho mil, verso y recto, o sea unas dieciséis mil páginas.

—¡Dieciséis mil!

—Tenga en cuenta que son tres años de actuaciones constantes y que muchísimas personas han sido indagadas, con no sé cuántos careos, ruedas de presos, ampliaciones y rectificaciones...

—¿Cuándo entró usted en el juzgado?

—Hace dos años y pico, en septiembre del 71, justo cuando cambiaron el primer juez por otro.

Boyd deseaba saber dónde se encontraban los juzgados, para irse situando. Pérez le explicó que en el Palacio de

Justicia, ubicado en el antiguo convento de las Salesas. Todavía se estaba arreglando el edificio, añadió, y era un caos, con escombros y legajos por doquier. Los funcionarios hacían lo que podían, pero era muy difícil trabajar con eficacia en tales condiciones.

—¿Y es cierto que Paul logró colocarle, utilizando su red de influencias, para que usted pudiera seguir desde dentro la causa y tenerle informado al respecto?

—Sí, es verdad, aunque le imploro que esto quede entre nosotros, en ello va mi vida. —Luego, bajando instintivamente la voz, añadió—: Es que todo esto es muy peligroso para mí. En los juzgados hay muchos enemigos de la República y de la libertad, espiando y controlando. La judicatura no ha cambiado apenas nada desde antes de «La Gloriosa». La vieja guardia, ya sabe usted. Tengo que andar con pies de plomo. Si me pillasen...

—No le comprometeré, le doy mi palabra.

—Se lo ruego. Hasta ahora no ha habido ningún problema. Soy muy discreto, hago bien lo que me encargan. Y claro, puedo consultar a veces el sumario, pretextando, si hace falta, que necesito algún dato para mi trabajo. Poco a poco he logrado sacar copias de algunas de las declaraciones más importantes, que le podré pasar.

Patrick le volvió a jurar que no le comprometería.

Le pareció necesario preguntarle si estaba absolutamente convencido de que Paul no estuvo la noche del crimen en la calle del Turco. Pérez dijo que sí, que estaba convencido, que Paul no era un asesino... ni un mentiroso.

—Los indicios contra él son fuertes, como él mismo me ha reconocido. Por eso necesito más información. Pero primero, si no le importa, me gustaría que me comentara lo que dice el sumario de la tentativa de noviembre, si tiene tiempo ahora y puede...

—Por supuesto.

Patrick le contó que había leído la versión que daba López de los hechos en *El Acusador*. ¿Conocía el periodiquillo? Le contestó que sí, que lo vio cuando salió y que además se lo hizo llegar a Paul.

—Me interesaría mucho saber si lo que dice López allí coincide con la documentación que obra en la causa. ¿Cómo fue la detención de aquellos sujetos?

Pérez encendió un cigarrillo y ofreció otro al irlandés.

—Todo empezó con un guardia civil —dijo—. Un guardia civil de nombre Celestino Rabanal, que alquilaba habitaciones en su casa de la calle del Barrio Nuevo, número 1, que sale de la plaza del Progreso. López residía en Barcelona y solía parar en la casa de Rabanal cuando venía aquí a Madrid. A finales de octubre o principios de noviembre del 70 llevó allí consigo a su cuñado, el hermano de su mujer, un catalán, Tomás Carratalá, y luego a tres paisanos suyos de La Rioja Baja: Ruperto Merino (también pariente suyo), Esteban Sáenz y Martín Arnedo. Todo esto me lo sé casi de memoria.

—Me parece que López no menciona a Carratalá en *El Acusador* —dijo Patrick.

—¿No? Qué raro, porque en el sumario está. Bueno, los riojanos no tenían un duro. Sáenz era un campesino analfabeto y los otros dos habían estado en la cárcel por estafa o robo. Rabanal, al fin y al cabo guardia civil, empezó a oler algo raro, a sospechar de ellos.

—López habla en *El Acusador* de otra casa de huéspedes donde a veces paraba.

—Es cierto. Estaba a dos pasos, en la calle del Duque de Alba, número 9. Frente a la redacción de *El Imparcial*. Y hasta allí se mudó López, efectivamente, unos días antes de la tentativa, con Carratalá, diciendo que necesitaban más espacio para recibir visitas y dejando a los riojanos en casa del guardia civil.

—¿Y las detenciones?

—El 15 de noviembre los agentes prendieron a Sáenz y Arnedo en casa del Rabanal. Estaban todavía acostados. Merino no estaba, había pasado la noche con una putilla en otra casa de la misma calle y allí lo detuvieron. Y a López y Carratalá en la casa de Duque de Alba. Entre unos y otros les ocuparon un revólver de nueve tiros y una ametralladora con una caja de cartuchos metálicos, un macabro puñal con cuatro filos y un petardo. Los llevaron al Saladero y el juez los incomunicó.

—¿Y qué dijeron en sus declaraciones?

—Negaron cualquier participación en una tentativa contra Prim.

—Esto no es lo que dice López en *El Acusador* —reaccionó Patrick—, sino que todos reconocieron su participación menos él.

—Pues no fue así. Los agentes habían encontrado el petardo envuelto en unas camisas de Carratalá, pero él negó haberlo visto nunca. Como el armario estaba siempre abierto, dijo, otra persona fácilmente pudo haberlo introducido allí. Luego, ¿por qué habían venido a Madrid? ¡Para conocerlo!, dijeron. ¡Por simple curiosidad, para pasear! ¡Ellos que no tenían un duro! En cuanto a López, dijo que había llegado a la capital en busca de una habitación para traer a su familia. Negó haber vivido nunca en casa de Rabanal, lo cual fue una torpeza porque había estado numerosas veces, incluso con su mujer, y no faltaban testigos. Admitió que el revólver era suyo, dijo que para su defensa personal. Juró que no conocía a Merino, Arnedo y Sáenz, cuando eran vecinos de la misma localidad riojana, sólo a Carratalá, por ser su cuñado. Alegó ser republicano de toda la vida y haber luchado a favor de la libertad en septiembre del 68, incluso haber sido en aquella época el «ángel custodio» de Prim, nada menos. ¡Cómo iba él a participar en un atentado contra el general, dijo, siendo su amigo del alma! Pero luego pasó algo que le hizo dar otra versión de los hechos.

—¿Qué fue? —preguntó Patrick, escribiendo furiosamente en su cuaderno.

—Que unos pocos días después los agentes detuvieron en otra casa de huéspedes, en la calle de Fúcar, a dos sospechosos más. Se llamaban Tomás García y José Genovés. En la habitación de García encontraron dos trabucos. Ambos declararon ser de Valencia y haber sido traídos a Madrid, para atentar contra Prim, por dos cómplices de un tal José López. Dos cómplices de nombre Enrique Sostrada y Pedro Acevedo. Dijeron que el plan era matar al general en su berlina al salir del teatro o del Congreso y que, la noche antes de ser detenidos, tenían todo preparado para llevar a cabo el asesinato en la calle del Barquillo.

—¿Todo esto lo dijeron así, tan abiertamente?

—Sí. Y con ello el juez ya sabía que los conjurados estaban divididos en dos grupos: uno riojano y otro valenciano.

—¿Y les preguntó a García y a Genovés quién ponía el dinero?

—Sí. Contestaron que Acevedo.

—Y claro —terció Patrick—, cuando López se entera de lo que han declarado García y Genovés comprende enseguida que lo que él le ha dicho al juez ya no vale, que no encaja, y que debe cantar otra canción, ¿no?

—Exactamente. Una semana después pide ampliar su indagatoria. En su nueva declaración le dice al juez que el verano anterior él y Tomás García estuvieron recorriendo las provincias de Valencia y Alicante con el propósito de ir preparando un próximo levantamiento republicano. Que allí conoció a Sostrada y a Acevedo, y que, al darse cuenta de que planeaban un atentado contra Prim, entró en el complot para hacerlo fracasar. No le cuenta nada al juez de Solís o de Montpensier porque todavía no se siente abandonado por ellos, cree que lo van a sacar de la cárcel. Sólo lo hará seis meses después, al enterarse de la huida de Solís a Inglaterra.

Boyd decidió relatarle su entrevista en el Saladero con López. Lo hizo de manera somera y le pidió su opinión del personaje. Pérez le contestó que, sin conocerle personalmente, le parecía, por lo que había leído en el sumario, un gran embustero y enredador. Había llegado a la conclusión de que López no entró en el complot para salvar a Prim, como decía, sino todo lo contrario. A su juicio, López y sus cómplices trabajaban a favor de Montpensier y por ello montaron aquella sociedad secreta.

Patrick volvió a reflexionar un momento, luego dijo:

—López alega en *El Acusador* que, justo antes de que tuviera lugar la tentativa, Sostrada los delató a él y a sus paisanos riojanos ante las autoridades. Para que fuesen encarcelados y así ellos, los valencianos, pudiesen llevar a cabo solos el asesinato y quedarse con todo el dinero procedente de Montpensier. ¿Hay algo de esto en el sumario?

—Sí —respondió Pérez—. Hay dos declaraciones muy interesantes al respecto. La primera es del ayudante de Prim, el coronel Juan Prats, que era pariente suyo. Según Prats, un individuo que no quería dar su nombre le informó de que iba a haber un atentado contra el general pagado por un tal José Rodríguez (o sea, por López, Rodríguez era su primer apellido), y que él, el confidente, pertenecía a la confabulación pero había decidido salir de la misma ante la enormidad de lo que se tramaba. Le dijo a Prats que López se hospedaba con su cuñado, un tal Carratalá, en una casa de huéspedes de la calle del Duque de Alba, y que cada noche salían armados, Rodríguez con un revólver y el otro con una granada de mano. Y le dio más detalles. Prats, consternado, informó enseguida a un policía de alto rango (Gregorio Redondo se llamaba) para que se ocupara del asunto, y le puso en contacto con el confidente. En la declaración de Redondo ante el juez dijo que el individuo tenía acento valenciano, era rubio, bastante grueso y llevaba bigote. ¿Quién era? Sólo hay dos posibilidades: Sostrada o Acevedo.

—¿Y lo detuvieron?

—Qué va, permitieron torpemente que se fuera. Cuando luego lo buscaron no estaba. Ambos, Sostrada y Acevedo, han desaparecido del mapa. Y eso que eran tipos muy conocidos en Valencia. No creo que usted logre dar con ellos.

Boyd le preguntó si había encontrado en el sumario algún indicio de que López, como alegaba, hubiera sido amigo de Prim. Pérez le aseguró que ninguno. No creía que Prim conociera a López, y mucho menos que fuesen amigos.

—López dice que después de incomunicado lo llevaron a ver al general y que le puso al tanto de lo ocurrido y del peligro que todavía se cernía sobre su cabeza —siguió Patrick.

—No hay nada de esto en el sumario. Nada de nada. No creo que fuera a ver a Prim. Y le digo una cosa, si hubiesen sido amigos, el general habría intervenido inmediatamente para sacarlo de la cárcel, ¿no?

—Creo que sí, es evidente.

Patrick suscitó luego el aspecto económico de su relación con Pérez. Como era natural, dijo, no le iba a pedir que colaborara con él sin recibir nada a cambio. No bastaba su compartida pasión republicana. Además, aunque le había dado su palabra de no comprometerle, y la cumpliría a rajatabla, siempre existía el peligro de que alguien se enterara de lo que hacían, por muchas precauciones que tomasen. Tenía que haber una compensación. Pérez cedió por fin y acordaron unas condiciones aceptables.

Cerrado el trato Boyd le rogó que buscara entre sus

apuntes, o en su caso en el sumario, para ver qué declararon exactamente ante el juez los ayudantes de Prim —Moya y Nandín—, así como el antiguo gobernador civil de Madrid, Juan Moreno Benítez, en relación con la posible presencia de Paul Angulo en la calle del Turco. Aclarar esto primero le ayudaría mucho.

Pérez le dijo que no le costaría mucho trabajo conseguir los datos y que lo haría enseguida.

Boyd le explicó luego que lo que necesitaba sobre todo, aunque ello llevaría más tiempo, era un resumen de la información que contenía el sumario sobre Felipe Solís Campuzano y José María Pastor, a su juicio los personajes clave de la trama. No se trataba de sacar copias literales de sus declaraciones, obviamente, sino de extraer de éstas los datos esenciales que le permitiesen avanzar en su investigación.

Pérez le dijo que haría todo lo posible por complacerle.

—Será preferible que no nos vean juntos, para no infundir sospechas —dijo Patrick, despidiéndose—. Mejor encontrarnos en algún lugar apartado u otra casa, ¿no le parece? Lo podemos decidir por escrito.

Otra vez en la calle tuvo la seguridad de que, gracias a Paul, ya estaba en el buen camino. No iba a poder leer personalmente el sumario, eso no, pero Horacio Pérez sería allí sus ojos. Era toda una suerte.

4

Diario de Patrick Boyd. Madrid, Hotel de las Cuatro Naciones, miércoles, 22 de octubre de 1873.

La entrevista con Pérez me ha producido un enorme alivio. ¡Gracias a él ya tengo acceso al sumario! Y creo que casi casi me puedo olvidar ya de la tentativa de noviembre, menos su vinculación con el asesinato.

¿Me contestará Solís? Acabo de comprobar que le escribí hace dieciocho días, más que suficiente. ¿O no habrá llegado todavía a Castilleja de la Cuesta?

Y Pastor, el otro personaje clave, ¿cómo diablos llegar hasta él?

5

Telegrama de Patrick Boyd a Edward McKinley,
jueves, 23 de octubre de 1873.

OTRA VEZ MADRID. TENGO ACCESO A DONDE SABES. CONFIO AVANZAR DEPRISA. TE ESCRIBIRE. SALUDOS P.

6

Diario de Patrick Boyd. Madrid, Hotel de las Cuatro Naciones, jueves, 23 de octubre de 1873.

Nota hoy de Araceli en que me anuncia que ella y Benito vienen en el tren del miércoles próximo, que a lo mejor los acompañará Machado Álvarez —que tiene un compromiso en Madrid—, y que se alegra de que nos vayamos a ver pronto.

Me confirma que Solís no tardará en volver a Castilleja.

Estoy todo confuso. Araceli ha dejado caer lo de «Mr. Boyd» y me llama directamente Patrick. ¿Realmente siente algún interés por mí o sólo quiere ser simpática y ayudarme en mi investigación, como amiga de los Machado? Desde que la conocí su imagen me persigue constantemente, despierto o entre sueños, el perfume ambarino que llevaba la noche de Silverio se me ha metido dentro...

También hoy una buena aportación de Pérez, que me ha preparado una sinopsis de las declaraciones de Moya y de Juan Moreno Benítez ante el juez (de Nandín no ha encontrado nada por el momento).

Hay dos de Moya. En la primera dice que vio en la calle del Turco a un hombre de mediana estatura, con una blusa azul, apuntar con un arma de fuego —al parecer una carabina recortada— a la berlina. No menciona a Paul. Pero en su ampliación añade que quien dirigía el atentado gritó «¡fuego, puñeta, fuego!» y que él, Moya, «creyó» reconocer la voz de Paul Angulo. Recomienda al juez que pregunte al respecto a Juan Moreno Benítez. Y el juez lo hace.

Según la declaración de Moreno —Pérez ha transcrito las palabras exactas— Prim le contó que en la calle del Turco «oyó una voz que decía "fuego, puñeta, fuego" y le parecía ser la de don José Paul y Angulo, en pos de la cual, obedeciéndole, le habían hecho tres o cuatro disparos».

No estamos, pues, ante aseveraciones contundentes, sino en el dominio del «parecer». Da la impresión de que Moreno conoce las declaraciones de Moya, o ha hablado con él. Las versiones coinciden demasiado. De todas maneras no bastan para inculpar a Paul. En toda la declaración de Moreno que ha copiado Horacio se aprecia el despecho del personaje hacia el jerezano, a quien achaca abiertamente el asesinato del general.

No, no, nada de esto prueba la presencia en Turco de Paul. Tampoco es concluyente al respecto lo que me dijo Ricardo Muñiz. Si éste hubiera apuntado las palabras exactas de Prim nada más oírlas, tal vez sí. Pero no lo hizo. Y ha podido influir en su «recuerdo» de las mismas lo que iban diciendo por ahí Moreno, Moya y quizás otros.

Sigo convencido de que Paul no estuvo en la calle del Turco aquella noche.

7

Diario de Patrick Boyd. Madrid, Hotel de las Cuatro Naciones, sábado, 25 de octubre de 1873.

Gran día, estupendo día. Pérez, el ya imprescindible Pérez, me hizo llegar un sobre al hotel esta mañana. Al abrirlo me encontré con un resumen de las hojas del sumario donde se trata de la indagatoria llevada a cabo en Sevilla en busca de papeles comprometedores de Solís (folios 5.635-5.647).

Yo creía que, para llevar a cabo el requisitorio en el palacio de Montpensier, había ido a Sevilla desde Madrid, en persona, el juez Servando Fernández Victorio, instructor entonces de la causa. Es lo que me dijo Araceli, pero se equivocaba. Lo que hizo el juez fue mandar un exhorto a las autoridades sevillanas, fechado el 1 de julio de 1871, para que se encargasen *ellas* del mismo. En él explica que Solís Campuzano es «uno de los presuntos culpables de la muerte violenta» de Prim y que, además, son «graves y concluyentes los indicios de su culpabilidad respecto a la tentativa de asesinato del mismo».

Es decir que para el juez existía, por lo que le tocaba a Solís, una relación muy probable, casi segura, entre la tentativa del 14 de noviembre y el asesinato del 27 de diciembre.

El exhorto encomienda a las autoridades de Sevilla la busca y captura del coronel, así como un minucioso registro de su casa o casas. Procediendo «con toda urgencia y a mayor reserva», deben recoger cuanta documentación encuentren en ella o ellas, sobre todo cartas, papeles relacionados con pagos (máxime a través del Banco de Barcelona) y armas de fuego.

Un juez sevillano se encargó de cumplir escrupulosamente lo ordenado desde Madrid y se presentó sin perder tiempo en San Telmo con sus hombres (alguaciles, escribanos...). Allí le informó el contador y encargado de la vasta propiedad de que Montpensier estaba en Francia y que Solís nunca vivió en el palacio, ya que tenía su propio domicilio en la ciudad (dirección no especificada). Además, según el encargado, a finales de 1870 o principios de 1871 el coronel se había trasladado con su madre a Villafranca de los Barros, y a partir de entonces apenas se le veía por la capital andaluza. Eso sí, las pocas veces que volvía solía quedarse unas noches en San Telmo, en el pequeño cuarto que a tales efectos ya se le tenía destinado como ayudante del duque.

El juez inspeccionó enseguida dicha dependencia, donde no encontró nada incriminador. Ello no encaja con lo que me dijo Araceli, que según el conocido suyo que trabajaba en San Telmo sí hallaron allí algunos documentos quizás comprometedores. A ver si aclaramos esto.

Pérez ha estado releyendo también la declaración que, ordenada por Madrid, le tomó el juez francés a Montpensier. Me ha pasado los detalles esenciales. Daría mucho por ver con mis propios ojos el documento original (folios 6.799-6.808).

Resulta que Montpensier compareció ante el juez de Riom (Puy-de-Dôme) el 28 de agosto de 1871. No le fue difícil rechazar todas las alegaciones y acusaciones, relativas a su persona y la de Solís, procedentes mayormente de José López. Declaró que sólo vio a éste una vez, en su casa de la calle madrileña de Fuencarral, y que, después, dicho individuo —de quien habla con el más absoluto desprecio— trató únicamente con su ayudante Solís.

Preguntado si era cierto el rumor que corrió por Sevilla en noviembre de 1870, recogido de labios de varios testigos por el juzgado, según el cual había visitado con uno de su séquito una taberna situada cerca de la Puerta del Arenal para verse con «personas de muy mala reputación», el duque contestó airado que él no iba nunca a tabernas ni trataba con gentuza.

El dato del «rumor» es fascinante y confirma lo que me dijeron al respecto los Machado. Montpensier era muy conocido en Sevilla, con un físico y una presencia inconfundibles (empezando con su imponente nariz, a juzgar por las caricaturas de *La Flaca*). Parece difícil que aquellos testigos se equivocasen.

La última pregunta de la comisión rogatoria tenía que ver con el paradero actual de Solís. ¿Sabía el duque dónde estaba? No, no lo sabía. Sí tenía una dirección anterior, pero no creía necesario indicarla. Dijo que tampoco conocía la razón de la huida de su ayudante.

Montpensier se revela mucho duque en su declaración y absolutamente *au dessus de la mêlée.* ¡A él no le van a pillar con las manos en la masa, desde luego! ¡Y mucho menos manchadas de sangre!

8

Diario de Patrick Boyd. Madrid, Café Imperial, domingo, 26 de octubre de 1873.

Esta mañana, al darme cuenta de que hoy es día de visitas en el Saladero, decidí probar suerte y presentarme en la cárcel con la esperanza de que, llevando mi permiso previo con todos los datos, me dejasen ver otra vez a López.

Al llegar a la entrada expliqué lo que quería y, ante la negativa de los guardias, pedí ver al alcaide. Accedieron. El hombre estuvo muy correcto y me dijo que lo sentía mucho pero que el señor López ya no estaba allí, que lo habían llevado a las prisiones militares de San Francisco para unas ruedas de presos y otras diligencias. Que no sabía cuándo volvería al Saladero pero que, si me presentaba en las prisiones, a lo mejor me lo podrían decir.

Mañana hablaré con Muñiz, a ver si una vez más me puede echar una mano.

9

Diario de Patrick Boyd. Madrid, Hotel de las Cuatro Naciones, lunes, 27 de octubre de 1873.

Esta mañana fui a ver a Muñiz. Eran las once y, en el momento en que llegué delante de su casa, salía a la calle. Iba al Ministerio de la Guerra y me invitó a acompañarle en el coche, diciéndome que, si quería, me podía mostrar la berlina de Prim, conservada allí en un sótano.

Acepté, claro. ¡Cómo no!

Durante el trayecto le conté lo de ayer en el Saladero. Me prometió hablar con alguien en el ministerio para ver si me dejaban visitar a López en las prisiones militares.

Me conmovió profundamente la contemplación de la berlina. Pequeñísima, frágil como un juguete roto abandonado en una cuneta, es la imagen más desgarradora de desvalimiento que creo haber visto en mi vida. Y, también, de lo quebradizo de la vida política española.

El vehículo no le ofrecía al general la menor protección contra los trabucos o carabinas de aquellos ocho o diez miserables asesinos, de aquellos cobardes asalariados, al tanto, supongo —para más inri—, de que los ayudantes iban sin armas con las cuales hacerles frente. Imaginé la escena cuando uno de los energúmenos rompió la ventanilla de cristal y le disparó al general, quizás profiriendo un soez insulto.

En la parte trasera izquierda de la berlina, justo donde estaba sentado Prim, quedan tres o cuatro agujeros como testimonio del magnicidio. Un día habrá que exponerla en un museo para que la gente no se olvide nunca de lo ocurrido aquella noche en la calle del Turco. Ni de los asesinos que, es de esperar, ya para entonces habrán sido identificados, así como el instigador o los instigadores del crimen. Haré lo posible porque así sea.

Salí del ministerio casi llorando de rabia. Y más convencido que nunca de que Paul Angulo jamás pudo participar en un acto tan vil.

Muñiz me dijo, cuando nos separábamos, que me tendría al corriente de sus gestiones para mi posible visita a López en las prisiones de San Francisco.

10

Fiel a su palabra, y sin duda deseoso de merecer su sueldo, Horacio Pérez había estado consultando sus apuntes, sobre todo los relacionados con Solís y Pastor. Para evitar sospechas, él y Boyd se vieron la segunda vez, la tarde del 28 de octubre de 1873, en casa de una prima suya en la Corredera Baja de San Pablo, esquina a la popular plaza de San Ildefonso.

Patrick tenía interés en saber cuándo prendieron a Solís y en qué circunstancias.

—Fue en septiembre del año pasado —contestó Pérez—. Es decir, un año y pico después de su fuga. Lo he comprobado.

—Un año para ir forjando sus coartadas —musitó Patrick, tomando nota.

—Pues sí. Estuvo en Londres un año más o menos. Luego no pudo resistir el deseo de ver a su madre, que estaba en Villafranca. Entró por Portugal, alguien le delató, supongo, y allí le cogió la Guardia Civil y le trajeron a Madrid.

—¿Y qué le dijo al juez?

—Que se marchó a Inglaterra para poder reunir con toda libertad los datos que necesitaba para contrarrestar las viles calumnias que iba propalando contra él Fernando Jáuregui, o sea López. Que Jáuregui se había presentado al duque con la oferta de tenerle informado acerca de las maniobras de republicanos y carlistas. Que le entregaron algunas pequeñas cantidades de dinero en relación con tales trabajos. Que en absoluto se libraron fondos para la compra de armas. Que para nada se trataba de matar a Prim. Que despidió a Jáuregui en septiembre de 1870, al enterarse de sus «malos antecedentes». Y que no le volvió a ver nunca más. En fin, negó todo lo que decía López. La declaración seguía casi palabra por palabra la de Montpensier en Francia, creo que se habían puesto de acuerdo. Luego la amplió varias veces, siempre insistiendo en que todo eran calumnias, y lo soltaron a los tres meses.

—¿Por la influencia de Montpensier?

—Es muy probable. Hubo una campaña a su favor en la prensa adicta al duque. Y tenía un abogado muy bueno. Intervino también José María Pastor, con quien coincidió en las prisiones. He estado revisando lo que tengo sobre Pastor, como usted me pidió, y además he podido ver alguna declaración suya en el sumario. Le puedo dar algunos datos concretos acerca del sujeto.

—Por favor. Me ayudará mucho poder contrastar lo que viene allí con la versión de su participación en los hechos dada por López en *El Acusador.*

—Su nombre completo es José María Pastor Pardillo —empezó Pérez, echando otra vez una ojeada a sus apuntes—. Tenía cuarenta y un años cuando le detuvieron. Es andaluz, natural de Osuna en la provincia de Sevilla. Le dijo al juez que, después de estudiar tres años de medicina, fue preso y procesado por unas proclamas contra Isabel II, y luego procesado tres veces más como redactor y propietario de un periódico crítico con el régimen. Dijo que tras la Revolución de 1868 entró en Orden Público. En el sumario consta la declaración del individuo que le delató, un soldado llamado Francisco Ciprés, a quien habían tratado de meter en el complot. Un complot que al principio no tenía nada que ver con el de López y Solís, un complot paralelo.

Patrick no perdía palabra.

—A los pocos días del asesinato —siguió Pérez— Ciprés compareció por voluntad propia ante el juzgado que entendía en la causa, o sea mi juzgado, el del distrito del Congreso, aunque yo todavía no estaba. Declaró que a principios de septiembre de 1870, cuando prestaba sus servicios en la guarnición de Zaragoza, conoció en un prostíbulo a dos vascos. Hicieron buenas migas y le preguntaron si quería tomar parte en un negocio que le daría mucho dinero. Les dijo que sí. Unos días después le revelaron que se trataba de matar al general Prim, nada menos. Ciprés le contó al juez que, al oír esto, tuvo serias dudas pero que sin embargo viajó con ellos en tren a Madrid, donde les esperaba en la estación un señor «alto, delgado, con las patillas rubias y quebrado de color» al que los dos vascos conocían por «don José».

—¿Pastor?

—Sí, pero vayamos por partes. El señor alto y delgado los acompañó hasta la Plaza Mayor y allí se despidió de ellos hasta el día siguiente, no sin antes soltar unas monedas. Los vascos durmieron en una casa de huéspedes de la calle del Duque de Alba.

—¿La del guardia civil?

—No lo sé, no lo dice en el sumario, es probable. Ciprés pasó la noche en casa de un pariente y, según lo convenido, se presentó en Duque de Alba a la mañana siguiente. Ya había llegado el señor de las patillas rubias. Hablaron del proyecto de matar a Prim, luego fueron todos al café de Correos, en la Puerta del Sol. Al marcharse el tal don José les dio diez duros a cada uno, diciéndoles que, cuando les hiciera falta más dinero, se lo pidieran. —Horacio Pérez encendió otro cigarrillo—. Ciprés —siguió—, al ir reflexionando sobre la monstruosidad de lo que se le proponía, y al asistir a lo largo de los siguientes días a otras cuatro o cinco entrevistas con el misterioso don José (dijo que nunca supo el apellido del personaje) decidió curarse en salud, separarse de la conspiración y abandonar Madrid. No era un asesino, no quería mancharse las manos con la sangre de un inocente, y se fue. Pero no le dejaba en paz lo que sabía del atentado que se preparaba. Es más, le atormentaba. Y decidió actuar. Volvió a Madrid y, según su declaración, llegó hasta el mismo general y le puso al tanto de lo que se tramaba contra él. Y Prim le dijo que «no había cuidado», que estaba acostumbrado a recibir amenazas y no las tomaba en serio.

Patrick apuntaba todo en su cuaderno, sin apenas levantar la cabeza, absolutamente concentrado en su tarea.

—Cuando mataron al general —continuó Pérez—, Ciprés se presentó otra vez en Madrid y se lo contó todo al juez, que se quedó impresionado por lo que acababa de oír y resolvió actuar sin perder un momento. La policía acompañó a Ciprés al café de Correos, donde se ocultaron con la esperanza de que apareciera por allí el caballero «alto, delgado, con patillas rubias y quebrado el color». Pasaron varios días. Nada. Pero luego una noche entró el hombre y Ciprés lo reconoció enseguida. Los agentes lo siguieron, lo detuvieron en la entrada de la presidencia del Consejo de Ministros, en la calle de Alcalá, y le ocuparon todo lo que llevaba encima. Y resultó que se trataba de José María Pastor.

—¿Y qué dijo Pastor en su primera declaración? —preguntó Patrick, intrigado.

—Negó cualquier participación en el asesinato, por supuesto. Echó toda la culpa a los republicanos, empezando por Paul Angulo. Mantuvo, además, que no sólo tenía el encargo, procedente del general Serrano, «amigo suyo desde hacía veinte años», de desenmascarar a quienes habían matado a Prim, sino que también trabajaba a órdenes del ministro Sagasta, con la misión de procurar media docena de hombres de su confianza para vigilar y proteger a Serrano. Incluso le dijo al juez, con desparpajo, que no podía darle más detalles de su actuación para no comprometer las pesquisas encargadas por tan altos personajes. Afirmó haber presenciado la frustrada detención de Paco Huertas la noche del atentado, en el café de Madrid. Negó conocer a los dos vascos. Negó conocer a Ciprés y a José López.

»Le digo una cosa, señor Boyd —siguió Pérez—, se trata de un tipo muy listo, listísimo y muy lioso, un tipo de cuidar, un ex policía con mil contactos entre la chusma, los bajos fondos, un tipo que sabe lo que hay que decir y lo que no. Al poco tiempo de ser detenido recusó al juez Fernández Victorio por injusto e inepto y editó un pasquín denunciándolo. Sigue preso, yendo y viniendo entre el Saladero y las prisiones militares. Ha hecho no sé cuántas declaraciones, cada vez con algún matiz nuevo, enredándolo todo. Incluso ha provocado serios disturbios entre los encarcelados.

Pérez añadió luego que, cuando se detuvo a Solís, después de su año en Londres, Pastor fue uno de sus más vehementes aliados y defensores en las prisiones, incluso hasta el punto de amenazar a otros presos. Todo ello quedaba reflejado en el sumario.

—Lo cual es otra confirmación, quizás, de que antes del asesinato de Prim había entre Pastor y Solís una complicidad —aventuró Patrick.

—Claro. Pastor esperaba, sin duda, al ayudar a Solís, que éste, una vez soltado, le respaldara a él. Pero hasta hoy no lo ha hecho.

—Daría todo por poder leer el sumario con mis propios ojos.

—¡Pues lo tiene muy difícil! —se rió el otro—. No sólo

por la cantidad de folios que contiene, como ya le he dicho, sino por el hecho de estar bajo secreto y llave. Yo le puedo pasar información, como ya estoy haciendo, pero...

—¿Y si lograra entrar en el juzgado por la noche, con una lámpara...?

—Sería peligrosísimo. Hay guardias, le podrían sorprender y habría un escándalo de todos los diablos. Imagínese los titulares: «Periodista inglés detenido en el Palacio de Justicia...». Y para mí supondría la ruina.

—Bueno, a lo mejor no resultará necesario —dijo Patrick, riéndose a su vez. Luego agregó—: Veo que usted vive intensamente el sumario. Lo cuenta como un novelista.

—Es que es casi una novela, llena de personajes fascinantes, de incidentes, de engaños, de mentiras, de subterfugios, de rectificaciones, de acusaciones, de bajezas, de traiciones... Allí hay de todo. La verdad es que me intriga. La mujer que salía de los Bufos, por ejemplo.

—¿Los Bufos?

—Sí, los famosos Bufos de Arderíus, que actuaban en el teatro del Circo, en la calle del Barquillo, frente a la entrada del Ministerio de la Guerra. La tarde del 27 de diciembre salió de allí una señora justo en el momento de la llegada de la berlina de Prim, después del atentado, y describe lo que presenció. Otra mujer, María Josefa Delgado, declaró que vio a José María Pastor en la calle del Turco cuando se produjo el atentado, y que éste le dio una peseta para que se fuera. Hay el testimonio de los traperos de Cava Baja que les vendieron los trabucos... Y el del cochero del general, que describe lo ocurrido en la calle del Turco. Y de otro cochero, un tal Rodríguez García del Campo, que conducía uno de los carruajes utilizados por los criminales y que tuvo que rectificar su primera declaración. También está el de un matrimonio que bajaba por la calle de Alcalá con su hija... y del portero de la casa de al lado de la taberna... Ya le digo, una novela con una tremenda variedad de personajes y no sé cuántas historias y miserias.

Boyd decidió dar por terminada la entrevista, consciente de que ya no podía asimilar por el momento más información. Cerró su cuaderno y le rogó a Pérez que continuara rastreando el sumario en busca de pistas sobre Pastor y Solís. Una vez en posesión de los datos le sería más fácil decidir cómo seguir investigando.

Decidieron volver a reunirse en el mismo lugar el martes siguiente, 4 de noviembre, a la misma hora.

11

Carta de Patrick Boyd a Edward McKinley. Madrid, Café Imperial, miércoles, 29 de octubre de 1873.

Querido Mac:

Perdona si no te escribí antes, es que no sabes la intensidad con la cual estoy viviendo esto, que a menudo me hace imposible cumplir con lo prometido. El asunto es mucho más embrollado de lo que me imaginaba, y cada día, pese a lo que creía antes, me doy más cuenta de la casi imposibilidad de poder resolverlo. No por ello me voy a dar por vencido, claro.

Esta noche llega ella. Me encuentro muy nervioso, como te podrás imaginar.

Estoy todavía a la espera de que me conteste Solís (creo que te dije que le he pedido una entrevista).

Solís y José María Pastor son los personajes clave, Mac. Pastor está en la cárcel militar. Por casualidad —bueno, no sé si es casualidad— está allí ahora también López, para unas ruedas de presos y creo que otra indagatoria. Le he pedido a Muñiz que me eche otra vez una mano con las autoridades para conseguirme un permiso de visita. Necesito hacerle más preguntas a López. Quizás podré ver a ambos pájaros allí.

Un fuerte abrazo, y mis recuerdos de siempre para los chicos, Pat.

12

Diario de Patrick Boyd. Madrid, Hotel de las Cuatro Naciones, jueves, 30 de octubre de 1873.

¡Ya están aquí! Al volver al hotel desde el Prado me esperaban dos cartas. Una de Machado Álvarez, que está parando en una casa de huéspedes de la calle de Fuencarral y otra de... ¡el marqués de Guadalcacil! (así constaba en el sobre). Abrí ésta primero. Benito me invita a acompañarles, con Machado, a la representación del *Don Juan Tenorio* de Zorrilla en el Teatro Español este sábado, que es el 1 de noviembre, día de Todos los Santos. Están en el hotel de la Paz, en la Puerta del Sol, a dos pasos de aquí. Se ve que su piso en el nuevo barrio de Salamanca no está terminado todavía. Menos mal, así la tengo más cerca. Le he contestado a Benito diciéndole que les acompañaré con sumo gusto el sábado y agradeciéndoles su invitación.

Machado, por su parte, me dice que espera verme antes y que vendrá al hotel mañana a la hora de comer.

Me olvidaba, también había una nota del siempre eficaz Muñiz. Habló ayer en el ministerio, después de que yo me fuera, con uno de sus innumerables amigos, que a su vez conoce al gobernador militar de Madrid, que no es otro que el general Pavía, el que perdió en Alcolea. Es quien manda y corta en las famosas prisiones militares. Tiene fama de ser un duro y además, dicen, un resentido, no sólo porque perdió aquella batalla sino porque allí le rompieron la mandíbula. A pesar de ello Muñiz ha logrado el permiso para que yo pueda visitar a López el lunes próximo, a las once de la mañana.

No sé qué haría sin don Ricardo.

Mañana iré a ver a Ramón de Cala. He acabado la lectura de su libro sobre la Comuna, lo cual, seguramente, le complacerá.

13

Diario de Patrick Boyd. Madrid, Hotel de las Cuatro Naciones, viernes, 31 de octubre de 1873.

Acabo de ver a Cala. Simpatiquísimo. Y encantado, como preví, de que le haya leído, además, leído bien.

El hombre quería que le contara con lujo de detalles mi encuentro con Paul. Lo hice de buen grado. Me escuchó absorto. Sólo me interrumpió cuando describía la reacción del revolucionario ante mi pregunta de si era verdad que, según dicen algunos, Montpensier financiaba *El Combate*, y que Solís Campuzano les había visitado en la redacción del periódico.

—No me sorprende que reaccionara así —dijo Cala—, Pepe es mucho Pepe. No creo para nada que Montpensier financiara el diario, aunque con lo maquiavélico que es nuestro duque supongo que todo es posible y que, si lo hizo, sería a través de terceros, encubiertamente y sin que lo supiera Paul. Pero, desde luego, Solís nunca puso los pies en nuestra redacción. Esto se lo digo con la más absoluta certidumbre, me habría enterado en el acto.

Cuando terminé mi relato, Cala me dijo que le producía mucha rabia que Paul no pudiera volver a la España de la República, teniendo en cuenta su contribución a la Revolución.

—Si hay una persona que necesitamos aquí en estos momentos es Pepe —insistió—. Pero no puede venir, claro, le meterían enseguida en un calabozo. Me temo que no pisará nunca más España.

Hablamos luego de la situación política. Cala la ve fatal, cada vez peor, con los cantonalistas porfiando en Cartagena, los carlistas arremetiendo en el norte, los catalanes siempre en ebullición y... Castelar.

—Castelar —dijo enfático— es ya un dictador.

Le pregunté si conocía a José López. Me contestó que sabía quién era, por lo de *El Acusador*, pero que jamás lo había tratado. Y que no le constaba que fuera republicano —desde luego republicano destacado en absoluto— ni que hubiera sido amigo de Prim.

O sea que ha confirmado lo que me dijo al respecto Muñiz.

Quedan dos meses para que se reabra el Congreso. Cala está convencido de que habrá antes un golpe de Estado: me dice que los rumores al respecto son más y más insistentes.

Y ahora a comer con Machado Álvarez. Me hace mucha ilusión volver a verle.

14

El reencuentro de Patrick Boyd y Machado Álvarez fue motivo de alegría para ambos, y desde el momento de aparecer éste en el hotel de las Cuatro Naciones la conversación no dejó de fluir, cálida, espontánea e intensa.

Durante la comida, celebrada en un mesón asturiano de la calle del León, el sevillano le contó a Boyd, mientras daban cuenta de una excelente fabada, los planes para la visita a Doñana. Todo estaba organizado, dijo, hasta los últimos detalles. Saldrían de Sevilla en el vapor el lunes 17 de noviembre a las ocho de la mañana. Benito y Araceli habían confirmado que irían con ellos. Pasarían la noche en Sanlúcar en casa de Celedonio Palencia, naturalista amigo de su padre, y a la mañana siguiente cruzarían en falucho a Doñana. Allí les estaría esperando el guía con los caballos y mulos para llevarlos a través de los pinares a un pequeño poblado de carboneros, donde dormirían antes de continuar aquella madrugada, muy temprano, al Cerro de los Ánsares. Luego, después del gran espectáculo de la llegada de los gansos, irían bordeando las marismas hasta alcanzar el palacio de Doñana, donde pasarían la noche. Y al día siguiente arribarían a la finca de Benito y Araceli, cerca de El Rocío. Serían muchas horas a caballo, pero valdría la pena con creces.

Boyd no lo dudaba y le agradeció desde lo más hondo

el esfuerzo que hacían todos porque pudiera realizar uno de los sueños más codiciados de su vida.

No le ocultó el intenso nerviosismo que le producía saber que, después de mes y medio, iba por fin a volver a ver a Araceli a la noche siguiente, aunque acompañada de su marido.

—Ya te lo advertí al principio —le dijo Machado—, es una mujer peligrosa. Le interesas, desde luego. Lo noto cada vez que hablo con ella. «¿Cómo está Patrick?», me pregunta. «¿Qué está haciendo?» Tú te mueves mucho (no sé si te viene de tu padre), y eso atrae a las mujeres, sobre todo a las que se sienten de alguna manera atrapadas, como es su caso. Además, pese a su posición social, tiene un corazón republicano, como ya sabes, y está con nosotros. Bueno, ya la verás mañana. Pero cuidado.

Patrick le preguntó por Ana. ¿Cómo estaba?

—Pues en estado de buena esperanza —contestó Antonio, sonriendo—, te lo iba a decir ahora mismo pero te has adelantado. Sí, vamos a ser padres en marzo, si todo va bien. Como te puedes imaginar estamos contentísimos. Así como los abuelos. Ah, y otra cosa, parece ser que vamos a ir a vivir al palacio de las Dueñas, de modo que nuestro buen amigo Gumersindo, el pintor de cementerios a quien conociste allí, está que trina.

Boyd le dio la doble enhorabuena. Eran grandes noticias. Y Gago, el horrible Gago, ¿cómo andaba?

—Pues dándoles caña a los darwinistas, como siempre, con mi papá a la cabeza. Y reuniéndose a menudo con Benito para hablar de Tarteso y, me lo imagino, de asuntos políticos. De Montpensier, por ejemplo. Parecen tener cada vez más que contarse.

Terminado de comer decidieron dar un paseo por los jardines del Buen Retiro que, gracias a la Revolución de 1868, estaban ahora abiertos al público. Con el nombre, mucho más banal, de Parque de Madrid.

Los dejó el cochero en la entrada de la calle de Granada, al lado del Casón, y subiendo por el Paseo de las Estatuas alcanzaron pronto el estanque grande, sobre cuya superficie se deslizaban multitud de barcas ocupadas, no ya por princesas, infantas y duques, sino por representantes de todas las clases sociales con la excepción de la aristocrática.

—Por lo menos algo nos ha dado la Revolución —dijo Machado Álvarez, contemplando la alegre escena. Luego comentó, sombrío—: Veremos si vuelve pronto a manos de la Corona. Lo más terrible de este país, amigo Patrick, es la maldita interinidad en que siempre vivimos.

—Es lo que dice Pérez Galdós —respondió Boyd.

—Pues tiene razón. Somos un navío con las velas rotas y a la deriva, en perpetuo peligro de naufragio. Yo ya sólo tengo fe en el pueblo, en la cultura del pueblo. ¡Hace falta la unión de todos los pueblos de la tierra, empezando con los de España! ¡Será que me voy haciendo comunista!

Machado quería saber en qué punto se hallaba la investigación de Patrick. No se lo había preguntado en el restaurante por temor a que alguien estuviera escuchando. Boyd le contó con profusión de detalles su encuentro en Hendaya con Paul Angulo —algo le había dicho al respecto en una carta—, y le puso al tanto de la gran importancia que ya tenía para su trabajo el funcionario de Justicia que, gracias al jerezano, le suministraba información sobre el sumario.

—Dice que es una novela, y, por lo que me ha contado, no se equivoca. Lo terrible es que es una novela que no voy a poder leer nunca con mis propios ojos. Me suministra notas, datos concretos, la copia de algún folio, alguna sinopsis, pero no es lo mismo. Además, ¿te imaginas?, ¡el sumario ya tiene dieciséis mil páginas!

Le dijo a continuación que había llegado a la conclusión de que Solís y un antiguo policía llamado Pastor eran los personajes clave de la trama que acabó con Prim, con el dinero de Montpensier detrás. Que le había escrito al primero a Castilleja de la Cuesta, solicitando una entrevista, sin recibir todavía respuesta, y que, con suerte, iba a poder informarse acerca del otro el lunes próximo en las prisiones militares de San Francisco.

—Si te digo la verdad, Antonio —puntualizó—, no sé si voy a poder llegar al fondo del caso. Al principio creía que sí, pero el asunto es muchísimo más complicado de lo que me imaginaba. Han interrogado a más de cien personas y todavía no hay nada claro. Y arriba, en las alturas, te puedes imaginar las presiones para que no se sepa la verdad. Luego, López es un gran embustero. No creo ya para nada que se infiltrara en la organización de Montpensier con la finalidad de frustrar el atentado. Creo que estaba allí conspirando para que el duque fuera rey. Y que, cuando todo falló y le prendieron, inventó su enmarañada coartada. Por lo que le toca a Pastor, mi amigo en el juzgado está tratando de conseguirme más datos. Parece fuera de duda que estaba a las órdenes del general Serrano y que para diciembre del 70 colaboraba con Solís. O sea que, para acabar con Prim, había un contubernio de montpensieristas y de serranistas.

—¿Y los autores materiales, los esbirros? —le preguntó Machado.

—No han detenido ni a uno, que yo sepa, y eso que fueron quizás diez o más. Uno de los presuntos asesinos, un tal Francisco Huertas, se escapó a Montevideo, o por lo menos es lo que me ha contado Paul. Conseguir la desaparición de tanta gente, y el silencio de sus familias, ha costado mucho dinero, mucho.

—¿Y qué vas a hacer?

—Me daré hasta finales de enero o así. Creo que he sido demasiado optimista. Necesito pruebas, y por el momento no hay. En fin, veremos qué me dice López el lunes.

Salieron del parque por la entrada de la plaza de la Independencia y fueron bajando por la prolongación de Alcalá hacia la Cibeles. Se aproximó uno de los nuevos tranvías, rumbo a la Puerta del Sol, pero Machado, tan andarín como Boyd, propuso que siguiesen a pie y que Patrick le describiera, en la esquina con la calle del Turco, cómo se desarrolló la trágica escena del 27 de diciembre.

Así lo hizo, señalándole los impactos de las balas al lado de la taberna.

Al volver al hotel le esperaba una agradable sorpresa: la respuesta de Felipe Solís Campuzano. El antiguo ayudante de Montpensier se disculpaba por no haberle contestado antes, explicando que había estado unos meses en Badajoz y que acababa de llegar a Castilleja de la Cuesta. Dijo que, tratándose del hijo de Robert Boyd y de un diario londinense solvente, le recibiría allí con mucho gusto, y le rogaba que le telegrafiara para sugerir una fecha. Patrick resolvió que para él la más conveniente sería la mañana del domingo 16 de noviembre —la víspera del viaje al Coto de Doñana—, y fue inmediatamente a Correos a proponérsela.

Estaba contento. Su investigación ganaría en peso con la entrevista, dijera lo que le dijese Solís, y quizás el coronel dejaría caer algún detalle inesperado.

El viaje a Sevilla prometía ahora ser aún más apasionante de lo previsto.

15

Machado Álvarez recogió a Patrick en el Hotel de las Cuatro Naciones a las siete y media de la tarde del sábado.

Boyd le refirió la buena noticia de la respuesta de Solís. Luego fueron andando, tomándose su tiempo, hacia el Teatro Español.

Cuando salieron desde el callejón del Gato a la plaza de Santa Ana, que Patrick había frecuentado durante su primera visita a Madrid en 1870, se quedó sorprendido al constatar que había desaparecido la manzana que antes ocultaba la fachada del famoso coliseo, que ahora ocupaba el lado oriental de la plaza.

Plaza que, como la de Isabel II y tantas otras, se había rebautizado a raíz de «La Gloriosa» y llevaba, desde entonces, el nombre del general Topete, aunque nadie respetaba el cambio.

Iluminada por faroles de gas, estaba repleta de gente esmeradamente vestida dirigiéndose entre los árboles al teatro, delante del cual no dejaban de parar los coches.

—¡Antonio! ¡Señor Boyd!

Araceli acababa de bajar de una elegante victoria, seguida por Benito, y les hacía señas para que se acercasen. Le estrechó la mano a Patrick con una sonrisa deslumbrante, y el marqués lo saludó con afabilidad. Luego penetraron todos en el *foyer* del Español.

A Patrick se le había acelerado alocadamente el corazón, y miraba a Araceli, que iba muy abrigada contra el frío, con mal disimulado embeleso. Cuando salió radiante de la guardarropía diez minutos después se dio por perdido. A tono con el gusto por los nuevos tintes sintéticos que hacían furor en París y Londres, la marquesa vestía un traje de seda malva subido con falda abullonada, escote generoso y un sombrero también malva, aunque más claro que el del traje, adornado con cintas de distintos colores. La visión superaba todo lo que se había imaginado durante mes y medio.

Benito había conseguido, en la segunda planta de palcos del lado derecho del teatro, uno bastante próximo al escenario. Mientras el aforo se iba llenando empezó a escudriñar con unos minúsculos gemelos los de enfrente, en busca de caras conocidas. Señalaba a intervalos las que lograba identificar.

Araceli, charlando animadamente con Antonio y Patrick, se sabía objeto de numerosas miradas de admiración dirigidas hacia ella desde el patio de butacas por el público masculino y, sin duda, de envidia o rabia por parte de no pocas de sus acompañantes.

¿Cómo se explicaba la popularidad del *Don Juan Tenorio*, que año tras año, cada Día de Todos los Santos, se reponía ritualmente en los teatros a lo largo y a lo ancho de España?

Patrick tenía interés en conocer la opinión al respecto de sus compañeros de palco.

Antonio lo tenía claro: España era un país muy abierto a la muerte, donde la muerte se ocultaba menos que en otras naciones europeas, y ello se apreciaba en la masiva afluencia a los cementerios que se producía cada 1 de noviembre. Pero también era un país que, por su gran exuberancia, necesitaba urgentemente, cumplida la obligada visita a los camposantos, desahogarse. Zorrilla, fino psicólogo además de insigne dramaturgo, había sabido combinar, en *Don Juan*, la seriedad religiosa con eficaces dosificaciones de humor compensatorio. Ello, y el desenlace feliz de la obra —en el sentido de que el amor de Inés salva a don Juan de la condena eterna— garantizaban su continuado éxito.

Benito estaba de acuerdo y subrayó el acierto del autor al situar la acción de la larga primera parte de la obra en una noche de carnaval —carnaval sevillano—, lo cual le permitía orquestar un divertido juego de máscaras y súbitas revelaciones de identidad, además de un contraste muy nítido con el contenido sepulcral de la segunda parte. Luces y sombras, lo espiritual y lo carnal, risas y llanto, con una versificación magistral, rápida y muchas veces irónica: la síntesis era admirable.

Patrick le preguntó a Araceli por su opinión del protagonista de la obra. Oliendo la trampa, dudó antes de contestar.

—Es un ogro. Piensa que por el hecho de ser rico, valiente, y hay que suponer bien parecido, tiene derecho a la admiración y favores de todas las mujeres. Claro, en una sociedad...

Pero ya se levantaba el telón y no pudo terminar su comentario.

Araceli estaba sentada entre Benito y Machado Álvarez, con éste a su derecha, mientras Patrick ocupaba una silla detrás de su amigo. Tal disposición de los ocupantes del palco le ofrecía a la marquesa la posibilidad de que durante la representación, al comentar algo a Antonio, pudiera dirigir hacia Boyd una mirada no percibida por su marido. Y así ocurrió cuando, en la escena de la profanación del convento, Inés, recordando la única vez que había visto a don Juan, confiaba, atolondrada, a Brígida:

Por doquiera me distraigo
con su agradable recuerdo,
y si un instante le pierdo,
en su recuerdo recaigo.

Patrick no pudo dudar de la significación del mensaje que en aquel momento, con una mirada rápida e intensa, le transmitieron los ojos oscuros de Araceli. Lo descifró con tanta seguridad de no equivocarse que, a partir de entonces, le costó trabajo seguir con la debida concentración el desarrollo de la obra.

Cuando volvieron después del descanso se produjo de repente una salva de aplausos y el público se puso de pie. Todas las miradas iban dirigidas hacia un hombre pequeño y delgado que acababa de aparecer en uno de los palcos de enfrente.

—¡Es Zorrilla! —exclamó Machado Álvarez.

Los cuatro unieron sus aplausos a los de la sala.

—Me consta que vive casi en la penuria, engañado por los editores —siguió Machado—, y dicen que amargado sobre todo porque no gana apenas nada con *Don Juan*, pese a ser la obra de teatro más popular y más representada que existe en lengua española. Incluso dicen que por ello la odia. Pero ahí le tenemos.

El poeta saludó afectuosamente al aforo y, terminados los aplausos, se levantó otra vez el telón.

A Patrick no le enganchó el resto de la acción, y notó que a sus tres compañeros de palco tampoco mucho. Las milagrosas escenas desarrolladas en el panteón, construido por don Diego Tenorio, durante los cinco años de ausencia de su hijo, para albergar a las víctimas de éste, ¿qué tenían que ver con la vida real? Nada. Eran un simple remedo de lo anterior, de Tirso de Molina, de los autos sacramentales con sus trampas y tramoyas, y sin la menor sinceridad religiosa. La representación se le hizo interminable. Poco antes de que acabara, notó que Zorrilla había desaparecido de su palco. ¿Cuándo se había ido? Quizás a él también le disgustaba ya el desenlace del drama.

Benito había dispuesto que, tratándose como se trataba de una velada romántica, la acabasen cenando en Lhardy, donde se había tomado la precaución de reservar una mesa.

Encontraron el famoso local de la Carrera de San Jerónimo atestado de *beau monde* madrileño.

Iba y venía entre las mesas, saludando a sus clientes, el corpulento y jovial Emilio Lhardy, dueño del establecimiento familiar.

Benito hizo las presentaciones.

—Me ha hablado de usted don Ricardo Muñiz —le dijo Lhardy a Patrick, estrechándole la mano—, y me ha explicado que usted trató en Londres a nuestro llorado general. Venía aquí a menudo, le gustaba comer bien, y yo le apreciaba mucho y él a mí. Lo que hicieron con él fue una barbaridad que ha hecho mucho daño a España. A mí me sigue doliendo en el alma.

Boyd retuvo el aliento. ¿A Muñiz se le habría escapado alguna indiscreción acerca de su investigación? ¿Lhardy le iba a poner en un apuro ahora con el marqués?

No lo hizo. Les preguntó qué iban a beber.

—Cariñena —dijo Araceli, resuelta.

—¿Cariñena en Lhardy, mi amor, cuando tienen la mejor bodega francesa de Madrid? —dijo Benito, atónito.

—Pues sí —contestó Araceli—. Acabamos de ver *Don Juan*, ¿no? El vino que el Tenorio le sirve a su amigo Centelles es cariñena. ¿Por qué? Porque Centelles es de Aragón y el cariñena también. Y Aragón, señores, es una tierra que a mí me gusta.

—¡Bravo! —exclamaron todos.

—¿Y si el amigo Lhardy no tiene cariñena? —preguntó Machado Álvarez.

—¡Cómo no voy a tenerlo si lo bebe el Tenorio y si además el señor Zorrilla ha sido homenajeado en esta casa! Lo tengo, por supuesto, y uno muy bueno.

Bebieron, pues, cariñena. Y el caldo maño no tardó en animar la celebración de la velada que, entre plato y plato, se prolongó hasta las dos de la madrugada, tiempo más que suficiente para que cada uno pudiera desplegar convenientemente sus opiniones sobre la representación y demás asuntos de interés mutuo. Entre éstos, la próxima excursión a Doñana.

—Benito nos va a mostrar el sitio donde cree que está Tarteso —anunció Araceli.

—Sí, tengo una teoría nueva al respecto —dijo el marqués—, que he contrastado con unos arqueólogos... y con el amigo Gago. Éste sabe mucho de Tarteso, en su gabinete tiene casi más cosas que yo. En fin, les explicaré todo cuando estemos allí.

Mientras salían de Lhardy, Araceli le pasó sigilosamente a Boyd una hoja doblada y le indicó con una mirada imperiosa que la guardara en el bolsillo. Así lo hizo y, tratando de disimular su confusión, se puso a referirle a Benito su encuentro con Pérez Galdós y la excelente impresión que le había causado la lectura de *Trafalgar*. Igual le habría podido narrar su infancia en Gibraltar... o la primera anécdota que se le ocurriera.

Se despidieron en la Puerta del Sol delante del hotel de la Paz. El marqués le dijo a Boyd que no sabía todavía cuándo regresarían a Sevilla, dependía de sus asuntos, pero probablemente el viernes siguiente. Quizás se podrían volver a ver antes. De todas maneras ya estaban casi en vísperas de la visita a Doñana.

Boyd, con el corazón en un puño, se puso a leer la nota de Araceli bajo un farol de la calle del Arenal. Rezaba: «Tengo que verte. Te espero el miércoles en la calle de San Marcos, 16, 2.ª, a las siete de la tarde. Si te pregunta la portera, es la casa de doña Rebeca Peralta, que es amiga mía. No me faltes. A.».

16

Aquel lunes, a las diez y media de la mañana, Patrick Boyd abandonó el coche en la plaza de la Cebada, que, desde la Revolución, llevaba el nombre de Riego en homenaje al héroe del trienio liberal ahorcado allí por Fernando VII en 1823.

Bajó a pie desde la plaza en dirección a la iglesia de San Francisco el Grande, cuya granítica mole se levantaba al fondo de la carrera del mismo nombre. Al llegar hasta allí consultó su reloj y, al comprobar que todavía le quedaban quince minutos, decidió penetrar brevemente en el interior del edificio.

Lo hizo impelido sobre todo por el deseo de ver el cuadro de Goya que, según le habían dicho en el Prado, incluía un autorretrato del pintor aragonés.

Le sorprendieron la inmensidad y la hermosura del templo, con su airosa media naranja y el brillante colorido de su decoración. No por nada se trataba del más frecuentado por la alta sociedad madrileña, y que casi hacía las veces de la catedral que le faltaba a la capital de la nación.

Un sacristán le acompañó a la capilla de San Bernardino y le señaló la figura de medio perfil, con coleto amarillo, que se encontraba a la derecha del lienzo central del recinto. Constató con satisfacción, que, si bien casi todos los demás personajes que llenaban el cuadro tenían los ojos clavados en el santo, en trance de predicar a una multitud arrobada, Goya miraba para otro lado, abstraído, como si aquello no fuera con él y estuviera pensando «¡para mí sermones, ya saben ustedes...!».

Poco después Boyd se presentó en la entrada de las prisiones militares de San Francisco, situadas, con el cuartel de infantería del mismo nombre, a dos pasos de la iglesia. Se trataba de un antiguo convento de proporciones ingentes, y al traspasar su umbral sintió frío en el alma porque, si bien el Saladero era lúgubre y apestoso, las prisiones transmitían una impresión mucho más opresiva. Encima sólo se permitían visitas muy breves, en el caso de la suya a José López media hora.

El calabozo al cual le condujo el guardia no tenía ninguna de las ventajas de la privilegiada dependencia donde le visitara Boyd un mes antes en la plaza de Santa Bárbara. De muy reducidas dimensiones, sin más luz que la que entraba por los barrotes de la puerta, ni más muebles que el abyecto catre que ocupaba uno de sus ángulos y una silla desvencijada, el miserable habitáculo —tal vez celda, tiempos atrás, de un humilde franciscano— la parecía la mismísima representación del dantesco «abandonad toda esperanza los que entráis aquí».

López tenía un aspecto lamentable y se agarró a la mano que le tendió Boyd como si el irlandés hubiera llegado con una orden de la autoridad competente para su liberación inmediata.

Patrick le preguntó por qué estaba allí. Le contestó que para participar en ruedas de presos y careos, uno de éstos con su enemigo José María Pastor, que seguía rechazando todas sus alegaciones y acusándole de vil calumniador.

Boyd le refirió rápidamente su encuentro con Paul en Hendaya y le informó de que el revolucionario negaba tajantemente haber estado en la calle del Turco la noche del asesinato.

—¡Miente como un bellaco! —exclamó el preso.

—Me dijo que no cree en absoluto que usted fuera amigo de Prim. Es más, su opinión es que usted ni le conocía. Necesito pruebas, señor López. Necesito saber con quién o quiénes puedo hablar para que me confirmen su amistad con el general. Deme algunos nombres, se lo ruego.

Creyó percibir en los ojos del preso, que miraba atentamente, un repentino amago de contrariedad.

—Yo fui uno de los agentes más activos de Prim antes y después del 68 —insistió López—. Creo que se lo dije la última vez. Pero hay nombres que no puedo revelar. Todo se llevaba muy en secreto y no quiero comprometer a nadie. Si yo le doy nombres y usted los publica...

—Le prometo que no lo haré.

—Bueno, me lo pensaré y mañana le mandaré una nota al hotel.

«Usted no me mandará nada —pensó Boyd—. Porque no tiene nada que mandarme.»

—Otra cosa muy importante —dijo en voz alta—. Yo estoy de acuerdo con usted en que José María Pastor es una figura clave de la trama. He estado repasando mis apuntes de *El Acusador*. Usted habla bastante allí de un tal Pascual García Mille, traído por Pastor desde Ceuta para tomar parte en el asesinato. Me parece un testigo muy importante. ¿Cómo se enteró usted de su participación en los hechos?

—¡Él mismo me habló de ella! —exclamó López—. ¡Me lo contó en el Saladero cuando lo detuvieron! Después se escapó, lo volvieron a pescar y lo trajeron aquí a las prisiones, donde lo volví a ver y me dijo lo mismo. Y no sólo eso, sino que me lo escribió todo con su puño y letra. Yo le pagué y luego tomé la precaución de ocultar su declaración con un amigo, porque a mí me han robado cosas, como usted sabe.

—¿Y dónde está García Mille ahora?

—Se escapó, pero lo cogieron. Está otra vez en el presidio, en Ceuta. Mató a un hombre en una riña y no creo que vuelva a escabullirse. A lo mejor acaban con él allí, ya sabe lo que dice el refrán: «Muerto el perro, se acabó la rabia».

—¿Y usted me dejaría leer su declaración? Podría ser muy importante para mi trabajo.

López reflexionó un momento. Luego dijo que sí, que no había inconveniente. Le pidió a Boyd un lápiz y una hoja de su cuaderno y, poniendo el papel contra la pared, garabateó unas palabras.

—Bueno —dijo—, aquí tiene usted el nombre y la dirección del amigo que me guarda el documento. Le digo que usted es de confianza y le pido que por favor se lo deje leer allí mismo en su casa.

Boyd se lo agradeció. Se presentaría en el domicilio de su amigo aquella misma tarde. Luego añadió:

—¿Usted cree que Pastor hablaría conmigo?

—No lo sé, pero lo dudo. Me imagino que tiene mucho miedo, aunque no lo aparenta, se las da de ser un tipo valiente, de pelo en pecho, pero en el fondo no creo que lo sea tanto. Tengo entendido que Solís está haciendo lo posible por sacarle de aquí y que le habrá recordado lo de que «por la boca muere el pez».

El guardia, que no se había alejado de la puerta, anunció que ya había terminado la visita y la abrió. Patrick le estrechó la mano a López y le prometió que regresaría pronto.

—Espero que le suelten sin demora —le dijo—. O que por lo menos le devuelvan pronto a su habitación en el Saladero.

—Le envidio su libertad, señor Boyd —dijo el preso—. Que vaya con Dios.

Al abandonar la celda la mirada de Boyd se cruzó con la del guardia, que le resultó, inesperadamente, benévola.

Mientras le seguía por el pasillo tuvo la certidumbre, más que la intuición, de que el individuo había estado escuchando su conversación con López. ¿De parte de quién o quiénes? Al darle las gracias a la salida, aprovechó para escrutarle de cerca la cara. Por si acaso, quería estar seguro de no olvidarla. Luego le preguntó por su nombre.

—Francisco Ciprés, para servirle a usted —dijo el guardia.

—¡Francisco Ciprés! —exclamó Patrick. Era como si alguien le hubiera dado con una piedra en la cabeza—. ¿El Francisco Ciprés que denunció a José María Pastor?

—Sí, señor, el mismo —contestó el guardia—. A cambio me dieron aquí un puesto. Se lo iba a decir ahora mismo porque —y bajó la voz— yo sé quién es usted y el propósito que lleva. Yo hice todo lo que pude por prevenir al general Prim del peligro que corría. Y no me quiso escuchar.

—Lo sé —contestó Boyd, notando que le tamborileaba el corazón—. Dígame dónde le puedo ver.

—Libro este jueves —dijo Ciprés—. Si quiere, le espero a las siete de la tarde, más o menos, en la plaza del Progreso, al pie de la estatua. ¿Le parece?

Boyd no podía creer su suerte. No se le había ocurrido la posibilidad de localizar a Ciprés, creyéndolo en Zaragoza o en algún otro punto lejos de la capital. Y ahora, sin ningún esfuerzo por su parte, resultaba que no sólo estaba en Madrid, sino de servicio en las prisiones militares.

Además no podía ser casualidad que Ciprés estuviera de guardia en el pasillo de López precisamente la mañana de su visita. Alguien le había avisado, como él mismo le había dado a entender. Todo ello llevaba gato encerrado.

17

La casa del amigo de López se encontraba en la planta baja de un viejo inmueble de la Ribera de Curtidores, no lejos de donde vivía Horacio Pérez. Cuando se presentó Boyd allí aquella tarde le preguntó una mujer de voz ronca quién era y qué quería. Le explicó que traía una nota de don José López para el señor Hinojosa. Hubo un silencio, luego otra voz, ahora masculina, le pidió que se la pasara debajo de la puerta antes de abrir, «ya que con los tiempos que corren uno tiene que tomar sus precauciones...».

Comprobada la autenticidad de la nota, Hinojosa le franqueó la puerta y le invitó a sentarse a la mesa que ocupaba el centro del pequeño salón mientras buscaba el documento.

Una hora después, a la luz de una lámpara que olía mal, Boyd había leído dos o tres veces la declaración de García Mille, que ocupaba once folios, y apuntado lo que más le interesaba.

No había tardado en darse cuenta de que, si no se encontraba ante una falsificación en toda regla, lo cual no se podía excluir, se trataba de una puesta en limpio por otra mano (pero no la de López) del informe del preso. Lo indicaba su tono más bien literario, su ortografía correcta y el hecho de no tener ni una sola tachadura.

El escrito ampliaba la versión que daba *El Acusador* del

papel desempeñado por José María Pastor en el asesinato de Prim. Relataba la fuga del presidio de Ceuta de García Mille y otros diez presos a cambio de ponerse incondicionalmente a las órdenes de Pastor en Madrid; su llegada a la capital en noviembre de 1870 tras largas y complejas peripecias; las tropelías y robos que cometieron los conjurados en la capital mientras se preparaba el atentado; los conciliábulos en que se perfilaron los detalles de éste y en los cuales participaron, además de Pastor y los fugados de Ceuta, cinco personas que decían representar a los elementos republicanos acaudillados por Paul Angulo; la exclusión de García Mille, por decisión de los demás, de la lista de los que iban a disparar contra el general; lo ocurrido la noche del 27 de diciembre cuando volvieron los autores del crimen a casa de Pastor, denotando su culpabilidad «el color lívido de sus rostros» y «la poca fijeza de sus miradas»; el pormenorizado relato del crimen suministrado a García Mille por uno de los asesinos, Joaquín Fenellosa, que alegaba que habían tomado copas previamente en la taberna de la calle del Turco; la coincidencia de García Mille en las prisiones militares de San Francisco con José López, y su determinación de contarle a éste la verdad de su participación en los hechos.

Boyd se levantó de la mesa decepcionado. El documento no contenía nada que no se hubiera publicado ya en *El Acusador*. Y no ofrecía ninguna garantía de autenticidad. Como mínimo, habría que contrastarlo con las declaraciones de García Mille en el sumario. Pediría mañana la colaboración de Antonio Pérez. Agradeciéndole al matrimonio su amabilidad, salió a la calle con la convicción de que apenas valía la pena hablar ya más con López, de quien era imposible sacar nada en claro.

En el hotel le esperaba debajo de la puerta de su habitación un sobre sin remite. Lo abrió en el acto. La nota que había dentro decía: «Ya se lo advertimos antes. Deje este asunto. Si no, ya sabe lo que le espera».

Bajó presuroso a la recepción para preguntar quién le había dejado el sobre. Allí negaron todo conocimiento del asunto.

—Tenemos muchos huéspedes parando en el hotel —dijo el gerente—, y además viene bastante gente al restaurante. No sé quién pudo haber sido, quizás uno de ellos.

Otra vez en su habitación, Patrick consultó, ansioso, su diario. El primer anónimo le había llegado el 12 de octubre, hacía unas tres semanas. Casi lo había olvidado.

«No sólo saben que estoy en el Cuatro Naciones sino en qué habitación —pensó, preocupado—. Esto se está poniendo serio.»

18

Diario de Patrick Boyd. Madrid, Hotel de las Cuatro Naciones, tarde del martes, 4 de noviembre de 1873.

Acabo de tener otra sesión con Horacio Pérez en casa de su prima. Atendiendo mi petición de información sobre Pastor, ha estado releyendo las declaraciones de María Josefa Delgado.

Son de extraordinario interés. Resulta que era viuda, que tenía entonces cincuenta y dos años y que, en su primera indagatoria, explicó que trabajaba como criada de un cura anciano y achacoso. Dijo que para socorrer a aquel pobre hombre, que estaba sin recursos, estuvo pidiendo limosna en la calle cada noche durante los últimos meses de 1870. Y que la del 27 de diciembre lo hizo primero en la puerta del Congreso, de la cual vio salir a dos señores que subieron a un coche tirado por un caballo blanco. Declaró que desde el Congreso ella fue andando bajo la nieve hacia la esquina de Turco con Alcalá, con la esperanza de recoger en aquel punto algún dinerito más, y que allí constató con sorpresa que estaba parado en la calle, mirando hacia el Congreso, el coche con el caballo blanco que había visto partir diez minutos antes desde la entrada del mismo. Tenía dos señores dentro, pero le dijo al juez que no estaba segura, dada la oscuridad de la noche, de si eran los mismos.

Al poco rato, siguió contando, entró desde la calle de Alcalá un segundo coche, tirado por un caballo oscuro, que se situó al lado del primero. Salieron de él dos señores que se pusieron a hablar con los del otro. Por allí había otros individuos, además, esperando algo. Uno de ellos, bajito y delgado, con capa y hongo, le dio una moneda y le dijo con voz bronca que «se marchara porque hacía mala noche y ya llevaba para su puchero».

En ese momento, siempre según la mujer, se cambiaron unos silbidos entre los coches, como avisando de algo, y llegó deprisa por Turco una berlina tirada por dos caballos, que se tuvo que parar bruscamente al encontrar la calle cortada.

Dijo haber presenciado luego el atentado.

Lo más tremendo del caso es la declaración posterior en que, según ha comprobado Horacio, alegó que quien le dio la limosna, diciéndole que se fuera, era José María Pastor.

¿Cómo le conocía? Pastor negó al principio ante el juez, cuando ella le identificó en una rueda de presos, haberla visto nunca. Pero después, en un careo, no tuvo más remedio que admitir que, cuando era jefe de Orden Público, la había utilizado como espía.

El juez no sabía si creer lo que le había dicho María Josefa Delgado y mandó, primero, a por el cura para quien decía trabajar. Y el cura no sólo confirmó que, en efecto, era criada suya, sino que la noche de autos le había mostrado una leve herida producida en el lugar del crimen por una bala al parecer rebotada.

Pérez dice que Pastor, en una de sus declaraciones, llama a la Delgado «vieja alcahueta» y se queja de que el juez le haya hecho caso. Pero es indudable que ella le conocía. ¿Quizás le denunció por algún rencor almacenado desde los días en que trabajaba para él? ¿O realmente lo vio en Turco? ¡Quién sabe! Como dice Horacio, esto es una novela, pero una novela en que, mezclados con los elementos de ficción, hay otros reales, verídicos, históricos, por muy inventados que parezcan. ¿Cómo distinguir entre ellos? ¿Cómo separar los hechos de los cuentos chinos y de las fantasías?

Tengo que localizar a María Josefa Delgado. Le pediré a Pérez que haga todo lo posible en este sentido. Es evidente que se trata de un testigo clave.

19

A las siete en punto de la tarde del 5 de noviembre, habiendo sorteado el impertinente escrutinio de la vieja cancerbera apostada en el cajón de la entrada al número 16 de la calle de San Marcos, Patrick Boyd llamó a la puerta del piso indicado por Araceli en su nota.

Hubo un silencio que le pareció eterno, luego percibió pasos rápidos y el inconfundible frufrú de una falda sedosa.

—¿Quién es?

—Yo.

Unos momentos después, en un arrebato mutuo incontenible, y sin apenas terciar palabra, los dos hacían frenéticamente el amor sobre la cama hacia la cual Araceli, decidida a todo, lo arrastró apenas cerrada la puerta y después de arrojarse en sus brazos.

Al poco tiempo, ya desnudos bajo las mantas, se entregaron a un enlace más moroso, puntuado por los suspiros de Araceli y, en el culmen de su goce, un alarido que a Patrick le pareció salido de lo más hondo de las entrañas.

—Ya sabía que serías así —murmuró ella, desfallecida—. Mi niño, mi amor. Nada más verte en Silverio sabía que eras el hombre que esperaba.

—Yo también te reconocí enseguida —dijo Patrick, volviendo a besarla alocadamente—. ¡Hermosa bestia que eres! ¡Y mandona!

—Cuando Antonio me dijo que eras hijo de Robert Boyd ya intuí que ibas a ser mi rey. Ya te esperaba. Me parecía que no podía ser casualidad que fueras a aparecer en aquel momento en que te necesitaba tanto.

—¿Sabes lo que dice Shakespeare? «Los viajes terminan cuando se encuentran los amantes.»

—Es verdad. He dado el paso y ya no hay vuelta atrás. A grandes males, grandes remedios. Tengo treinta años, mi matrimonio no me hace feliz, quiero vivir mi vida auténtica antes de que sea demasiado tarde. Y quiero vivirla contigo. Ver el *Tenorio* me lo confirmó. ¡Pobre Inés, pobre garza enjaulada! Tú también te diste cuenta, ¿no fue así, mi amor?

—Claro. No olvidaré jamás aquella mirada tuya. Me dijo más que mil palabras.

Araceli se incorporó. Su morenez contra el blancor de las almohadas, y la lozanía de sus pechos, le recordaron de pronto a Patrick un óleo, *Odaliscas turcas*, admirado unos años atrás en una exposición londinense. Le había provocado la reflexión de que, en la Inglaterra puritana de la reina Victoria, los únicos a quienes se les permitía desvelar públicamente los encantos del cuerpo femenino eran unos pocos pintores consagrados por la Real Academia y, por ende, intocables.

—Pero no te he explicado nada todavía —dijo Araceli—. El piso es de una íntima amiga mía de Jerez, Rebeca Peralta. Estuvimos juntas en las monjas y nos queremos una barbaridad. Enviudó pronto y lleva una vida bastante bohemia. Le hablé de ti y le pedí que me dejara la casa. Soy una mala mujer, ¿verdad?

—¡Eres malísima y te quiero! —dijo Patrick, besándola.

—Benito cree que estoy con ella. Como él iba esta noche al teatro de la Zarzuela, que a mí no me gusta nada, pude disponer todo para verte. Pero tengo que estar en el hotel antes de que vuelva.

Rememorando el comentario de Paul Angulo en Hendaya sobre la libertad sexual francesa, se le ocurrió a Patrick preguntarle si había leído *Madame Bovary*. Dijo entre beso y beso que sí, que había devorado la novela dos años antes y que le había afectado mucho.

—Lo que tú no sabes —siguió, acariciándole la cara después de meterse otra vez debajo de las mantas— es que yo tuve una institutriz francesa y pasé tres meses en Burdeos a los diecisiete años con unos bodegueros amigos de mi padre. Hablo bastante bien francés y lo leo, claro.

—¿Y qué es lo que más te llamó la atención de *Madame Bovary*?

—El terrible aburrimiento de Emma al tener que vivir con aquel pobre médico cuya conversación, recuerdo la frase, era «tan plana como la acera de una calle». —Patrick se rió otra vez y la besó en la boca—. Me identifico mucho con la pobrecita —continuó Araceli—. ¡Y ahora soy tan adúltera como ella! Benito no es Charles, desde luego, no tiene su banalidad, yo no le desprecio, pero es un hombre que nunca ha necesitado trabajar, que no sabe lo que son los ideales, y que de republicano, por supuesto, no tiene nada de nada. Todo lo contrario. Somos incompatibles. Pero no es mala persona y me deja bastante libre. Aunque —añadió— si me viera ahora otro gallo cantaría.

Se puso seria de repente y se incorporó otra vez.

—¿Qué vamos a hacer? —dijo.

Patrick, incorporándose también, la rodeó con sus brazos. Le parecía imposible que estuviesen allí juntos, hablando casi como amigos de toda la vida.

—Tenemos que ser prudentes, debemos disimular y, sobre todo, evitar que se despierten las sospechas de Benito. Calculo que me quedan más o menos dos meses de investigación, luego volveré a Londres. Tiempo suficiente para que podamos ir pensando en todo. No te preocupes, yo me encargo. Entretanto, ya te digo, prudencia y disimulación.

Esperó un momento antes de proseguir. Dudaba si ponerle al tanto de los dos anónimos. Decidió hacerlo.

La reacción de Araceli fue de espanto.

—¿Quién puede ser? ¿O quiénes? —preguntó demudada, escudriñándole ansiosamente la cara en busca de respuesta.

—Yo creo que Pastor, pero no estoy seguro. Hay mucho interés en que no se sepa la verdad. A lo mejor hay otros detrás, yo qué sé, algún cómplice de Solís por ejemplo... Lo malo es que bastante gente ya sabe lo que estoy haciendo. Pero tú no te preocupes —repitió—, a mí no me va a pasar nada, estoy tomando mis precauciones y ando con los ojos bien abiertos.

Araceli le apretó contra ella con toda su fuerza, como si no fuera a soltarle nunca.

—¡No quiero que te pase nada! —Luego, recordando otra vez a Benito, añadió—: ¿Qué hora es?

Patrick consultó su reloj.

—Casi las nueve.

—Maldito sea. No me queda mucho tiempo.

Patrick se tendió otra vez a su lado.

—¡Prométeme que me llevarás contigo a Londres cuando termines! —imploró Araceli.

—Te lo prometo.

Hicieron otra vez el amor.

—Pasado mañana volvemos a Sevilla —dijo Araceli después, ya en calma el cuerpo y como asombrada de lo que le ocurría—. No te voy a poder ver otra vez antes, es imposible. Escríbeme como siempre a la lista de correos, pero, por si acaso, a nombre de mi criada. Se llama María Dolores García.

Charlaron atropelladamente durante media hora. Patrick le contó brevemente sus conversaciones con Paul Angulo y el inesperado encuentro con Francisco Ciprés en las prisiones de San Francisco, después de su visita a López. También el buen trabajo que llevaba a cabo de su parte, en el Palacio de Justicia, Horacio Pérez.

Araceli, preocupada por la posibilidad de que Benito volviera antes de lo previsto al hotel, estaba cada vez más ansiosa. Y llegó el momento en que, no pudiendo más, saltó de la cama, decidida, y se empezó a vestir.

Poco después, tras un último y emotivo abrazo, Boyd, envuelto en su capa y con las facciones tapadas, abandonó el piso y salió a la calle de San Marcos. Ya no estaba la cancerbera. Comprobando que al parecer no le vigilaba nadie, se paró debajo de un farol unos pasos más adelante y encendió un cigarrillo. Luego fue subiendo por la calle de Hortaleza, enfiló la de las Infantas y, bajando por Fuencarral y Montera, cruzó la plaza del Carmen y salió a Arenal. Evitó así la Puerta del Sol y la posibilidad de tropezar con algún conocido, algo que no le apetecía en absoluto. Todo su pensamiento estaba puesto en Araceli y la relación que acababa de sellar con ella en el piso de Rebeca Peralta.

20

Extracto del diario de Patrick Boyd. Madrid, Hotel de las Cuatro Naciones, jueves, 6 de noviembre de 1873.

Esta mañana carta inesperada de José López desde las prisiones de San Francisco. Me pregunto, antes de abrirla, qué me querrá decir el pícaro. Y leo:

> Mi estimado amigo:
>
> ¡Han matado a mi pariente Ruperto Merino en el patio del Saladero, aprovechando mi ausencia! ¡Provocaron una revuelta, lo molieron a palos y luego alguien con una navaja acabó con él! El responsable, estoy convencido de ello, es Pastor. ¡Y es porque Ruperto, a diferencia de mis otros paisanos de La Rioja, no se quería vender, no se dejaba sobornar y se negaba a traicionarme, a cambiar su declaración! Ya mataron a Tomás García, nada más puesto en libertad. Ahora le ha tocado el turno al pobre Ruperto. Pronto lo intentarán conmigo. Le ruego que no me visite más porque pone en peligro mi vida, Pastor sabe que hemos hablado.
>
> Su afmo., José Rodríguez López

¡Qué espanto! El segundo anónimo me preocupa hondamente, ¡y ahora esto!

He decidido que me voy a escapar unos días del manicomio en que se me está convirtiendo Madrid. Volví a ver a Muñiz esta tarde. Le conté lo del segundo anónimo y me dijo que debería llevar una pistola por si acaso. Claro, tendría que aprender a utilizarla. Me ha recomendado una pequeña fonda en Aranjuez, asegurándome que el espíritu bucólico del lugar me tranquilizará. Iré este fin de semana, pero no sin tomar antes mis precauciones. Entre ellas la de dar instrucciones al personal del hotel de que, si arreglan la habitación, no toquen para nada la mesa con mis papeles, que dispondré de tal forma que, al regresar, vea enseguida si alguien los ha estado mirando. Sospecho que podría ocurrir.

21

La tarde del 6 de noviembre Patrick Boyd llegó a la hora convenida al pie de la estatua de Mendizábal, situada en medio de la plaza del Progreso. A las siete y media, cuando aún no se había asomado por allí Ciprés, empezó a pensar que todo había sido un engaño. Pero no, al poco rato apareció el cabo acompañado de dos mujeres que resultaron ser su novia y la madre de ésta. Después de las presentaciones ellas siguieron su camino, dejándolos solos. Ciprés le llevó a una cercana taberna en la calle de Mesón de Paredes, donde, dijo, no solía haber mucha gente y podrían hablar tranquilamente.

Así resultó. Acomodados al fondo del establecimiento no tardaron en abordar, con unos vinos delante, el asunto que a ambos tanto les interesaba.

Boyd le habló de sus entrevistas con Prim en Londres, y de su empeño, como admirador del general y periodista, en averiguar quién o quiénes estuvieron detrás del asesinato. Explicó que gracias a un amigo estaba al tanto de lo que figuraba en el sumario en relación con el viaje de Ciprés desde Zaragoza a Madrid, su encuentro con José María Pastor, su decisión de no seguir en el complot contra el general, su entrevista con éste y la denuncia que, consumado el crimen, había puesto en el juzgado. Le dijo que nunca había contado con poder hablar con él personalmente, por lo cual le había sorprendido sobremanera el encuentro del otro día en las prisiones de San Francisco.

Boyd le contó a continuación que también conocía las declaraciones acerca de Pastor de una tal María Josefa Delgado. ¿A él le sonaba el nombre?

—Sí, a mí me han dicho en las prisiones que ella iba allí mucho, antes de que yo llegara, enredando y preguntando, siempre con la idea de sacar tajada.

—¿Usted cree, o le han dicho, que ella estuvo a las órdenes de Pastor tiempo atrás, antes del asesinato del general, y que realmente lo vio aquella noche en la calle del Turco con los verdugos?

—Sí, claro, no me cabe duda —contestó—. Me dijeron que ella trabajó para él cuando era jefe de Orden Público, como delatora o algo así, de modo que, ¿cómo no le iba a reconocer aquella noche? Además, cuando le identificó en una rueda de presos, Pastor, que antes había jurado que no la conocía, rectificó y dijo que sí, que ahora la recordaba.

—Es decir que lo que a usted le contaron sus compañeros en las prisiones corrobora el testimonio de la Delgado ante el juez.

—Eso es.

—¿Y no le da miedo Pastor? ¿No teme que busque la manera de quitarle de en medio por haberle denunciado?

—No me da miedo, cuando salgo de las prisiones siempre voy armado.

Para demostrarlo sacó un revólver de seis tiros del bolsillo de su abrigo y lo colocó sobre la mesa.

«Este joven es un ingenuo —se dijo Patrick para sus adentros—. Cree que llevando un revólver se va a salvar necesariamente.»

—A mí me han ofrecido el oro y el moro para desdecirme de todo lo que he declarado ante el juez —añadió Ciprés—, incluso un pasaporte para marcharme a Estados Unidos. Pero siempre me he negado. Prefiero estar aquí con la conciencia tranquila.

—¿Quiénes le han ofrecido todo eso?

—Gentes que nunca dicen su nombre, que me escriben...

—Y si fracasa la República, ¿no habrá para usted más peligro?

—Sí, pero confío en que no ocurra. Creo que Castelar arreglará todo. Pero si no lo hace, y si vuelven ellos, buscaré la manera de ponerme a salvo. ¡Siempre con mi revólver listo!

—¿Valdría la pena que yo tratara de hablar con María Josefa Delgado?

Ciprés se rió.

—Sí —dijo—, pero le va a costar.

—¿Por qué?

—Porque se murió hace un año, de no sé qué enfermedad rara —contestó Ciprés—. Algunos dicen que la envenenaron.

—¡Qué me dice! ¿Y Pastor? ¿Me diría algo?

—Pastor no le dirá nada. Negará todo. Dirá que todo son calumnias y que López tiene la culpa de todo. No le dirá nada. Está a la espera de que le liberen en cualquier momento, cuenta con apoyos, no va a meter la pata.

—¿Y qué me dice del asesinato del cuñado de López el otro día en el Saladero? ¿Quién puede estar detrás?

—Es posible que la gente de Pastor, no lo sé. Según tengo entendido querían que cambiara su declaración, y se negó, como me he negado yo. Y fueron a por él. Es que todo esto es muy peligroso. Si yo estuviera en su lugar, iría con mucho cuidado. No respetan nada ni a nadie.

—Es lo que me ha dicho López.

Ciprés repuso el revólver en su bolsillo.

—Me tengo que ir —dijo—, ya me estará esperando mi novia.

Cuando se despidieron en la puerta de la taberna Boyd le recomendó que no hablara con nadie, en las prisiones, de su encuentro.

22

Carta de Patrick Boyd a Edward McKinley. Aranjuez, sábado, 8 de noviembre de 1873.

Mi querido Mac:

Me he escapado brevemente de Madrid, para poner en orden mis pensamientos. Y aquí me tienes en Aranjuez, a orillas del Tajo.

Estoy muy inquieto. López me ha escrito para decirme ¡que han matado a un pariente suyo, uno de los riojanos, en el patio de la cárcel! ¡Para que no le dijera al juez todo lo que sabía! Me ruega que no le visite más porque él también está en peligro, le han amenazado. Está convencido de que detrás de todo está Pastor. En cuanto a mí, he recibido dos anónimos diciéndome que abandone mis pesquisas o me atenga a las consecuencias. Como te puedes imaginar, voy más que nunca con los ojos muy abiertos. Estoy contemplando la posibilidad de llevar una pistola, me lo ha recomendado Muñiz.

¿En qué punto estoy con la investigación? Tonto de mí, pensaba que iba a poder resolver este asunto en unos meses. ¡Qué locura! ¡Harían falta años y ni así estaría garantizado el resultado! He decidido poner como fecha tope finales de enero. Creía que H. P. iba a ser mis ojos donde tú sabes, y es cierto que me está ayudando mucho. Pero no es lo mismo que ver la documentación uno mismo. Estoy bastante desesperado, la verdad. Casi he llegado a la conclusión de que nunca se podrá demostrar quién tramó el asesinato de mi amigo.

¿O es que estoy cediendo ante la preocupación que me producen los anónimos? Es posible.

Al poco tiempo de escribirte la última vez me contestó Solís desde Castilleja de la Cuesta. Me ha dicho que me recibirá gustoso allí el 16 de noviembre, en el palacio de Montpensier. Es decir, justo antes de nuestra excursión a Doñana. No creo que me revele nada que no haya dicho o escrito ya, pero ¿quién sabe?, sin proponérselo podría darme alguna pista. De todas maneras mi trabajo quedaría cojo sin la entrevista con quien, al fin y al cabo, fue ayudante del duque y, no lo dudo, uno de los responsables del crimen. De modo que estoy contento.

Y estoy contento, más que contento, por otra razón. Y es que *ella* y yo ya somos amantes. Apenas me lo puedo creer pero es así. Quiere huir conmigo cuando termine aquí y le he dado mi palabra de no faltarle. Me dirás que es una locura pero no lo es, se trata de una mujer excepcional en todos los sentidos. Después de la muerte de Mary creía que nunca más encontraría el amor, que no sería nunca capaz de amar a otra. Incluso creía que tener otra relación sería una profanación. Y ahora ha pasado esto sin que yo lo buscara, y ya no hay vuelta atrás. Me dirás también que me estoy metiendo en aguas peligrosas al relacionarme con una mujer casada. Y tendrás razón. Pero no te preocupes, procederé con suma cautela.

Regresaré a Madrid dentro de dos o tres días. Luego otra vez a Sevilla y, después de hablar con Solís, el encuentro con los ánsares que tú tanto menosprecias, escocés inculto que eres. Ella nos va a acompañar con su marido. No va a ser fácil disfrazar mis sentimientos. Ya te contaré.

Un fuerte abrazo, Pat.

23

Carta de Patrick Boyd a Araceli Domínguez. Aranjuez, domingo, 9 de noviembre de 1873.

Mi amor:

Tu nota del jueves me conmocionó, me tiene todavía subyugado, por su ternura, por su bondad, por su valentía, por su arrojo. Eres única.

No te he podido contestar hasta ahora, esto va tan deprisa. Estoy pasando el fin de semana en una fonda de Aranjuez que me recomendó Muñiz, vine ayer en el tren. Necesitaba escaparme un poco de Madrid, para reflexionar, para repasar mis apuntes, para escribirte con tranquilidad. ¡Con tranquilidad, digo! Pues tranquilidad no puede haber, entre otras razones porque pienso constantemente en ti, como si tuviera fiebre, y estoy inquieto por los anónimos, que casi me están produciendo la sensación de estar siempre espiado. Miraba a mi alrededor en el tren (con el rabillo del ojo), y casi me sorprendió no ver a nadie sospechoso.

He recibido una carta de López. ¿Sabes lo que ha ocurrido? No te quiero asustar más de la cuenta, pero ¡qué espanto!, han matado a su primo en el Saladero, en el patio. Me ruega que no le vuelva a visitar porque él también está en peligro. No lo haré, por supuesto.

He estado con Ciprés —el guardia del que te hablé, el que denunció a Pastor— en una taberna cerca de la plaza del Progreso. Me dijo que una mujer que vio a Pastor en la calle del Turco, María Josefa Delgado, cuyas declaraciones me consiguió Pérez, falleció hace un año de algo raro. ¿Otra muerte sospechosa? Aparte de esto no me pudo decir mucho que no supiera ya. Está convencido de que, detrás de todo, está Pastor. ¿Y detrás de Pastor?, pregunto yo.

Le voy a pedir a Muñiz que trate de procurarme una entrevista con el mismo sujeto cuando regrese a Madrid después de nuestra famosa excursión a Doñana. Como bien sabes, ver los ánsares es uno de los más tenaces sueños de mi vida. Verlos contigo cerca será el súmmum, pase lo que pase después.

Si todo va bien llegaré a Sevilla el viernes por la tarde. Si quieres, me puedes dejar una nota en la fonda.

No te preocupes por lo nuestro. Yo me ocupo de todo.

Con un abrazo fervoroso, tu P.

24

Carta de Patrick Boyd a Peter Falkland. Aranjuez, 9 de noviembre de 1873.

Querido Peter:

Lamento profundamente no haberte escrito en tantas semanas. Es que estoy agobiado de trabajo, no tienes idea, esto cobra una velocidad de vértigo y me está volviendo loco. Estoy deseando acabar ya. Por otro lado he conocido a gente interesante y he tenido unas experiencias extraordinarias.

La situación política aquí es extremadamente incierta y todo indica que la República no sólo tiene los días contados sino que un golpe militar es inminente. Un golpe militar de signo conservador, como es obvio. Por eso me tengo que dar mucha prisa y agotar a conciencia el tiempo que me quede.

McKinley me está ayudando mucho, no sé si te habrá dicho algo, y me consiguió una entrevista clave en Hendaya con uno de los principales sospechosos relacionado con el asesinato de Prim. Disfruté enormemente el viaje en tren y pensé en ti, conociendo como conozco tu afición a las aves rapaces, que por aquellas fragosidades pululan. España debe de ser la reserva mundial de buitres y águilas. Bueno, de la naturaleza en general.

A propósito, tengo una noticia que sé que te encantará. Y es que, fieles a su palabra, los Machado me han organizado la prometida visita a Doñana, que empezará el lunes 17 de este mes, o sea dentro de nueve días. Quizás ya te haya comunicado algo al respecto don Antonio. Vamos a bajar a Sanlúcar desde Sevilla en un pequeño vapor que hace el trayecto con regularidad y pasaremos la noche allí en casa de un amigo de ellos que es naturalista, Celedonio Palencia, que no sé si conoces por sus publicaciones. Cruzaremos el río a la mañana siguiente. También estarán con nosotros un marqués que tiene una finca cerca de El Rocío y su mujer. Toda vez que fuiste tú quien me pusiste en contacto con Machado padre, sé que estarás compartiendo mi emoción en estos momentos de pre-excursión.

Estoy pasando el fin de semana en Aranjuez, a orillas del Tajo. Necesitaba descansar un par de días. Hay muchas aves acuáticas en el río y me he paseado largamente por los bosques. Fíjate, se me ha ocurrido la idea de que sería estupendo bajar desde aquí en barca hasta Lisboa. Creo que se podría hacer. ¡A ver si lo hacemos un día juntos y escribimos un libro!

En fin, querido Peter, el no haberte puesto unas líneas con más frecuencia no significa que no te tenga siempre presente. Dentro de dos meses nos volveremos a ver y te contaré cómo fue mi iniciación marismeña, que me prometo apasionante, y otras muchas cosas que por el momento me callo.

Entretanto para ti y para Beth un gran abrazo, Pat.

25

Diario de Patrick Boyd. Madrid, Hotel de las Cuatro Naciones, lunes, 10 de noviembre de 1873.

¡Tenía razón! Al volver al hotel esta mañana lo primero que hice fue comprobar si alguien había tocado los papeles y libros de mi mesa. Aunque estaban más o menos como los había dispuesto antes de irme, noté enseguida algunos cambios. Además estaban en el suelo los tenues y casi invisibles papelitos que había colocado debajo de ambos cajones de la mesa y que forzosamente, al abrirse éstos, se tenían que desprender. De modo que alguien, al tanto de que me iba unos días, aprovechó mi ausencia para llevar a cabo una búsqueda. Alguien que no sólo sabía qué habitación ocupaba sino que pudo conseguir la llave de la misma. Alguien o bien del hotel o con cómplice dentro. Pero ¿quién, Dios mío?

Tendré que volver a hablar inmediatamente con Muñiz y pedirle si me puede decir dónde conseguir una pistola y el necesario permiso para llevarla.

26

Diario de Patrick Boyd. Madrid, Hotel de las Cuatro Naciones, martes, 11 de noviembre de 1873.

Esta mañana, breve conversación con Muñiz en su casa. Le conté lo de la visita de un desconocido a mi habitación de las Cuatro Naciones. Se quedó consternado. Me dijo que consultará hoy mismo lo de la pistola con un amigo del ministerio y que, entretanto, proceda con sumo cuidado.

Por una vez no me suministró ningún documento nuevo. ¿Se va agotando la cantera?

Le rogué, pidiéndole como siempre disculpas, que buscara la manera de conseguirme una entrevista en las prisiones militares con Pastor. Le insistí en que ya me parece imprescindible. Me dijo que haría todo lo posible.

Si me han dejado visitar allí a López, a lo mejor acceden a esta nueva solicitud, aunque Muñiz lo considera difícil. De todas maneras, no hay nadie como él para hacer la gestión.

Telegrama de Solís. Está de acuerdo. Me estará esperando el domingo 16 de noviembre a las once y media de la mañana en Castilleja de la Cuesta. Mi regreso a Sevilla no podría ser más prometedor, pues: Araceli, el coronel y Doñana, todo en uno.

Sólo hay algo que me preocupa. Los anónimos. ¿Quién me está espiando y amenazando?

A las cinco y media, nota de Muñiz. Ha hecho la gestión y conseguido el permiso para poder entrevistar a Pastor en las prisiones de San Francisco. Le contesto enseguida para agradecerle una vez más. Le explico que me voy ahora a Sevilla y que le veré a mi regreso para acordar con las autoridades la fecha del encuentro, que preveo más que espinoso. También le pido que me resuelva, si es posible, el asunto de la pistola.

CUARTA PARTE

1

Diario de Patrick Boyd. Sevilla, Fonda de Londres, viernes, 14 de noviembre de 1873.

¡Otra vez Sevilla! Desde mi primera estancia han pasado dos meses, quizás los dos meses más intensos de mi vida. No me he dado cuenta del transcurso del tiempo. Los Machado llevan semanas preparando mi visita a Doñana, y ahora por fin voy a poder realizar mi sueño. ¡Qué generosidad la suya!

A mi llegada me esperaban tres sobres. Uno sin remite, otro con el de Machado Álvarez y el tercero ¡horror!, con el de Francisco Mateos Gago.

Impelido por una sensación casi de ahogo abrí éste primero. Lo acabo de releer. Me dice el orondo cura que el marqués le ha puesto al tanto de los planes para nuestra excursión; que le habría encantado ir con nosotros y verificar con sus propios ojos la alegada ingestión de arena por los ánsares, pero que sus compromisos religiosos de estos días se lo impiden; que le gustaría volver a saludarme, y propone, en consecuencia, que nos veamos mañana por la tarde; que me ruega que le deje unas palabras al efecto en el hotel y que mandará recoger...

Intuyo por el tono de su misiva que sabe algo de mis investigaciones. No me fío nada de él, sobre todo después de lo que me ha contado López de su revista *El Oriente.*

No sé qué hacer. Lo consultaré con la almohada.

Machado Álvarez por su parte me invita a comer mañana con ellos y Ana y sus padres en Triana. Vendrá aquí a las doce y me acompañará.

El tercer sobre contenía un mensaje de Araceli. Lo habría abierto primero, pero como mi nombre estaba escrito por otra mano no caí en la cuenta de que podía ser de ella. Me anuncia que Benito no puede acompañarnos porque ha tenido que ir corriendo a la finca, donde, por lo visto, hay un problema con el pozo, un problema que, si no se arregla inmediatamente, nos dejaría sin agua para nuestra pernoctación allí, lo cual no puede ser. Se juntará con nosotros en el palacio de Doñana tras la visita a las dunas.

Lo más importante, no se ha opuesto a que Araceli nos acompañe, sabiendo la ilusión que le hace. ¡Y su tozudez, añado yo!

No sé si la noticia es buena o mala. Con Benito a nuestro lado habría sido imposible hablar con franqueza de mis pesquisas y de Montpensier, por lo cual su ausencia será beneficiosa. Lo malo es que, no estando él, me va a ser muy difícil no dejar traslucir los sentimientos que me inspira Araceli, algo que debo evitar a toda costa para no comprometer a los Machado, sobre todo al padre.

Estoy inquieto, la verdad, y la insistencia de Gago en verme no ayuda nada.

2

Diario de Patrick Boyd. Sevilla, Fonda de Londres, sábado, 15 de noviembre de 1873.

Me desperté con la convicción de que era mejor acceder a ver al endiablado cura. Antes de salir a dar una vuelta dejé una nota para él en recepción con la sugerencia de que viniera aquí a las siete. Cuando regresé una hora después ya la habían recogido. De modo que la suerte estaba echada.

Comida agradabilísima en casa de los padres de Ana. Gente sencilla y campechana, trianeros por los cuatro costados, con sangre marinera en las venas. Machado Núñez y Cipriana Álvarez muy cariñosos con ellos. La madre dice que no va nunca a Sevilla, que no entiende por qué es necesario cruzar el río cuando en su barrio tienen todo lo que les hace falta, incluida su propia «catedral». «¡Y hasta delfines!», dije yo, refiriéndome al primer encuentro de Antonio y su hija aquella insólita tarde en el puente. Todos se rieron.

Después pasamos a casa de Machado padre a revisar la parafernalia que han reunido para la expedición, que incluye algo de ropa campestre para mí y unas botas que no me van nada mal. Por lo visto su amigo Celedonio Palencia tiene en Sanlúcar un buen surtido de abrigos, capas y demás prendas por si acaso el tiempo no nos acompañara (Machado Núñez me asegura que promete bien).

Resulta que Palencia ha venido a Sevilla a resolver algún asunto y que bajará con nosotros a Sanlúcar. Ambos

Machados hablan de él con gran cariño. Ha sido catedrático de ciencias naturales en distintas universidades —ya está jubilado—, es miembro correspondiente de tres o cuatro academias extranjeras y se le conoce en el mundo científico por sus trabajos pioneros sobre la vegetación salina de Doñana. Según los Machado el Coto es su vida, y habla de él con un fervor casi fanático, considerando una bendición haber nacido a su lado.

Acabo de pasar una hora con Gago. Mi premonición era acertada. No anduvo el hombre con rodeos. Nada más sentarse me dijo, como yo ya sospechaba, que le ha llegado desde Madrid el rumor de que estoy llevando a cabo una investigación sobre el asesinato de Prim. Y me lo soltó tan directamente que no tuve más remedio que decirle que sí, que era cierto, aunque luego le mentí diciendo que mi principal tarea era enviar crónicas sobre la situación actual del país.

El muy zorro quería cerciorarse de hasta dónde he avanzado en mis averiguaciones, pero no me lo preguntó de manera abierta. Su táctica consistió en empezar con la inocencia de Montpensier, en la línea: «Le habrán asegurado a usted más de una vez en Madrid, sin duda, que el duque tuvo que ver con el crimen, pero yo le repito, como le dije hace dos meses, que es mentira, que es una vil calumnia, que Su Alteza...». Y así por el estilo. Le contesté que, en efecto, mucha gente me ha hablado de su posible complicidad, pero siempre sin pruebas. Luego, volviendo a mentir, le dije que yo no me lo creía, que estaba convencido de la culpabilidad de Paul Angulo y los suyos. Se mostró contento, o por lo menos así lo aparentó, y dijo que estaba de acuerdo, que eran ellos, los republicanos, incuestionablemente.

Me estaba irritando, como la primera vez que nos conocimos, ¡y la segunda!, y decidí recurrir a una de mis bien probadas preguntas inesperadas. La formulé de esta manera: «¿Qué pasó a principios de julio de 1871, don Francisco, cuando, tras la huida de Solís Campuzano, el juez llevó a cabo la indagatoria en San Telmo?». El efecto fue tremendo, lo leí en sus ojos. Dudó un momento y dijo para ganar tiempo: «¿Indagatoria?». Para refrescarle la memoria añadí: «Me consta que, cuando Solís se enteró de que le iban a buscar en relación con el asesinato de Prim, huyó enseguida a Londres. ¿No se acuerda? Unas semanas después el juez que entendía en la causa les envió un exhorto a las autoridades sevillanas para que registrasen su casa, o sus casas, aquí. Y al poco rato llamaron a la puerta del palacio de San Telmo».

Dijo Gago entonces —no pudo escurrir el bulto, estaba acorralado— que sí, que ahora recordaba, claro, que hubo una búsqueda en San Telmo, pero que el juez no encontró nada incriminador en el despacho del ayudante. Y que, además, cuando interrogaron al duque en Francia tampoco hallaron indicios de que Su Alteza hubiera tenido arte ni parte en aquel vil crimen. Total, que todo eran calumnias.

—¿Calumnias lanzadas por José López? —le pregunté a boca de jarro, recordando lo que me había dicho aquél en el Saladero.

Esta vez Gago no pudo ocultar su enojo.

—¿Quién es López? —me preguntó secamente.

—Uno de los encarcelados por la tentativa previa contra Prim y quien más abogaba, y sigue abogando, por la complicidad del duque en el asesinato. ¿No se acuerda?

—No, en absoluto —dijo.

—Pues me sorprende porque usted se metió con él en su revista. En *El Oriente.*

Había que ver la expresión del cura. No era ya el confiado experto en escudos de Carlos V o arte plateresco explicándole al inculto extranjero las particularidades de Sevilla. No, no, olía que tenía enfrente a un adversario serio y tal vez peligroso. Percibí en sus ojos un repentino destello de hostilidad mezclada, quizás, con desprecio. Con todo, reasumió enseguida su aparente afabilidad. Dijo que *El Oriente* apenas se vendió, que era una publicación efímera, y que no recordaba nada de tal individuo. Así, el embustero.

Le hablé de mi entrevista con López en el Saladero y le aseguré que no me creí nada de lo que me había dicho acerca de Montpensier. Repetí mi mentira relativa a la culpabilidad de los republicanos. Y le pregunté si sabía dónde está ahora el duque y si volvería pronto a Sevilla. Dijo que según sus noticias continuaba en Francia.

Luego una repentina intuición, o sospecha, hizo que le formulara otra pregunta directa:

—¿Usted conoce bien a Solís, don Francisco? —le dije, dando así por descontado que algún trato habría tenido con el coronel.

Su expresión volvió a registrar un amago de hostilidad. Y, una vez más, sólo duró un instante.

—Le conozco, pero no íntimamente —contestó.

—¿Y dónde se encuentra ahora?

Dudó unos segundos antes de contestar.

—Creo que en su propiedad de Extremadura —dijo—. Ahora viene poco por aquí.

—Pues le puedo asegurar que en estos momentos está en Castilleja de la Cuesta —remaché—. Y que mañana me va a recibir allí, en el palacio del duque.

—¡Válgame la Virgen! —logró articular el cura, recurriendo a su exclamación habitual—. ¡Cómo se mueven ustedes los periodistas británicos! Pues espero que le cuente algo de interés para su trabajo.

Algo en su mirada me dijo que estaba al tanto de la presencia de Solís en Castilleja. Pero decidí no insistir.

Pasamos a comentar la actual coyuntura política, que naturalmente sigue viendo calamitosa, peor que nunca. Espera que llegue cuanto antes la restauración borbónica para «poner orden». Iba a preguntarle si a su juicio Montpensier ya había abandonado toda esperanza de acceder al trono de España, pero desistí, considerando que no me iba a revelar nada nuevo al respecto.

Al despedirse me deseó una espléndida primera excursión a Doñana y dijo que esperaba verme a nuestra vuelta a Sevilla.

Curiosamente —sólo me doy cuenta de ello ahora, al apuntar todo esto— no me dijo nada de Benito o de Araceli. Tiene que estar al tanto de que el marqués no nos puede acompañar por lo del pozo. Y me imagino, además, que, como cura muy reaccionario que es, le parece una enormidad que Araceli venga sola con nosotros, pese a ir acompañada por una persona tan honrada como Machado Núñez. Pero qué digo, ¿honrado un masón y darwinista?

Gago ya sospecha algo de mi relación con Araceli, estoy convencido. Mal rayo le parta.

3

Al llegar el coche delante del palacio del duque de Montpensier en Castilleja de la Cuesta —el trayecto desde Sevilla se había efectuado bajo una lluvia pertinaz, y la calle principal de la población, a la que daba directamente el edificio, era un barrizal—, Boyd sintió una vez más el cosquilleo en el estómago que siempre le producía la proximidad de un encuentro clave para su trabajo.

No pudo por menos de fijarse en la imponente verja de hierro forjado que corría a todo lo largo de la fachada del palacio, y que coronaba, a trechos, la orgullosa flor de lis de los Orleans.

Era evidente que el duque no quería que nadie entretuviera dudas acerca de quién era el dueño de la propiedad.

Le franqueó la puerta una vieja criada. En el hall le esperaba un hombre bien conservado, de quizás unos cincuenta años, alto y delgado, con el pelo grisáceo, bigote espeso y aire inconfundiblemente militar. ¡De modo que así era ahora el ex ayudante de Montpensier! Patrick se lo había imaginado más viejo y bajo, y a lo mejor calvo.

El coronel le recibió con cortesía, si no con afabilidad, y le invitó a acompañarle a una galería que daba a un frondoso jardín y donde había unas cómodas butacas.

Explicó que estaba en Castilleja para resolver algunos asuntos suyos relacionados con Su Alteza —que seguía en

Francia— y cerrar la venta de su propia hacienda en la localidad. Le había citado en el palacio, agregó, por considerar que sería de su interés conocerlo, tal vez sobre todo por el hecho de haber muerto en él el conquistador Hernán Cortés, circunstancia que le había intrigado al duque y quizás sugerido, además de la reconocida salubridad del pueblo en verano, la compra de la finca.

—Dicen que, como Cortés, don Antonio también es un aventurero nato —observó Boyd.

—Así es —repuso Solís—. Y como usted sabe, sin duda, la gran meta para él siempre ha sido conseguir el trono de España. Se consideraba el mejor candidato a ocuparlo, no sólo por la sangre real que lleva en las venas sino por haber contribuido con muchísimo dinero al éxito de la Revolución que echó a su cuñada. Pero muchísimo. Yo creo sinceramente que habría sido un gran rey. Y que todavía podría serlo si le tocara en suerte, cosa, por otro lado, ya muy difícil.

Boyd le habló a continuación de la amistad que le había unido con Prim en Londres y su intenso interés, como periodista, en las posibles causas del asesinato.

—¿Es un hecho —le preguntó— que, pese a su oposición inicial, Prim llegara a estar de acuerdo con la candidatura del duque?

—Sí, sí —contestó el coronel—. Acabó creyendo que Su Alteza era el candidato más idóneo. Yo tenía amistad con el general y se lo puedo asegurar. Pero, por desgracia, intervino el trágico duelo, con la muerte de don Enrique de Borbón, y el exilio de un mes impuesto al duque. Si no hubiera sido por el duelo quizás se habría salido con la suya. Fue el golpe de gracia, o de desgracia, a sus pretensiones.

—Tengo entendido que usted fue su padrino aquella mañana —dijo Patrick.

—Es cierto —repuso Solís—. Tengo la fecha grabada

en la memoria, como usted comprenderá: el 12 de marzo de 1870, en las afueras de Madrid. Traté de disuadirle, pero el honor es el honor y se sentía ultrajado por lo que había publicado el otro sobre él tres días antes en los periódicos, y que tuvo una enorme resonancia. No sé si usted lo sabe, pero dijo, entre otros insultos, que era un «hinchado pastelero francés» sólo movido por la fiebre de la ambición. Al duque no se le pasó por las mientes que pudiera matar a don Enrique aunque, eso sí, era un tirador excepcional. Cuando se dio cuenta de que lo había hecho estaba consternado.

«Claro —tuvo ganas de observar Patrick—, comprendió que acababa de perder el trono.»

—Repito que, a mi juicio, Su Alteza era el mejor candidato —siguió Solís—. Además tenía el mérito de ser un hombre muy práctico, muy al día, muy de su tiempo. ¡En Sevilla le pusieron el apodo de «Monsieur Cuánto Vale» porque siempre preguntaba el precio de las cosas! —Solís se rió y siguió—: heredó una fortuna inmensa, pero la invirtió en la compra de terrenos y propiedades de los cuales siempre ha sacado la mayor rentabilidad posible.

—Casi como un emprendedor *gentleman farmer* inglés —dijo Boyd.

—Exactamente —replicó Solís—. En Inglaterra la aristocracia no se considera incompatible con el comercio o con la agricultura. El qué dirán les importa un bledo. En España no es así. Creen que es ensuciarse las manos. Quizás el duque tomó nota allí. —Solís indicó los arcos neomudéjares de la galería en que estaban sentados—. Todos los Orleans han sido grandes reformadores de casas y fincas —continuó—, y el duque no es excepción a la regla. Yo diría que es casi lo que más le gusta. Reformar y mejorar. Y sacar réditos de sus inversiones, claro. Este palacio era una ruina cuando lo compró y lo ha rehecho totalmente, así como San Telmo y las otras propiedades. Ya le digo, es un hombre práctico, un hombre que lleva sus cuentas con meticulosidad, un hombre a quien le interesan todos los adelantos de nuestra época: el vapor, el ferrocarril, la telegrafía, los modernos coches... ¡Hay que ver su viñedo de Torre Breva!

—¿Torre Breva?

—Sí, cerca de Chiclana. Cuando compró la finca era un coto de caza. La transformó en un viñedo de muchas hectáreas. Es una maravilla, todo organizado con precisión militar. Yo estuve mucho por allí, amigos míos en Manchester se encargaron de enviarnos aparatos de vapor último modelo para incrementar la productividad. ¡Y su naranjal en San Telmo! ¡Otra maravilla! También le apodaron «El Naranjero», sabe usted, porque vendía miles de kilos de naranjas cada año.

—Y luego el arte y la literatura...

—Sí, claro, el duque conoce a muchos escritores y pintores. En los años sesenta San Telmo era como un pequeño Versalles, llegaba gente de toda Europa. Estuvo incluso Alejandro Dumas. Tiene allí una admirable colección de cuadros. Y una biblioteca fabulosa. —Solís aproximó su silla a la chimenea y añadió en tono confidencial—: Mire, señor Boyd, yo fui el ayudante del duque durante más de veinte años. Si he dejado de serlo ha sido por decisión mía. Jamás tuvimos la menor desavenencia. Él quería que siguiera a su lado, pero no pudo ser. Al salir de las prisiones militares de San Francisco después de aquellos tres meses atroces, injustos, humillantes (fue la experiencia más desagradable de mi vida), decidí retirarme de todo y dedicar los días que me quedasen al cuidado de mis propiedades en Extremadura y a mi familia. Como dicen los franceses, resolví «cultivar mi jardín» y olvidarme de lo demás. El duque lo entendió perfectamente y me dio su beneplácito.

Boyd intuyó que había llegado el momento de preguntarle por López. Empezó explicando que había leído toda la correspondencia cruzada públicamente entre ellos en 1871 y, más recientemente, las alegaciones expuestas por el preso del Saladero en *El Acusador*. ¿Cómo había sido su relación?

—López se puso en contacto con nosotros por una sola razón: el afán de lucro. Él sabía, bueno, lo sabía todo el mundo, no era un secreto para nadie; él sabía, digo, que el duque ambicionaba el trono de España, y se ofreció a nosotros para tenernos al tanto de las maquinaciones en contra de tal pretensión por parte de los carlistas y los republicanos. A cambio de dinero, desde luego.

—Y ustedes aceptaron en principio...

—Aceptamos en principio y le dimos unas pequeñas cantidades, pensando equivocadamente que nos podría ser útil.

—López dice que el dinero era para la compra de armas y asesinos.

—¡Mentira! Nunca fue cuestión de armas, ni de matar a Prim ni de nada de eso. Todo ello es una ruin calumnia de López. ¿Alguien puede creer seriamente que el duque se iba a meter en un proyecto para asesinar a Prim, o a quien fuera? ¡El duque de Montpensier!

A Patrick le habría gustado contestar que sí, que era fácil imaginar que alguien lo pudiera creer, dada su inmensa ambición por conseguir el trono. Pero en vez de hacerlo siguió:

—López dice en uno de sus pasquines o cartas que era buen amigo de Prim y que usted lo sabía.

—No creo en absoluto que fuera amigo de Prim. Yo sí lo fui, como le he dicho. Es más, no creo que López lo conociera siquiera. Si hubiera sido amigo del general se sabría. Yo jamás he oído nada en este sentido. Jamás.

—Usted dice en una de sus cartas en *La Época* —continuó Patrick— que, al enterarse de los antecedentes de López, rompió con él y nunca lo volvió a ver.

—Sí, la última vez le despedí con cajas destempladas, lo cual no le gustó nada, por supuesto. Luego, aquel noviembre de 1870, me enteré de que lo habían detenido con otros en relación con una tentativa contra Prim. Nos escribió desde la cárcel, incluso con amenazas, y no le hicimos el menor caso. Y fue entonces cuando, por despecho, inventó toda la historia de que nosotros los habíamos contratado, a él y a sus socios, para matar a Prim. Y él, que era un criminal, me denunció ante el juez. Cuando me enteré de que me iban a detener, ¡por la denuncia de un forajido!, me escapé a Londres. Porque no me fiaba de la justicia y sabía que, por ser ayudante de Su Alteza, me podían hacer mucho daño, porque el duque, naturalmente, tenía y tiene numerosos enemigos.

—Entiendo. ¿Y José María Pastor? ¿Qué relación tenía usted con él?

—Lo conocí brevemente en las prisiones militares de San Francisco. Nunca le había visto antes. Me lo presentaron en el patio. Tenía fama de revoltoso y de hombre violento, pero la verdad es que a mí me cayó bastante bien, incluso me puso en guardia contra algunos elementos que había allí y se ofreció a protegerme en el caso de que me causaran algún problema. Pero más no sé.

Solís no había perdido ni un segundo su compostura. «Con él —pensó Patrick—, no van a funcionar mis preguntas indiscretas. No se inmutará por nada de lo que le pueda decir. Tiene ya preparadas sus respuestas, las ha ensayado mil veces. Pero hay que seguir probando el terreno.»

—Según López —dijo—, Pastor estaba muy cerca de Serrano y dirigía una ronda suya secreta. Y, como me imagino usted sabe, hay indicios de que estuvo entre los asesinos en la calle del Turco. ¿Usted considera, en consecuencia, que Serrano pudo ser uno de los instigadores del crimen?

—De esto no sé yo absolutamente nada, pero me parece una monstruosidad. Cuando mataron a Prim yo no estaba en Madrid, estaba aquí, en Castilleja de la Cuesta, como me fue fácil demostrar ante el juez, porque hubo muchos testigos.

«Esto no tiene nada que ver», pensó Patrick.

—¿Y Paul Angulo? ¿Usted le conocía?

Solís lo negó. Sabía quién era, claro, todo el mundo sabía quién era. Pero conocerle personalmente no le conocía, a no ser que se hubiesen cruzado de manera efímera sus caminos en algún momento, algo que no recordaba, cuando la Revolución.

—Algunos alegan que el duque financiaba *El Combate* y que un día usted apareció en la redacción del periódico —dijo Patrick.

—Lo niego. Ni el duque financiaba *El Combate* ni estuve yo jamás en la redacción del periódico. Son otras calumnias.

Patrick ya se percataba de que no iba a recabar ninguna información de Solís que cambiara el rumbo de su investigación. Era lo que había previsto. Sólo le quedaban unos cartuchos por quemar.

—A su juicio, don Felipe —le preguntó—, ¿quién o quiénes financiaron y organizaron el asesinato del general Prim?

—Un contubernio de carlistas y republicanos —contestó Solís, categórico—. Ambos, por distintas razones, tenían el mayor interés en la desaparición de Prim, y llegaron a un entendimiento. No digo cordial, obviamente, pero sí entendimiento. Los carlistas calculaban que, muerto el general, no vendría Amadeo, y pensaban que, así las cosas, quedaba la posibilidad de que su pretendiente accediese al trono. Y los republicanos estaban convencidos de que sin Prim, a quien consideraban traidor, ellos no tardarían en hacerse con el poder. Esto es lo que creo, pero es posible que me equivoque.

—¿Y usted piensa que los jueces llegarán al fondo de lo ocurrido? —insistió Patrick.

—Yo creo que no. Creo que nadie llegará al fondo. Hay demasiados intereses, los jueces están en manos de los poderosos, los van cambiando y me imagino que habrán desaparecido documentos y otros elementos de la causa...

—¿Y no piensa usted escribir sus memorias? ¿No nos contará su vida al lado del duque?

Solís sonrió y confesó que sí, que una vez definitivamente recluido en Villafranca de los Barros pondría manos a la obra.

—Creo, además, que es mi obligación dejar las cosas claras —añadió—. Tengo muchísima documentación y ahora me incumbe ordenarla.

Llegaba la entrevista a su fin. Aunque no había dado lugar a ninguna revelación, tampoco había sido una pérdida de tiempo. «He estado hora y media con el antiguo ayudante de Montpensier —recapituló Patrick mentalmente—. He escuchado la versión de los hechos que me ha querido dar, he tomado nota de todo, he visto cómo es físicamente, su encomio del duque me ha ayudado a tener una idea más clara del mismo... Más no podía esperar. Por otro lado nada de lo que me ha dicho demuestra que Montpensier no estuviera detrás del asesinato, con él mismo actuando como intermediario en la sombra...»

Durante el ligero refrigerio servido por la vieja criada, acompañado de un excelente rioja, la conversación discurrió por otros derroteros, entre ellos la tambaleante situación de la República, sobre la cual el coronel se guardó de emitir un juicio contundente.

Patrick empezó a hablarle de la visita a Doñana que le había organizado el catedrático de ciencias naturales de la universidad, Antonio Machado Núñez, y que empezaría a la mañana siguiente.

—Ya lo sé por un amigo mío, Francisco Mateos Gago —dijo Solís—, que estuvo aquí la otra semana en un acto de la parroquia de la Inmaculada. Me describió su encuentro con usted hace unos meses y su visita a la Capilla Real. Es un personaje celebérrimo en Sevilla y muy adicto a la causa de nuestro duque. Me contó que también van con ustedes los marqueses de Guadalcacil.

Patrick trató de encubrir su azoramiento ante la revelación del coronel. ¡De modo que no se había equivocado al intuir que Gago estaba al tanto de su visita a Solís, de la cual seguramente le habría informado éste! Se limitó a responder que por desgracia el marqués había tenido que trasladarse urgentemente a su finca por un problema con el pozo, pero que les acompañaría al Cerro de los Ánsares su esposa, tan amiga de los Machado.

—Yo he bajado muchas veces a Sanlúcar en el vapor con Su Alteza —dijo Solís, sorbiendo su vino—, y le he acompañado a menudo en sus cacerías. Más de una vez hemos estado juntos en Doñana. Le envidio su expedición, señor Boyd. Espero que la disfrute.

Terminada la merienda Patrick le deseó, por su parte, mucha suerte en su retiro extremeño, y que le cundiesen sus memorias.

4

Patrick creía que su reencuentro con Araceli iba a tener lugar en el muelle. Le sorprendió, pues, constatar que ya estaba con los Machado cuando éstos llegaron a la Fonda de Londres en el coche.

Estaba guapísima. Llevaba un pequeño sombrero azul marino coronando su masa de cabello negro, recogido en un lustroso moño con profusión de rizos, una falda verde y, bajo la capa, una apretada chaqueta de terciopelo negro sobre un corpiño blanco. Le costó un esfuerzo ocultar su aturdimiento al darle la mano.

Camino del vapor les contó con pelos y señales su conversación con Solís Campuzano... y el descubrimiento de que Gago había estado charlando con él una semana antes en Castilleja y le había puesto al tanto de su excursión a Doñana. Todos estaban de acuerdo en que Gago sabía mucho más de Montpensier y Solís de lo que quería aparentar.

Celedonio Palencia los esperaba delante del barco en el muelle de la Torre del Oro y los saludó ruidosamente al ver llegar el coche. Por su aspecto jovial y desenfadado, Boyd tuvo la impresión de que haría enseguida buenas migas con el naturalista.

Nada más efectuada la presentación, Palencia se deshizo en elogios de Torrijos y sus compañeros, y tuvo palabras sentidas para el padre de Patrick.

—Sé por mis amigos —añadió, indicando a los Machado— que usted no sólo comparte nuestro amor a la naturaleza sino nuestros sentimientos republicanos. Me alegro. Yo no soy tan militante como ellos, es verdad, pero he contribuido con mi granito de arena a la causa, ¿no es así, Antonio?

—Por supuesto —asintió Machado Núñez—. Tú eres de los cabales.

Luego subieron todos al vapor, cuya chimenea ya echaba humo, y se instalaron en el salón.

Media hora después alcanzaban las afueras de Sevilla, y la Giralda, recortada contra un cielo azul despejado de nubes, parecía cada vez más pequeña.

—¡Don Juan! —dijo Araceli, escudriñando las riberas del río.

—¿Cómo? —preguntó Machado Álvarez.

—Sí. Lo oí en la representación. La quinta de don Juan está sobre el Guadalquivir a una legua de Sevilla. ¡Tan sobre el río que el gran pícaro se escapa tirándose desde una ventana al agua! Estoy tratando de localizar la finca. ¡Por el momento nada! ¡Tampoco veo el veloz bergantín en que se va a ir corriendo a Italia!

Todos se rieron de la ocurrencia.

No tardaron los dos catedráticos de ciencias naturales en desplegar sus conocimientos de la flora y la fauna del delta del Guadalquivir. Y de la insólita variedad de hábitats que caracterizaba el Coto de Doñana, entre ellos las largas hileras de dunas movedizas que, empujadas tierra adentro por los vientos del Atlántico, amenazaban sin cesar las marismas y que un día, casi seguramente, las ahogarían definitivamente.

—¿Y doña Ana? —preguntó Patrick—. ¿Quién era?

—Ana de Mendoza —contestó Palencia—. Fue dueña del Coto a finales del siglo XVI. Allí siempre han ido los aristócratas españoles a abatir ciervos y a dedicarse a sus pasatiempos amorosos.

Rebasadas Coria y La Puebla del Río, cuando ya hacía más calor, se instalaron fuera. Celedonio Palencia quiso saber más acerca de las investigaciones de Patrick sobre el asesinato de Prim, de las cuales le habían puesto en antecedentes los Machado.

Boyd le hizo un resumen breve.

—Yo coincidía a veces con Montpensier en Sanlúcar —explicó el naturalista, después de escucharle atentamente—. Como sin duda sabe usted, tenía por costumbre pasar allí unos meses cada verano en su palacio, que es un pastiche neomudéjar horrendo, o por lo menos a mí me lo parece. Tengo que decir que jamás mostró el menor interés por mi persona. Supongo que estaba al tanto de mis ideas republicanas.

Patrick le preguntó cuándo vio por última vez en Sanlúcar al duque. Palencia dudó un instante.

—Antes del asesinato de Prim, desde luego —dijo—, o sea en el verano del 70. Sí, porque después se fue a Francia y desde entonces no ha vuelto. Recuerdo que lo vi con Solís, en la entrada del palacio.

—¿Con Solís? —inquirió Patrick.

—Sí, sí —contestó Palencia—. Solís acompañaba a menudo al duque en Sanlúcar, como era natural siendo su ayudante. Era su brazo derecho. Además le voy a decir una cosa. Cuando se enteró en Sevilla de que le iban a detener se fue sin pensárselo dos veces a Inglaterra. Supongo que esto lo sabe usted, señor Boyd.

—Sí, sí, claro.

—Lo que quizás no sepa es que se fue de incógnito en un vapor sevillano, bastante más grande que éste, el *Velázquez*, que hacía escala en Sanlúcar antes de seguir hasta Londres. No bajó del barco, pero subió a verle uno del pueblo que le ayudaba, el ayudante del ayudante, digamos, un tal Pedro González, y Solís le entregó unos papeles para ponerlos a salvo. Esto por lo menos es lo que dice la gente, me imagino que con conocimiento de causa.

Patrick tenía la sensación de haberse puesto pálido. De repente su investigación adquiría un rumbo nuevo e inesperado.

—Esto es tremendo —dijo—. Me consta que en el juzgado de Madrid que entiende en la causa no tomaron en cuenta para nada el palacio del duque en Sanlúcar, sólo San Telmo. Y ahora resulta, por lo que usted nos dice, que Solís dejó documentos en el pueblo cuando huyó a Londres.

—Y el tal Pedro González, ¿sigue allí? —preguntó Machado Álvarez.

—Sí, sí —contestó Palencia—. No le he hablado de esto nunca, pero lo puedo hacer.

—Debieron de ser papeles muy importantes —dijo Patrick—, tal vez comprometedores para Solís o incluso Montpensier.

—Quizás —aventuró Machado Núñez— contenían la prueba de que, en relación con lo de Prim, Solís había actuado a las órdenes del duque, no por iniciativa propia, y quería guardarlos en lugar seguro por si acaso los necesitara para su defensa más adelante.

—De todos modos habrá que tratar de aclararlo —terció su hijo.

—Iré a tantear a González esta misma tarde —dijo Palencia—. Veremos qué dice.

—¡Se lo ruego! —le imploró Patrick.

El barco ya se iba aproximando a las marismas.

De repente Patrick sintió los primeros graznidos.

—¡Ánsares! —gritó, echando mano a su telescopio de bolsillo. Y luego—: ¡Ya los veo! ¡Mis primeros ánsares andaluces!

Todos aplaudieron, aunque Araceli anunció que de ornitología ella no entendía nada y que, por ello, no lograba comprender la emoción que dichas aves suscitaban en Patrick.

—La comprenderá usted cuando los veamos de cerca en las dunas —dijo Boyd, mirándola a los ojos con una sonrisa.

Ya avistados los ánsares inaugurales de la expedición, Machado padre anunció que le parecía llegado el momento de acometer la merienda que les había preparado su mujer.

La propuesta fue debidamente celebrada.

Entre los manjares que rápidamente se fueron sacando de la cesta no había olvidado Cipriana Álvarez introducir unas botellas de vino tinto con sus copas correspondientes. Con todo ello la conversación y el entusiasmo de los excursionistas cobraron nuevos bríos.

Una hora después el Guadalquivir, ya casi una inmensa laguna, describió una amplia curva y apareció delante de ellos, en el horizonte, una colina coronada por un castillo. Sanlúcar.

—Ya casi estamos —dijo Celedonio Palencia—. Mire, señor Boyd, el pueblo a nuestra izquierda. Es Bonanza.

—Su amigo Peter Falkland y yo atravesamos el río desde allí —le dijo Machado Núñez a Boyd—. Me imagino que se lo ha contado. Es la mejor ruta para llegar al palacio de Doñana. Pero la nuestra es distinta y hay que embarcar más abajo.

—Qué nombre más poético, ¿no? —dijo Palencia—. «Bonanza.» ¡El buen tiempo que necesitan los marineros! El puerto ha crecido en importancia. Aquel vapor verde es inglés, es de Liverpool. Conozco al capitán. Viene aquí a cargar manzanilla, que por lo visto tiene ahora gran predicamento entre los compatriotas de usted, señor Boyd.

Pero Patrick tenía los ojos fijos en la otra ribera. Palencia le siguió la mirada.

—Es un bosque inmenso de pinos piñoneros —dijo—. Mañana lo cruzaremos de sur a norte. Es otro mundo, ya verá, sin telegramas ni periódicos ni coches ni tranvías. Por unas horas dejaremos atrás la civilización y el confort y volveremos a la vida primitiva. En Doñana manda y corta la madre naturaleza, y a quien no le guste, mejor quedarse en casa. Ya le digo, es otro mundo.

Como para confirmar sus palabras cruzó entonces el río, en dirección al corazón del Coto, una inmensa ave rapaz, moviendo despacio las alas.

Patrick la siguió con su telescopio y anunció:

—Un águila imperial, la más grande de Europa. ¡Cómo se nota que hemos llegado!

Veinte minutos después el barco los depositaba en el muelle de Sanlúcar de Barrameda.

5

Celedonio Palencia vivía con su mujer Enriqueta en una casona del Barrio Alto sanluqueño, heredada de sus padres. La rodeaban numerosas bodegas de manzanilla, y el perfume del vino impregnaba el ambiente.

El naturalista quería que sus invitados disfrutaran sin perder tiempo la impresionante vista de Doñana que se obtenía desde el tejado plano del vetusto inmueble.

Era ciertamente espectacular. Se apreciaba toda la desembocadura del Guadalquivir, la larguísima playa virgen que, lamida por el Atlántico, se extendía casi hasta Huelva, las múltiples hileras de dunas motejadas de zonas verdes —corrales, explicaba Palencia—, el denso y oscuro pinar que cubría toda la parte meridional del Coto y, más allá, la inmensa expansión de marisma, con sus lagunas y lucios, que, difuminada entre una tenue bruma, se perdía en la lejanía.

Patrick había sacado su telescopio y hacía un somero reconocimiento previo del territorio.

—Las puestas de sol en Sanlúcar son fabulosas —dijo Palencia—. Tengo entendido que fueron una de las razones principales que le indujeron a Montpensier a venir aquí.

Aquella tarde, mientras los Machado, Araceli y Patrick daban una distendida vuelta por la población —parando un buen rato delante del cercano palacio del duque, con su ostentoso pórtico neomudéjar—, Palencia fue en busca de Pedro González, que vivía cerca del río, en el barrio de Bajo de Guía.

Cuando volvió expuso ante el grupo el resultado de la consulta. Después de las generalidades de rigor, le había preguntado si era verdad lo que se decía en el pueblo, o sea que Solís le había enviado un mensaje, antes de embarcar en Sevilla, pidiéndole que subiera a verle cuando llegara el *Velázquez*. Sí, era cierto, había contestado González. ¿Y también que el coronel le entregó unos papeles? Sí, también: un sobre grande lacrado que debía guardar en un lugar seguro hasta que se lo pidiera. A la pregunta de si lo tenía todavía, había contestado que no, que cuando Solís salió de la cárcel a finales del año pasado fue en persona a recogerlo.

—No creo que González me dijera toda la verdad —puntualizó Palencia—, noté algo en sus ojos, en su mirada. No confiaba en mí, claro, ¿cómo iba a confiar?, aunque me conoce y me aprecia. ¿Vino realmente aquí Solís a recoger el sobre? Si fue así lo hizo de una manera muy sigilosa, sin que nadie le viera ni lo comentara, lo cual es muy difícil.

El naturalista le prometió a Boyd que seguiría indagando, que iría a ver a González otra vez dentro de algunos días. Patrick le rogó encarecidamente que lo hiciera, añadiendo que él podría volver la semana siguiente, antes de regresar a Madrid, para que le viesen juntos.

Los excursionistas cenaron alegremente alrededor de la mesa rústica que ocupaba el centro del amplio comedor de la casona, en realidad casi más biblioteca que comedor, pues sus paredes estaban cubiertas de estanterías rebosantes de libros, así como de objetos adquiridos o encontrados por Palencia en sus viajes y excursiones a lo largo de los años.

En cuanto a la anfitriona, se reveló tan esmerada cocinera como Cipriana Álvarez (Patrick nunca había probado las famosas acedías de la localidad). No podía faltar la excelente manzanilla, tratándose de donde se trataba, y completaba el ambiente cálido, propicio para las expansiones, una chimenea bien surtida de leña de olivo.

En uno de los pocos espacios libres entre las estanterías colgaba un gran plano del Coto. Terminada la cena, Palencia se dirigió hacia el mismo.

Había llegado el momento de detallar la ruta del día siguiente.

—Es una copia del plano hecho por mi buen amigo Wilson —explicó primero—. Es un fanático de Doñana, como yo. Un inglés muy inglés, muy raro, un gran naturalista y también un cazador empedernido. Viene aquí cada otoño y alquila una casa en Jerez. Este año ha traído consigo unas culebrinas mortíferas, que monta en una lancha, y un rifle con balas express (me dijo que así se llaman), capaces de abatir un tigre a ciento cincuenta metros. A lo mejor le vemos allí. ¡O le oímos!

El naturalista explicó luego lo que había decidido con el guarda Juan Fajardo, que les iba a servir de guía. Cruzarían el río a las diez de la mañana, lo que les daría tiempo suficiente para alcanzar su destino con luz solar todavía. En la otra ribera les estaría esperando Fajardo con los caballos y mulos. Sería una dura caminata de unos catorce kilómetros.

—Enriqueta nos va a preparar una merienda estupenda —dijo, volviéndose a su esposa.

—Por supuesto que sí, cariño —replicó ella, sonriendo—. Para que no desfallezcáis en el camino, que mucho camino va a ser.

—Al final de la masa forestal hay como dos avanzadillas paralelas de pinar separadas por un arenal —continuó Palencia, apuntando el lugar con el dedo índice—. Seguiremos por la de la izquierda, la más cercana a la playa, hasta arribar a un paraje con una torre vigía muy antigua, que se llama Zalabar, casi ahogada por la arena, dicen que es de tiempos de los fenicios. Allí cerca están las chozas de los carboneros y piñoneros donde cenaremos y dormiremos. Bueno, donde dormiremos hasta las tres de la madrugada, porque hay que estar en el cerro una hora antes del amanecer y quedan todavía cuatro kilómetros de camino.

—Sí, claro, hay que estar antes —convino Machado padre—. Los ánsares son criaturas extremadamente cautelosas. Si sospechan algo no acudirán a arenar en su querencia preferida, y todo nuestro esfuerzo habrá sido inútil.

—¡Porque esfuerzo nos va a costar llegar hasta las chozas y luego al cerro! —remachó Palencia, riéndose—, y el cuerpo lo va a notar, sí señor. ¡Espero que usted no se haya olvidado de traer su atuendo campero, señora marquesa!

—¡Ya lo he sacado de la maleta, todo revisado y comprobado, capitán! —contestó Araceli, sonriendo—. No creo haber olvidado nada. Por lo menos nada esencial.

Patrick, mirándola con ojos hechizados, pensaba: «Me mata, me la llevo conmigo a Londres, pase lo que pase».

Palencia explicó luego que, aunque lo lamentaba, tendría que regresar a Sanlúcar inmediatamente después de la visita a las dunas para ocuparse de un colega suizo que le acababa de anunciar su intempestiva llegada a la comarca. Era una lástima, pero no había más remedio que atenderle porque le debía unos cuantos favores.

—Qué pena que no haya podido venir Benito —siguió—. Nos habría entretenido con sus cosas de Tarteso. Por cierto, tengo algo que quiero mostraros y que él no ha visto todavía. Algo muy especial.

Salió del comedor-biblioteca y volvió con una pequeña caja en la mano. Se sentó otra vez a la mesa y la abrió.

—Es una placa de bronce con una imagen de Astarté —dijo, sacándola—. La diosa fenicia de la fecundidad y del amor.

—Y de la navegación —matizó Machado Núñez, mirándola con gran interés—. Astarté tenía un templo importante en Cádiz.

—Es cierto —ratificó Palencia—. Como el buen gaditano que eres, ¿cómo no lo ibas a saber? —Le pasó la pieza y siguió—: La encontró un carbonero cerca de Hinojos hace unos meses. Por suerte me enteré y se la pude comprar.

—¿Hinojos? —preguntó Boyd.

—Es un pueblo situado en la linde de la marisma por la parte de Villamanrique de la Condesa —explicó Araceli—. No lejos de nuestra finca.

—A la diosa la acompañan dos aves, una a cada lado —dijo Palencia—. A ver si usted nos da su opinión de ornitólogo al respecto, señor Boyd.

Patrick, cogiendo la placa con ambas manos, la contempló embelesado.

—No hay la menor duda —sentenció—. La de la derecha es un pato real. Y la de la izquierda un ánsar.

—¡Bravo! ¡De acuerdo! —exclamó Palencia—. A mi juicio demuestra que los ánsares de Islandia llevan invernando en el Coto desde hace miles de años.

—¡Qué pelo más hermoso lleva! —exclamó Araceli, cogiendo la pieza y acariciando la cabeza de la diosa.

—Sí, y un collar precioso —dijo Palencia—. Son flores de loto, las flores sagradas de Egipto y de la India.

—¿Y cuántos años puede tener? —preguntó Machado Álvarez, intrigado.

—Bueno, no sé, tal vez dos mil quinientos, ¡debe de ser de la época de Argantonio, el último rey de los tartesios!

—Se dice, y yo lo creo —interpuso Machado Núñez— que la Virgen del Rocío es Astarté con un ligero disfraz.

—Yo también lo creo así —respondió Palencia—. Hay imágenes de Astarté con una tórtola blanca entre las manos. ¡Te das cuenta, Antonio! ¡La Blanca Paloma, la Virgen del Rocío! Yo estoy convencido. Astarté, bajo la advocación de la Virgen de la Blanca Paloma, es la diosa tutelar de Doñana... ¡y de los ánsares que vienen a visitarnos cada otoño e invierno desde Escandinavia!

Cuando Araceli se despidió de Patrick le miró a los ojos y esbozó un apenas perceptible encogimiento de hombros. Patrick, devolviendo la mirada, recordó lo de Napoleón y su famoso: «Esta noche no, Joséphine».

Luego se fueron todos a dormir.

6

—¡Nos quiere llevar consigo a la mar! —exclamó Araceli, realmente alarmada.

Así parecía. Se había puesto a soplar el levante y el Guadalquivir, espoleado por la marea baja e impaciente por fundirse en un impetuoso abrazo con el océano, les empujaba con bravura. Los cuatro remeros, sorprendidos por la fuerza del oleaje tan de repente crecido, necesitaban de su larga experiencia para mantener el rumbo del falucho, que, rebasada la mitad de la corriente, ya se iba aproximando al embarcadero.

Llegados a su destino, donde les esperaban con los animales Juan Fajardo y otro guarda, el alivio fue general.

La palidez de Machado Álvarez corría pareja con la de Araceli. De hecho, sólo Celedonio Palencia y Patrick Boyd habían disfrutado la travesía. El primero porque la tripulación le ofrecía todas las garantías, y Boyd por tener la mirada tan clavada en el otro lado del río que apenas se había enterado de que podía haber un problema.

—¡Creí que nos íbamos a pique! —prorrumpió Machado padre, ya en tierra—. ¡Vaya manera de empezar nuestra aventura! Me pregunto si a Goya y a la duquesa de Alba les pasó algo parecido.

—¿Cómo? —dijo Patrick.

—¿Ah, no lo sabía? Sí, hombre. El Coto pertenecía entonces al marido de la duquesa, no recuerdo cómo se llamaba, y ella lo heredó a su muerte. Goya, que ya era su amante, la visitó en Sanlúcar. Y cruzaron el río.

—En el verano de 1796 —dijo Palencia.

—¿En 1796 fue? Bueno, te creo. Vivieron su idilio en el palacio de Doñana, donde mañana pasaremos la noche. Se dice que allí pintó sus dos majas.

Patrick miró a Araceli, que ya se reponía del susto. Escuchaba atenta y se dibujaba en sus labios una leve sonrisa.

Cargadas maletas y provisiones en los amplios cerrones de los mulos, y montados los excursionistas a caballo, penetraron, guiados por Fajardo, en la densa selva de pinos piñoneros que había observado Patrick desde el vapor.

«Palencia tenía razón —pensaba—. Desembarcar aquí es dejar atrás el mundo conocido y entrar en otro absolutamente virgen, primitivo.»

Iban en fila india por una vereda arenosa que dificultaba el tránsito de las bestias y hacía imposible que caminasen al trote. Detrás de Fajardo y el otro guarda, con los mulos, cabalgaba Celedonio Palencia, a quien de vez en cuando dirigía el primero alguna observación. Le seguía Machado padre. Luego venían Araceli —montada a la inglesa sobre una hermosa bestia ojizarca—, Boyd y, ocupando el último puesto de la caravana, Machado hijo.

Araceli había cambiado el traje del día anterior por un atuendo ecuestre con toque jerezano y llevaba alrededor del cuello un pañuelo de seda roja anudado a lo bandolero. Boyd nunca había visto a una amazona tan atrayente. ¡Y pensar que le acompañaba en ésta su visita iniciática a Doñana! Apenas cabía mayor felicidad.

Le sorprendía sobremanera la densidad y el verdor del sotobosque, una maraña de lentiscos, jaras, brezos, retama y cantueso todavía mayormente en flor y que, al roce de los animales, desprendían un intenso aroma acre que le recordaba el que envolvía a Araceli la noche de Franconetti.

Entre el matorral revoloteaban, moteados por los rayos de sol filtrados por las ramas de los pinos, mariposas variopintas, abejas y otros insectos.

A Patrick le parecía mentira que fuera noviembre.

Juan Fajardo desmontaba a intervalos y se ponía de rodillas para examinar una traza detectada en la arena por su experimentada mirada. «Por aquí acaba de cruzar un lince cazando», sentenció en una de tales paradas. Paradas que agradecían todos porque les permitían estirar un poco los miembros y beber agua del botijo que llevaba el guarda en una de sus alforjas.

—Qué pena que no lo viéramos —comentó Machado Núñez—, el animal más hermoso y menos conocido de España. ¡Y yo, queridos amigos, tengo el orgullo de haber sido el primer científico en señalar públicamente su presencia en Doñana!

En un claro del bosque despacharon con ganas, a mediodía, la merienda que les había preparado su anfitriona en Sanlúcar.

Tuvieron que caminar tres horas más hasta alcanzar el otro lado de los pinares. Llegados hasta allí constataron que se extendía delante de ellos un desierto donde no crecía nada, a no ser que fueran unos espartos, del cual sobresalían los esqueletos de árboles ahogados por la arena.

Patrick se quedó impresionado ante aquella transición tan brutal de espeso bosque a despiadado yermo sahariano.

Juan Fajardo les había explicado que una de las singularidades del Coto era la rapidez con que se hacía de noche, con apenas unos minutos de crepúsculo que, según les aseguró ahora, mientras contemplaban la desolación que se acababa de abrir ante sus ojos, sobrevendría en treinta o cuarenta minutos. Mejor cruzarla sin más demora, recomendó, para llegar todavía con luz a su meta.

Así lo hicieron.

El poblado, de seis o siete chozas cónicas de enea, rodeado de una improvisada empalizada de tablas, estaba ubicado en medio de un espacio de pinos y breña cuyo flanco oeste no era ni más ni menos que la abrupta pendiente de una enorme duna de cinco o seis metros de altura. Como imagen de destrucción inexorable Patrick no había visto nunca nada comparable. Daba igual que el proceso de estrangulación de todo el corral pudiera durar un año o dos o cinco, su sentencia de muerte estaba escrita y la primera víctima iba a ser un majestuoso pino alrededor de cuyo recio tronco ya iba subiendo el nivel de la arena.

Los habitantes del poblado —unos diez carboneros y piñoneros y, en algún caso, su familia—, llevaban semanas esperando con ilusión a los excursionistas, sobre todo por la noticia de que entre ellos venían unos marqueses acompañados de un inglés.

Uno de los carboneros tenía fama en el Coto por su destreza con el pito y el tambor y, avisado por Juan Fajardo, había preparado para los visitantes, con sus dos hijas, un pequeño recibimiento con música y danza. Mientras el padre agarraba el instrumento de madera con la mano izquierda y le daba al tambor con la derecha, las muchachas, esgrimiendo con garbo las castañuelas, bailaron unos fandangos.

—No lo saben —le susurró Araceli a Patrick—, pero son sacerdotisas de Astarté, patrona de las marismas.

Patrick asintió, sonriendo, y dijo:

—Sí, a lo mejor tienes razón.

Aunque había caído la noche con la precipitación anunciada por Fajardo, los últimos rescoldos solares todavía encendían de rojo y morado el cielo bajo del poniente.

Terminado el concierto, el guarda los llevó a las chozas

que se habían preparado para su descanso: una para Machado padre y Palencia, otra para Patrick y Machado Álvarez y la tercera para Araceli.

En el centro de cada una ya ardía, en una tina metálica redonda que hacía las veces de chimenea, un fuego de leña cuyo humo se escapaba en espirales por el agujero practicado en el techo del primitivo habitáculo de enea. Sobre una mesa crepitaba un candil. Un par de sillas, un cántaro de agua y un sencillo armario casi completaban el humilde mobiliario.

—¡Ahora sí hemos dejado atrás el mundo actual! —le dijo Patrick a Machado hijo mientras desplegaban sobre sendos catres, provistos de mantas de lana, su ropa para la mañana siguiente y algún artículo de aseo—. ¡Es la primera vez que paso la noche en un poblado de la Edad de Piedra!

En otro corral cercano un ciervo bramaba su despedida al día. Entre los pinos que rodeaban el lugar ensayaba una lechuza sus primeras estridencias nocturnas.

La cena, compartida por todos alrededor de una hoguera de ramas secas de enebro y otras plantas aromáticas, no pudo ser más bulliciosa. La mujer del pitero había dispuesto para la ocasión una gran olla de conejo, y Palencia sacó de sus alforjas varias botas de vino tinto. Hubo risas y anécdotas marismeñas y hasta accedió a cantar una de las hijas del músico.

Machado padre y Celedonio Palencia se retiraron luego, así como los ribereños. Patrick les rogó a Antonio y Araceli que se quedasen con él un poco más al lado del fuego, que ya se iba apagando. Les quería comunicar su inquietud en relación con Pedro González y los papeles de Solís. ¿No debería volver a Sanlúcar con Palencia después de ver los ánsares? ¿No sería una insensatez no aprovechar inmediatamente aquella pista, teniéndola tan cerca? ¿No decía el refrán español que pájaro en mano vale cien volando?

Lo disuadieron. González podía esperar una semana y,

además, sería mejor que Celedonio preparara antes el terreno. ¿Para qué perder el resto del periplo por el Coto, incluso, quizás, una visita a la capilla de la Virgen del Rocío, cuando unos días después, de regreso a Sevilla, podría coger el tren de Jerez y luego seguir en coche desde allí a Sanlúcar, trayecto más rápido que el fluvial?

Patrick se dejó convencer a regañadientes.

Cuando se despidieron, la mirada de Araceli, al darle la mano, le decía, imperiosa, que le esperaba y que no le faltara.

Entregado ya Machado a un profundo sueño, Boyd se levantó. Hacía un frío intenso pese a que habían echado más leña a la tina antes de acostarse. Se puso la manta alrededor de los hombros y salió de la choza.

Se paró un momento en la puerta. Colgaba en el cielo despejado, entre estrellas relumbrantes, el tenue cuerno de la luna menguante. «Dentro de unos días —reflexionó—, sería nueva.»

En el silencio de la noche se oía claramente el batir del mar sobre la playa. En la lejanía ululaba insistente algún animal nocturno.

Sorteó con cautela los escasos metros que le separaban de la choza de su amante y empujó la puerta.

Araceli había dejado el candil encendido sobre la mesa, cerca de la cama. El fuego casi se había extinguido. Estaba dormida, debajo de varias capas de mantas, la cara medio oculta por su mata de pelo negro. Patrick aproximó un poco más la llama vacilante y la estuvo contemplando unos minutos. «¡Que hermosa es!», pensó. Luego se arrodilló a su lado y le empezó a besar tiernamente los párpados mientras le susurraba al oído:

—Araceli, Ara del Cielo, Araceli...

Ella se incorporó bruscamente, y, dándose cuenta de que era él, le echó los brazos alrededor del cuello y le buscó ávidamente los labios.

—Estaba soñando —dijo—. ¡Me iba contigo en un barco, un velero!

—¡Nos escapábamos! —murmuró Patrick, apretándola con toda su fuerza contra el pecho—. Es lo que vamos a hacer, tú y yo, nos vamos a escapar y vamos a vivir nuestra vida, la vida que nos pertenece. Pese a todos y a todo. Te lo juro.

—Éramos tan felices —siguió Araceli—. Había otras parejas, abrazadas y alegres. El velero corría veloz e íbamos a dejar atrás para siempre las miserias de esta sociedad.

Patrick se tendió a su lado y la siguió estrechando entre los brazos mientras la cubría de besos apasionados.

—Necesitaba estar contigo a solas esta noche, aunque sólo fuera media hora —dijo Araceli, acariciándole la cara. Se calló un momento, luego añadió—: Quiero que me digas qué vamos a hacer. No puedo seguir así, con la duda, me moriré.

Le contestó que nada más volver a Madrid lo pondría todo en marcha, que ya se lo había dicho, que había que proceder con suma prudencia, que le quedaban nueve o diez semanas de investigación, tiempo suficiente para ultimar los pormenores de la huida, que tuviera paciencia; en fin, que confiara en él...

Araceli le dijo que se pusiera de pie un momento. Luego apartó las mantas.

—Ven aquí, niño —le pidió—, luego te vas y dormimos un poco antes de ir a ver a tus gansos.

Poco después, mientras volvía sobre sus pasos, Boyd percibió cerca un ligero carraspeo. ¿Dentro de una de las chozas o fuera? No lo pudo precisar, pero tuvo de repente la sensación, o quizás sólo la sospecha, de que su visita a Araceli no había pasado desapercibida para algún morador de aquel poblado de la Edad de Piedra.

7

Despertados por Juan Fajardo, fuertemente abrigados contra el frío y fortalecidos por varias tazas de café muy caliente preparado por la mujer del pitero, iniciaron a las tres y media de la madrugada la última etapa de su laboriosa caminata hacia el Cerro de los Ánsares.

Iban delante, lado a lado, seguidos por Fajardo, dos de los carboneros de la noche anterior, montados en mulos y provistos de sendas lámparas de queroseno que, colgadas de un palo sujetado con correas al flanco de cada animal, alumbraban la vereda con suficiente claridad para poder evitar tropiezos con obstáculos imprevistos.

Cruzaron por cuatro o cinco largos corrales separados por trechos de arenal y, hora y media después, alcanzaron el borde del último espacio verde. El guarda les explicó que delante de ellos se extendía, en la oscuridad, un páramo de inmensas dunas de arena.

El silencio era absoluto, menos el cercano tronar del mar. Escuchándolo, a Patrick le vino a la memoria una vieja balada irlandesa aprendida con los jesuitas de Galway. Evocaba con nostalgia, desde el exilio, el resonar de las olas atlánticas sobre una playa presidida por la luna y las estrellas.

Fajardo les dijo que les tocaría pronto ir subiendo entre las dunas y que dentro de poco llegarían a un declive con los restos de una atalaya. Allí se quedarían los carboneros, al cuidado de los animales y para preparar el desayuno —que prometía de mucho postín—, mientras ellos cubrían a pie el último tramo.

Alcanzado aquel paraje empezaron la subida al Cerro de los Ánsares. Fajardo llevaba una de las lámparas de queroseno. Agradecían sus abrigos y bufandas y las botas forradas de lana, recomendadas semanas atrás por Palencia y sin las cuales ya habrían tenido los pies ateridos.

El Cerro de los Ánsares era en realidad un conjunto de dunas que, ocupando varios kilómetros cuadrados, bajaban en pendiente suave hacia las marismas. El cobertizo, abierto el día anterior por los hombres de Fajardo en la cresta de una de ellas, y disfrazado por matas de arbustos secos, iba a permitir que, totalmente ocultos, pudiesen apreciar por una amplia rendija, con la nueva luz del día, la vasta extensión arenosa que se abría ante ellos.

Serían las seis de la mañana cuando llegaron hasta allí. Las estrellas ya iban perdiendo su brillantez y se presentía el amanecer. Fajardo apagó la lámpara y todos se metieron dentro del hueco.

Araceli se colocó al lado de Patrick y, aprovechando la oscuridad, le cogió enseguida la mano.

—¡Ya estamos! ¡Lo hemos conseguido! —dijo Machado Núñez, rebosando satisfacción—. ¡Gracias, Juan! ¡Y qué suerte hemos tenido con el tiempo! Con tal de que no se levante el foreño y nos huelan los muy pícaros.

—Es el viento que viene del mar —explicó Palencia a Boyd—. Los ánsares tienen el olfato muy fino, como seguramente sabes, y si soplara el foreño podrían olernos y alejarse.

Fajardo había traído consigo una petaca de plata, regalada por un naturalista alemán en señal de agradecimiento por las atenciones del guarda durante una visita a Doñana unos años atrás. Anticipando el frío, la había llenado de aguardiente.

—Un pequeño trago nos vendrá muy bien —dijo, pasándola primero a Araceli.

Al sorber el fogoso licor, Boyd recordó el que le había hecho probar Paul Angulo un mes antes en Hendaya. Desde entonces, ¡cuántas cosas le habían ocurrido!

Por la rendija del escondite todos miraban hacia el este, donde, teñido de un débil rubor, ya clareaba el cielo.

—Dentro de nada se va a realizar su sueño, Patrick —le dijo Machado padre—. No sabe cuánto me alegro. Ahora lo que nos toca es callar, escuchar y esperar.

Poco después les llegó desde el corazón de las marismas una sorda conmoción que no tardó en convertirse en tumultuosa algarabía.

—¡Son ellos! ¡Ya vienen! —susurró Palencia.

Patrick se dio cuenta de que le latía furiosamente el corazón. Araceli le agarró con fuerza el brazo.

Ya se elevaba sobre los montes lejanos el disco amarillo del sol, y descubrieron, maravillados, que desde su improvisado escondite en la arena se atalayaba una vasta extensión de dunas, marisma y lagunas.

De repente sonaron muy cerca unos roncos graznidos y vieron ir directamente hacia ellos un pequeño grupo de ánsares que se posaron a unos quince metros de su escondite y, mientras los intrusos retenían la respiración, empezaron enseguida a comer arena. A tan corta distancia se apreciaba su gran tamaño, la belleza de su plumaje marrón y el color rosáceo de sus patas.

Era la vanguardia de un ejército de gansos, miles y miles de ellos, que fueron llegando a las dunas, graznando ruidosamente, en grupos cada vez más numerosos.

—¡Dios mío! —le susurró Araceli a Patrick, apretándole la mano—. ¡Ahora entiendo! ¡Si Gago viera esto!

«Machado padre tenía razón —pensó Boyd—, es el mayor espectáculo ornitológico del mundo.»

Sabía que sólo iba a durar una hora y que los ánsares necesitaban poco tiempo para ingerir la arena que garantizara su digestión durante los siguientes diez días, después de lo cual volvían sin demora a las marismas. No había que perder detalle, pues, de la inaudita escena que se desarrollaba ante sus ojos, toda vez que nada garantizaba que llegasen otras bandadas al mismo sitio.

Los gansos iban y venían, engullendo la arena y estirando el cuello para facilitar su paso al estómago. Algunos se acercaron casi al borde del cobertizo, sin sospechar la proximidad del peligro humano. Cualquier ruido —una tos, por ejemplo— habría significado la espantada.

Patrick se preguntaba dónde habían nacido las espléndidas criaturas que tenía delante. ¿Islandia, Spitzenburg, Noruega? Interrumpió sus pensamientos la llegada de unos grupos tan densos que toda la cresta de la duna donde se ocultaban estaba pronto cubierta de gansos, cada uno entregado a la urgente tarea de ir purgando su sistema digestivo.

Tres cuartos de hora después el espectáculo había acabado y apenas quedaba un ánsar en toda la extensión del cerro.

Los excursionistas esperaron unos minutos más, por si acaso, y abandonaron su escondite.

A Patrick le había sobrecogido lo que acababa de presenciar, y no dejaba de darles las gracias a los Machado y a Palencia, así como a Juan Fajardo, por haberle organizado la visita, que les aseguraba no olvidaría jamás.

En cuanto a Araceli, reconocía no haber presenciado nunca nada comparable. Había valido la pena con creces. ¡De allí en adelante iba a ser del gremio ornitológico!

Después de admirar el panorama de las marismas, que

ahora, bañado de sol, se apreciaba en todo su esplendor desde aquella cumbre arenosa, emprendieron el regreso al punto de partida de su subida por las dunas.

Allí les esperaba, atendida por los carboneros, una hoguera de ramas secas entre cuyas brasas, sobre una parrilla, chisporroteaban chuletas de jabalí y, con ellas, salchichas y chorizos traídos al efecto de su casa por el previsor Palencia. No se hicieron de rogar y acometieron como lobos el típico desayuno del Coto, en el que nunca faltaba el acompañamiento de la bota.

Comentaron, mientras comían, y casi con tanta algazara como la de las bandadas de gansos en su retorno a las marismas, la casi increíble escena de la cual habían sido privilegiados testigos.

Antes de que Celedonio Palencia volviera sobre sus pasos con los dos carboneros, Patrick le rogó otra vez que hiciera todo lo posible por averiguar cuanto antes si Pedro González le había dicho la verdad acerca del sobre dejado en sus manos por Solís, y si era cierto que el coronel había regresado en persona a Sanlúcar a recogerlo.

El naturalista se comprometió a enviarle un mensaje a la Fonda de Londres avisándole del resultado de sus pesquisas. Estaría allí a su llegada, que no se preocupara.

Luego, tras despedirse cariñosamente de todos y congratularse por el éxito de la excursión, montó su caballo y se fue despacio cuesta abajo con los carboneros hasta desaparecer tras unos retamares.

Patrick, contemplando el arenal desierto, tuvo la intuición de que hacía muy mal en no acompañarle.

8

Otra vez ensillados, Juan Fajardo les explicó que la travesía que les esperaba era de nueve kilómetros y que les llevaría, después de cruzar más arriba la zona de dunas, a un camino por el cual podrían transitar ya con más facilidad hasta llegar al Palacio de Doñana.

Fue para todos un alivio dejar atrás aquellos inmisericordes parajes fronterizos entre el océano y las marismas. Ya tenían el cuerpo cansado, y la vista de la inmensa llanura húmeda que ahora se extendía ante ellos, salpicada de lagunas y lucios con sus bordes poblados de densa vegetación, actuó sobre su ánimo con la fuerza de una medicina tonificante.

Hacia el mediodía desmontaron para comer lo que quedaba del desayuno, más un queso manchego y algunas manzanas que Palencia había tenido la precaución de incluir entre las provisiones. Para beber recurrieron a otro botijo de agua fresca traído por Fajardo desde el poblado.

—«Después que don Quijote hubo bien satisfecho su estómago, tomó un puño de bellotas en la mano y, mirándolas atentamente, soltó la voz a semejantes razones: "Dichosa edad y siglos dichosos aquellos a quien los antiguos pusieron nombre de dorados...".»

Apoyado contra el tronco de un grueso pino, con los ojos semicerrados y las manos dobladas sobre las rodillas,

Machado Álvarez se había acordado, mientras el sol de noviembre le calentaba la cara, del famoso discurso del hidalgo sobre la Edad de Oro. Y no pudo resistir la tentación de entonar las primeras palabras del mismo, grabadas desde hacía años en su memoria.

—Lo releí hace algunos meses —explicó—. Es uno de los textos literarios más hermosos que conozco.

—El primer discurso comunista de la historia —terció su padre—, dirigido, claro, a la clase obrera. Quiero decir, a unos cabreros.

—Sí, porque, según don Quijote, se ignoraban en aquellos míticos tiempos las palabras tuyo y mío, y todas las cosas eran comunes, compartidas. En un ambiente de paz y concordia, sin jueces corrompidos, vendidos a los políticos.

Araceli, perdida en sus propios pensamientos, no decía nada. Patrick le sonrió.

—La ironía de Cervantes es sublime —reflexionó Machado Núñez—. Los cabreros no entienden nada de lo que les está diciendo don Quijote, por supuesto. Y la censura no captará la crítica que se filtra entre líneas de la España de entonces, con su Inquisición, su intolerancia y la expulsión de los moriscos.

—Estará usted muy fatigada —le dijo Patrick a Araceli, que seguía sin decir nada.

—Sí, es verdad —concedió, mirándole breve pero intensamente mientras giraba su parasol—. He disfrutado pero es mucho andar. ¡Y mucho picar de moscas y otros bichos!

Al poco rato de reemprender la marcha el camino subió por una suave pendiente a una veta —así la designaba Fajardo— que serpenteaba, como una plataforma alargada, en medio de densos carrizales.

—Allí no se puede entrar —dijo el guarda—, está lleno de tremedales que te engullen en un pispás. Ha desaparecido gente incauta. Dentro hay manchas de bosque muy espeso donde se meten los animales y se sienten seguros.

Una hora después Fajardo notó con sorpresa que delante de ellos se levantaba hacia el cielo una densa columna de humo negro.

Paró el caballo y se quedó perplejo, como dudando de la evidencia de sus ojos. Luego exclamó:

—¡Me cago en la Virgen! ¡Es una batía, están quemando el carrizal para que salga la caza!

—¿Qué hacemos? —preguntó Machado Núñez, algo inquieto—. ¿Nos volvemos atrás?

El guarda dijo que no hacía falta. ¿No veía don Antonio el pequeño alcor que se erguía un poco más allá? Arriba había restos de un antiguo refugio, donde estarían al abrigo del fuego, que además no duraría mucho tiempo. Luego podrían continuar.

En las entrañas del cenagal se habían desencadenado el pánico y el alboroto. Huían sobre sus cabezas bandadas de pájaros emitiendo gritos de alarma, se oían gimoteos y berridos y el insistente chapoteo de pasos presurosos entre los charcos.

Sonaban los disparos de los cazadores, acompañados de ladridos de perros.

De repente salieron de la espesura pantanosa ocho o nueve ciervos que cruzaron a todo correr delante de ellos y, sorteando de un salto la pendiente, se perdieron entre las junqueras al otro lado del camino.

Les siguió una piara de jabalíes despavoridos.

—Por mí es el inglés ese —sentenció Juan Fajardo—. El amigo de don Celedonio.

Los caballos se habían puesto nerviosos. El de Machado Núñez relinchaba y daba indicios de querer desbocarse. Su hijo se acercó para intentar ayudarle a controlar mejor al animal.

Viendo el terror que expresaban las facciones de Araceli —réplica del que le había asaltado cuando cruzaban el río el día anterior—, Patrick se juntó con ella.

Fajardo, consciente de ser ya no sólo el guía del grupo sino su líder y defensor, exclamó:

—¡Vamos al refugio, rápidos!

Partieron al trote hacia el alcor.

El humo del carrizal incendiado se hacía cada minuto más denso y las detonaciones crepitaban más cerca.

Nunca se pudo comprobar de qué escopeta, ni de dónde, partió la bala que, entrándole por la sien izquierda justo antes de que la pequeña caravana alcanzara su destino, fulminó a Patrick Boyd.

El proyectil, que hubiera podido contribuir a la aclaración de lo ocurrido, no se encontró, pues a la víctima se le había salido por la otra sien para perderse en los insondables entresijos del paular.

El juez encargado del caso llegó a la conclusión de que se había tratado de un malhadado rebote, y excluyó, tajante, cualquier posibilidad de homicidio.

Pero hubo muchos en todo el contorno que no se lo creyeron.

9

Edward McKinley, informado de la tragedia por la embajada británica en Madrid, llegó a Sevilla diez días después del sepelio de Patrick Boyd y leyó en la Fonda de Londres, con frío en el corazón, los cuadernos de apuntes de sus dos meses y medio en España. No le convenció para nada la versión oficial de la muerte de su amigo, y le parecía evidente que, detrás de ella, se escondiera la mano de quien o quienes querían impedir que siguiera con sus pesquisas. ¿De Solís Campuzano? ¿De José María Pastor, quien —como demostraban las últimas entradas del dietario— ya preocupaba intensamente a Boyd y era el probable inspirador de los anónimos? ¿Quizás de un marido ultrajado y, por más señas, adicto a Montpensier?

También le llamaba la atención la relación que evidentemente existía entre Solís y el ubicuo clérigo Gago Fernández, tan cerca por otro lado del marqués y tan fiel defensor del duque.

El escocés no tardó en darse cuenta de que conseguir la prueba de lo realmente ocurrido le iba a ser imposible. Tan imposible como le había resultado a Patrick resolver la autoría del asesinato de Prim.

Cuando visitó por segunda vez la fosa, abierta con premura en un rincón poco frecuentado del cementerio de San Fernando, gracias a los buenos oficios del cónsul, una mujer alta y elegante, vestida de negro, con la cara cubierta por un velo, acababa de dejar sobre la tierra recientemente removida un ramo de rosas rojas, y se alejaba despacio entre un laberinto de tumbas y cruces.

—¡Señora! —llamó McKinley.

La mujer se paró, dio media vuelta, pareció dudar y luego esperó a que se le acercara.

—Señora, yo soy Mac... McKinley, el amigo de Patrick —le dijo el periodista en inglés, extendiendo la mano—. Permítame que le ofrezca mi más sincero pésame. En sus cartas me habló de usted. Lamento profundamente lo ocurrido.

Siguieron juntos en silencio hasta la salida del camposanto, donde esperaba el coche de Araceli.

—No fue una bala perdida —le dijo con amargura, tratando de contener los sollozos—. Estoy convencida. Sería demasiada coincidencia. Él quería resolver el asesinato de Prim y ahora lo han matado a él también. Yo le amaba, pensábamos huir y ahora me lo han quitado para siempre. Yo ya no existo, yo ya no soy nada. Vuelvo con mis padres. Se acabó.

Le ofreció dejarlo en el centro de la ciudad. El escocés se lo agradeció pero declinó la invitación. Quería volver a contemplar la fosa donde yacían los restos de su amigo.

Cuando el coche dobló la esquina unos segundos después, Edward McKinley tuvo la absoluta certidumbre de que nunca volvería a ver a la marquesa de Guadalcacil.

EPÍLOGO

En la tarde del 2 de enero de 1874 Emilio Castelar reabrió, como había prometido, las Cortes. Dio cuenta a los diputados de su actuación durante los tres meses de suspensión de sesiones... y de garantías constitucionales. Le pidió a la Cámara, después de un largo debate, que le brindara su confianza. A las cinco de la madrugada del día siguiente se empezó a votar la moción. Castelar fue derrotado por una pequeña mayoría y presentó en el acto su dimisión.

A las siete de la mañana se inició el proceso de elegir a un nuevo presidente del Poder Ejecutivo. No había pasado media hora cuando el de las Cortes, Nicolás Salmerón, informado por un secretario demudado, anunció que Madrid estaba ocupado militarmente —algo que desde hacía semanas se rumoreaba iba a pasar en esos precisos momentos—, y que el general Pavía se dirigía hacia el Congreso con varias compañías de la Guardia Civil e Infantería.

¡El general Pavía, el perdedor de Alcolea!

Al poco tiempo irrumpió en el hemiciclo el golpista, rodeado de guardias y soldados, y echó a la calle, sin contemplaciones, a los diputados.

«¡Fuera, esto se ha terminado!», vociferaría con desprecio uno de los que le acompañaban.

Acababa de fenecer la República Federal Española. La hoy conocida como Primera República.

No tardó en formarse un gobierno de signo conservador encabezado por el general Serrano. Entre sus primeras medidas dispuso la anulación de la Constitución de 1869, la ocupación por la Benemérita de los locales de la Internacional Obrera, el cierre de clubs progresistas y la abolición de la «libertad de imprenta», una de las conquistas más valiosas de «La Gloriosa».

Siguió el régimen en pie hasta principios de 1875, cuando, a raíz de la asonada del general Martínez Campos, se produjo la esperada restauración borbónica en la persona de Alfonso XII, que entonces había alcanzado la edad de diecisiete años.

Entretanto languidecía el sumario por el asesinato de Juan Prim y Prats. Seguiría tropezando con todo tipo de rémoras y finalmente sería sobreseído en vísperas del matrimonio del joven rey, en 1886, con la hija de los duques de Montpensier, María de las Mercedes, muerta tan sólo cinco meses después.

José Paul Angulo, que nunca volvió a España, publicó aquel mismo 1886, en París, su libro *Los asesinos del general Prim*, en el que negaba haber tenido participación alguna en los hechos. Falleció en la capital francesa en 1892, a los cincuenta y cuatro años.

José López pasó nueve años y veintisiete días en la cárcel. Fue puesto en libertad en 1879. Editó en 1886, en contestación al libro de Paul Angulo, una larga serie de folletos reunidos en un tomo titulado *Asesinato del general Prim*. Luego desapareció de la vista. No sabemos cuándo murió ni dónde.

El último sospechoso en ser liberado fue, al parecer, José María Pastor, quizás la persona que, con la posible excepción de Felipe Solís, más sabía de la muerte de Prim. Según el libro de Paul, Pastor fue asesinado inmediatamente después de ser absuelto —hay que suponer que para que no cantara—, pero de tal crimen no hemos encontrado rastro. Lo cierto es que nunca se supo nada más, públicamente, de aquel individuo tan ducho en el arte de enredar.

En cuanto a los supuestos autores materiales del crimen, ni uno solo fue preso jamás. Francisco Huertas murió, probablemente en América, sin revelar lo que sabía del caso. Se ha dicho, siempre sin documentación en la mano, que hubo algunas confesiones de última hora, también en América, pero tal vez todo fuera mero chismorreo. Los responsables —los asesinos y los instigadores— se llevaron su secreto a la tumba.

Benito Pérez Galdós no logró arrojar luz nueva sobre el magnicidio, como demuestran sus novelas *Prim* (1906) y *España trágica* (1909). Ambas dan fe de la intensa admiración que le inspiraba el general. Por las numerosas referencias que contienen a Ricardo Muñiz, calificado como el «verdadero confidente» del héroe inmolado, podemos deducir que Galdós le consultó personalmente, además de leer con lupa sus *Apuntes históricos sobre la Revolución de 1868* (1884-1885).

El duque de Montpensier vivió hasta 1890, cuando, a los sesenta y seis años, falleció repentinamente de una apoplejía cerebral después de intentar abatir unas perdices en su finca de Torre Breva, cerca de Chiclana. Hoy sus despojos mortales yacen al lado de los de su mujer en el Panteón de Infantes del monasterio de San Lorenzo de El Escorial.

Parece mentira que nadie haya escrito todavía la gran biografía que se merece aquel personaje que se desvivía por ser el rey Antonio María I de España.

¿Y Felipe Solís? Murió en Villafranca de los Barros (de «colapso cardíaco») el 30 de noviembre de 1907, a los ochenta y cuatro años, sin haber tenido presencia pública alguna, que sepamos, desde su salida de las prisiones militares de San Francisco a finales de 1872. Y, por desgracia, sin haber publicado sus memorias. Era viudo de Mariana Gómez de la Cortina y Rivas, natural —como él— de Madrid, de cuyo matrimonio habían nacido cinco hijos, tres para entonces ya fallecidos. Quien fue ayudante del duque de Montpensier está enterrado en uno de los nichos inferiores de la parte antigua del cementerio municipal de Villafranca. Recuerda la lápida su condición de coronel retirado de Infantería, pero la verdad es que allí apenas queda rastro suyo.

Entre los otros personajes históricos que aparecen en estas páginas, dejemos constancia de que la tumba del catedrático de ciencias naturales Antonio Machado Núñez (1815-1896) se encuentra en el cementerio civil de Madrid, a unos pocos metros de las de Pablo Iglesias y la Pasionaria y no lejos de los prohombres de la Institución Libre de Enseñanza, así como de tres presidentes de la Primera República.

En cuanto a su malogrado hijo Antonio (1846-1893), padre de los poetas y el primer flamencólogo español, se desconoce la ubicación de su último paradero en el cementerio sevillano de San Fernando.

Francisco Mateos Gago murió en 1890 a los sesenta y tres años. Distinguido por su «feroz oposición al darwinismo», defendido en la misma universidad por Antonio Machado Núñez, tiene, a diferencia de éste, una calle con su nombre en Sevilla. Sus restos mortales yacen en el Panteón de Hombres Ilustres de la ciudad.

Robert Boyd no es un invento de quien esto escribe. No sólo financió la expedición de Torrijos sino que cayó al lado del general y sus valientes en la playa de Málaga. Quizás nunca hubo irlandés que tanto diera por la libertad de los españoles. Su tumba se encuentra realmente en el cementerio inglés de Málaga —uno de los más hermosos del Mediterráneo—, pero no consta que una atrayente joven de Algeciras alumbrara a un hijo suyo póstumo, episodio que, tal vez irreverentemente, hemos sacado de nuestro propio magín.

La muerte del general Prim, que cambió los destinos de España, nunca ha sido descifrada, pese a los dignos esfuerzos del jurista Antonio Pedrol Rius, autor de *Los asesinos del general Prim (aclaración de un misterio histórico)*, editado en 1960 por Ediciones Tebas, Madrid.

Cientos de folios del sumario, carcomidos por la humedad después de haber sido consultados por Pedrol, son hoy ilegibles debido al abandono al que fueron condenados a partir de entonces en sótanos y oscuras dependencias oficiales.

«A muertos e idos ya no hay amigos»: el refranero, como suele ser el caso, da en la diana.

Faltan numerosas piezas de la causa, bien robadas, bien extraviadas. Entre ellas el primer tomo de las actuaciones. El sumario —ochenta volúmenes encuadernados— se encuentra en estos momentos en el despacho del decano de los juzgados de Madrid (en la plaza de Castilla).

El microfilm del mismo, abierto a los investigadores, se puede consultar, como lo hemos hecho nosotros, en el Archivo Histórico Nacional.

Por suerte existe también un voluminoso «Apuntamiento» —resumen del sumario— que permite reconstruir parcialmente el contenido de los muchos folios de éste destrozados o dañados. Se conserva en el Tribunal Supremo, el antiguo convento de las Salesas donde estaban ubicados, durante el «Sexenio Progresista», los juzgados de la capital. Hago votos por la pronta digitalización del valiosísimo documento, imprescindible para evitar su desaparición o daño en caso de accidente y para facilitar el trabajo de futuros historiadores.

La berlina de Prim, a diferencia del sumario, se ha conservado intacta. Está expuesta en el museo del Ejército, en el Alcázar de Toledo. Y, de verdad, su contemplación provoca pena.

Así como la del espectacular mausoleo que contiene los restos del general, trasladado en 1971 desde Madrid al cementerio de su Reus natal.

Pocos madrileños saben hoy que la calle del Turco es la que lleva actualmente el nombre de Marqués de Cubas, a dos pasos del Círculo de Bellas Artes. Ninguna placa señala el lugar del crimen. En el ocupado por la taberna de Manuel García Llano y las casas colindantes se erige el pétreo e inhóspito muro del Banco de España.

En cuanto a Alcolea —hoy prácticamente una barriada de Córdoba—, no hay todavía ningún monumento en su magnífico y ancho puente del siglo XVIII (empezado bajo Carlos III) que recuerde a las víctimas mortales, casi mil, caídas allí en la cruenta batalla que significó el triunfo de «La Gloriosa» y la posibilidad de que España tuviera democracia.

Hay quienes dicen que este país es amnésico y reacio a afrontar su historia.

Quizás no se equivocan.

Impreso en
CAYFOSA
Santa Perpètua de Mogoda
(Barcelona)